U0540558

鯨歌

距离的美学

吴晓东 著

四川人民出版社

图书在版编目（CIP）数据

距离的美学/吴晓东著.—成都：四川人民出版社,2025.3.—（60后学人随笔/李怡主编）.
ISBN 978-7-220-13996-3

Ⅰ.I267.1
中国国家版本馆CIP数据核字第2025T6N397号

JULI DE MEIXUE

距离的美学

吴晓东 著

出 品 人	黄立新
出版统筹	李淑云
责任编辑	兰　茜　李淑云
封面设计	张　科
版式设计	张迪茗
责任校对	吴　玥
责任印制	周　奇
出版发行	四川人民出版社（成都三色路238号）
网　　址	http://www.scpph.com
E-mail	scrmcbs@sina.com
新浪微博	@四川人民出版社
微信公众号	四川人民出版社
发行部业务电话	（028）86361653　86361656
防盗版举报电话	（028）86361653
照　　排	四川胜翔数码印务设计有限公司
印　　刷	成都东江印务有限公司
成品尺寸	135mm×200mm
印　　张	12.125
字　　数	205千
版　　次	2025年3月第1版
印　　次	2025年3月第1次印刷
书　　号	ISBN 978-7-220-13996-3
定　　价	69.00元

■版权所有·侵权必究
本书若出现印装质量问题，请与我社发行部联系调换
电话：（028）86361656

作者简介

吴晓东，北京大学中文系教授，北京大学博雅特聘教授，教育部"长江学者"特聘教授，北京大学学术委员会委员，北京大学人文学部副主任，北京大学中文系学术委员会主任，中国现代文学研究会副会长，中国闻一多研究会副会长。著有《象征主义与中国现代文学》《从卡夫卡到昆德拉——20世纪的小说和小说家》《文学性的命运》《临水的纳蕤思——中国现代派诗歌的艺术母题》《文本的内外——现代主体与审美形式》《立场与方式》等20余部著作。

目 录

序一　我们共同的寻路记 / 阿来 ------001
序二　走出象牙塔的历史抒情 / 丁帆 ------007

第一辑 ------001

疾病的文学意义 ------002
孤独的人才能发现风景 ------017
风景观的浪漫主义传统 ------025
司各特的目光 ------032
废墟的忧伤 ------037
科勒律治之花 ------046
什么是"黑暗的启示" ------056
经典重释中的历史褶皱 ------065
被故事照亮的世界 ------078

第二辑 ------093

姿态的意义 ------094
妥协的《世界》------099

只有一种生活的形式 ------ *112*

　　我的葬身之地是书卷 ------ *127*

　　心灵的风景 ------ *131*

　　我们需要怎样的文学教育 ------ *143*

第三辑　　------*149*

　　诗心接千载 ------ *150*

　　辽远的国土 ------ *158*

　　江南的小楼多是临水的 ------ *179*

　　邂逅的美感 ------ *185*

　　老人 ------ *191*

　　中国人从猫的眼睛里看时间 ------ *198*

　　现代诗人笔下的外滩海关钟 ------ *203*

　　20世纪中国诗人的江南想象 ------ *209*

　　大都市的局外人 ------ *218*

　　永远的绝响 ------ *225*

　　对乌托邦远景的召唤 ------ *237*

第四辑　　------*243*

　　与文学经典对话 ------ *244*

　　真实与虚构 ------ *255*

　　文学与乡土 ------ *267*

　　再读经典 ------ *279*

　　读书短札 ------ *298*

　　为何我难舍《背影》------ *306*

　　沈从文笔下的吊脚楼风情画 ------ *312*

第五辑 ------319

 阅读的德性 ------320

 却望祁连山顶雪 ------332

 那些挑灯夜读的时光 ------338

 记忆的美学 ------343

后记 文学的诗性之灯

   ——答《大学生》记者问 ------349

序一 我们共同的寻路记

阿来

李怡兄说要写一本书,在某个有酒的场合说起。

他不喝酒,我与其他人喝。他只笑着说话,一如既往,话多,语速快。总能说得有理有趣,很下酒。等我喝到酣处,他说要写一本书。我说,不是写了好多本了嘛。他说这本有点不一样。随笔,回忆性质。你要写序。酒上头,加上语速快的话似乎更有说服力,就答应了。听他说构想,是我喜欢读的那类文字,是求学记,问学记,师友记。我出身偏僻,上学少,乡下学校的老师,人善良质朴,学问则就未必了。所以,我爱读学者写的这一类书。喜欢里头的学问和情趣,还加几分羡慕。

该读什么书,怎么读书,怎样做一个读书人,多是从这一类书中得来。

有酒壮胆,当时就一口应承了。酒醒时已经忘记。但李怡兄没有忘记。过一阵子重提此事,我一拍脑袋,想起来真有这回事。想推脱,却不能够了。李怡还安慰我,不急,慢慢写。他自己也正在写。

这一来就放心了。我想,你写吧,慢慢写,写到猴年马月,忘记了,这事就算过去了。这样的事,不是没发生过。当今之世,拖一拖,好些事情就过去了。单说写作这件事,有规划的多,真正能完成的人并不太多。

不想这个人,说话快,写起来,上手也快,某一天,就发了若干篇章过来。读过几篇,求学问学的经历,从某一件小事,忽然开眼,又从某一情境,恍然醒悟。写来有理有趣,有些情境,也是自己亲历过的,读来就十分亲切。

我比李怡,年纪稍大几岁,但少年时代,都从上世纪荒芜年代生活过来。幸运的是,青年时遇到改革开放,本要在农村胼手胝足,不意间,求学之门訇然洞开,从此入了另一片天地,语词为骑意为马,得以畅游在另一个世界。于是觉得这文章也写得。

不想,他还另有埋伏,再发一个文件来,发现不只是他一个人的一本书,而是60后学者的一套书,命名为

"60后学人随笔"。作者有赵勇、吴晓东、王尧、王兆胜、杨联芬，加李怡自己。这些人，隔当代文学近些的，一年里也会见上一两面，比如王尧，前两月还在杭州一所大学《收获》杂志的活动上，看他操着吴地口音浓重的普通话从容主持颁奖典礼。更多的人，却连面都没有见过。好在爱读书，都读过他们好些文章。读过，还喜欢。认真的专著不说，即便是一篇短文，都透出他们有师承、成系统的学问。不像我，野路子读书，拉拉杂杂，最终都还是一鳞半爪。要我为他们的书作序，真就叫佛头着粪了。

我是50后，50后的尾巴，若晚生一年，也是60后了。和他们经历的是同一个时代。无论向学的经历，还是在80年代突然面临更宽幅面的社会现实，尤其是其间所经历的文化荡涤与知识谱系的构建，都有很多相似之处。在此过程中，所有获得与遗憾，也算是庶几近之了。

中国学者，不像外国人，爱作严肃的传记。如卢梭写《忏悔录》，太严肃了，那种真实并不真正真实。当然，也有例外，南美诗人聂鲁达的自传《我承认，我历尽沧桑》，其写法，就颇为亲切自然，所呈现的人生片段，关涉颇多，包含个人情感与信仰、国家政治与经济，特别是作为一个诗人，那些著名篇章的生成，读来亲切有趣，使人受益良多。

近百余年的中国，中国文化，中国人，也历经沧桑。特别是新文化运动以来，不论是有名的师长，还是求学的生徒，将个人经历融于国家命运，将一己思索系于文化流变，所关乎的内容更加深广，每一朵情感与智慧的浪花都是时代大潮的某一面相。所以，相较于古人，我更喜欢读这一时期文化人的种种随笔，师友同道，共求新知，共探新路，切磋琢磨，聚合离散。看似写在人生边上，其实反映时代在变迁中的动荡，社会在动荡中的变迁。自此，现当代中国学人，相较于古人，人生书写大变。感慨兴亡，却不再如张岱的《陶庵梦忆》，偏于意趣。搜奇志怪，也不再是纪晓岚的《阅微草堂笔记》，微言或有大义。

新文化运动，陈独秀、鲁迅、蔡元培、胡适，革命和改良，论而起行，何等激情张扬，何等忧思深广。

抗战时期，延安、重庆、桂林、昆明、李庄，学者们毁家纾难，跋涉千山万水，在流亡中图存，在漂泊中振作，种种弦歌不辍，读书种子不死，中国不亡。

这样的风云际会，留下那么多真情文字，相较于大而化之，试图建构宏大的历史书，读来，更亲切自然，更生动真实，是一个时代无数面生动的侧影。更重要的是，因为有学养的渗透，有求学问道的追求，便显得有理有趣。这是文章大道："状理则理趣浑然。"这还不算，还要加上，

"状事则事情昭然，状物则物态宛然"。

所有这一切文字，都来自前辈学人。

改革开放以来的我们这代人，最大的幸运是得以在青年时代重新启蒙，以问求学，以学解问。"苟日新，日日新。"我们所经历的这个时代，变动不居的不只是学术，更强大的是社会现实，是历史惯性。这一代学者，种种追问，种种回顾，种种坚持或改弦更张，都是面对中国文化与世界文化的关系，都要思考，中华文化从何而来，又要往何而去。这也决定，一个学者，还必须选择，在新旧文化冲突交融中，在现实考量与学者本分间，如何安身立命。

这样的处境，这样的经验，值得记录，值得形诸文字。以前，也不是一点没有，但总归是过于零星了。所以，这一回，四川人民出版社要出版这一套书，黄立新社长也和我说起过。我说，好啊，这一代也开始回忆了。这一代人也应该开始回忆了。这一代人幸逢国策变易，民族新生，也曾风云际会，该留下这一时代学者的求学问学记，师友记，我想也是一部时代大潮中的探险记或漂流记。

蒙田说："我喜欢磨砺我的头脑，而不是装满我的头脑。"

今天的教育，今天的很多书，往往偏重于装满我们的头脑，而不是磨砺我们的头脑。

我相信，从这一套新一代学人的书，正可以看到，我们这一代人，面对纷繁复杂的现实，面对"数千年未有之大变局"，如何提升自己，砥砺自己，成就自己。而我们这些暂时不写，或永远不写的大多数，也能从他们的书写中，照见自己。

这一套书，是这些作者他们自己的，也是我们共同的寻路记。

序二 走出象牙塔的历史抒情

丁帆

李怡兄嘱咐我为他主编的"60后学人随笔"丛书写个序言,心中不禁惶惶起来,一看作者名单,顿时让我肃然起敬,作者皆是我的朋友,他们也都是学界各个领域的顶级专家学者,学有专攻,学术成就卓著。

虽然我是50年代出生的学人,但在我的脑海里,60年代生人就是我们最亲近的心理同龄人,因为我们的世界观和价值观几乎都是相同的;作为学术界中人,我们和他们情同手足,可谓江湖兄弟;更为重要的是,在他们童年、少年和青年时代的记忆中,对共和国历史的感性认知是完整的,我们是手拉着手,唱着"同一首歌",走过荒原和绿洲的历史见证者。所以,历史长镜头里的具象认知无疑就折射在我们共同的学术研究中,这些珍贵的记忆,就变幻成了一条紧紧相扣的价值链,时时显影的历史底片,锚定了我们共同对学术研究的严谨,以及对历史强烈的责任感。我们一起走过了几个重要的历史阶段,在大饥荒、"文化大革命"、改革开放里,一切苦难和幸福让我们看清了中国社会发展的本质。所以,无论是在教学活动中,还是在学术研究里,60年代学者那种正气凛然的人性化的性格特征,便牢牢地镶嵌在他们的灵魂深处。

无疑,当60年代学人进入花甲之年时,他们的危机感也就来临了。虽然,从当今人文社会学科年龄来说,60多岁正是学术研究的壮年期,其阅历和历史的经验,决定了这一代人的学术趋向于最成熟的研究状态,是抽象思维和哲学批判最活跃的年代。

然而,他们念念不忘的另一个领域——如何用形象思维,去再现和表现他们的童年、少年、青年、中年和老年生活情境,完成他们从事文学创作的一生梦想。这个夙愿几乎成为每一个学者晚境中总结人生的呢喃话语。

诚然,大多数从事文学研究工作的人,尤其是五六十年代的学人,在他们的心底,都藏着一个作家梦。文学研究如果离开了文学的本源,其属性就会发生质的变化,一个教书匠,倘若没有形象思维能力的支撑,他就无法让自己的教学和研究灵动活泛起来，这就是高等院校在呆板的理论模式下，按照条条框框的模板去教大学生写作课的后果——学生不爱听，导致各校纷纷取消了写作教研室。而如今大批的作家进驻了高校，尤其是北师大的本硕博都有了这门"创意写作"课程，教育部也将它升格为二级学科，这显然是对死板的抽象化文学教学的一种讽刺、冲击和调整。

难道高校和研究机构的教师和研究者，真的就是不懂也不能进行文学创作实践的冬烘先生吗？在我的目力范围中，50年代和60年代学者从事文学创作的很多，他们早就打破了杨晦在50年代定下的中文系不是培养作家的地方的潜规则，写长篇小说和散文，成为众多学者的选择。

现在，60年代学者公开站出来，群体性地挑战这一墨守成规的高校文学教育格局，正如主编此丛书的李怡兄所言："生于1960年代，目睹历史的跌宕起伏，长于1980年代，见证时代的风起云涌。即将步入中老年之列的一代学人，在学院教育下发展成长，但学术化的训练并不足以穷尽文学的人生感受和情感书写，他们重新汇聚在'抒情与描写'的世界里，重拾文学初心，探求思想和表达的另外一种可能。"李怡兄这个集结号的吹响，无疑是"学院派"自主创作的一种宣言书，尽管许多60后的个体学者早就在从事这项工作了,其"学者散文随笔"在90年代就引起过很大反响,但集体性地向文坛挑战还是第一次。

从文体上来说,带有自传性质的散文随笔成为学者文学创作的首选,是有内在原因的。他们沉淀了一生的学养和学识,往往是带着历史的记忆进入创作的,其中的哲思特征,成为一种特定的风格。我的同事莫砺锋是共和国的同龄人,在他的散文背后,隐藏着强烈的社会背景,同时亦将自己的抒情有机地融入了具有隐喻功能的描写之中,使之成为"学者散文随笔"的一种楷模。这种风格同样折射在50年代生人古代文学学者詹福瑞的散文创作和肖瑞峰的现实主义长篇小说三部曲之中。反观60年代这批学人的散文随笔创作,这样的风格特征也同样十分明显。浏览他们的散文随笔,我由衷地感叹他们不仅在学术上都有各自独树一帜的研究成果,而且在散文随笔的创作中,也同样显示了自身特有的才华。

无论是人物肖像描写,抑或是风景画描写,书中都漫溢着生动有趣的故事摹写,一扫象牙塔里的学究气,走进生活,走近人性,在虚构与非虚构的叙写中,彰显出一个历史在场者的真切感受,这是他们人生真性情的自然流露。

赵勇先生的散文随笔我在网上看过许多,《做生活》

就是他将艺术匠心植入散文随笔的范例。其"书里书外"的"流年碎影",以生动的笔触见长,人性的柔软之处打动了许多读者,其"情信辞巧"的语言风格和灵动的描写,广受读者好评。一个学者能够将散文随笔"做生活"似的干得如此漂亮,均为"贴着人物写"的慧眼所致。

吴晓东先生是一个严谨的学者,他的《距离的美学》用娴熟的学术笔法,去观照文学作品中的人物,其中不乏"记忆的美学"的风范。从"孤独者"的风景,到"心灵的风景",都是一个学者思想反射"永远的绝响",距离之美,是作者凝聚哲思的释放。

王尧先生不仅是散文研究的大家,而且是散文创作的高手,同时还是长篇小说的创作者。从深刻的理论和评论圈子中突围出来后,他在形象思维的天地里,更是游刃有余,其创作的活力和数量自不待说,就许多散文随笔篇什中充满着语言修辞灵性的文字,足以让文坛惊叹不已。

王兆胜先生不仅是一个严谨的编辑家,也是一个散文研究的大家,从他的散文集《生命的密约》中,我们看到的是一幅幅人物的肖像画:从师长到生活困苦的贫农,从父母到兄弟姐妹,从"高山积雪"到"会说话的石头",从"老村老屋"到"我的书房"。我们看到的是大写的人性光芒的辐射,听到的是亲情中感天动地的灵魂呐喊和悲哭，感受到的是风景和风情中的博爱，闻到的是自我灵魂倒影中"最熟悉的陌生人"的气息。兆胜兄用他独有的视角和文字，完美地阐释了人性之美。

李怡先生是我多年的兄弟，我总以为他是一个"书呆子"类型的学者，如今读了他的散文集《我的1980》后，方才领悟了他的文学真性情，尤其是对北师大"大先生"们的描写生动感人，其人物素描显影出了一代又一代北师大学人的风范。而更加生动有趣的故事就在"蒙学记"的篇什中，尤其是儿时和青少年时期，观看电影、听电台广播评书的历史记忆里那些生动的场景描写，记录的是时代下个人思想历程的变迁。1980年代无疑是这一代人最最不能忘却的年代——用狄更斯的名言来说："那是最美好的年代！"也是60后人一去不复返的青春勃发的记忆岁月。

杨联芬女士也是我熟悉的朋友，我是从她的学术著述中认识这位女性的，但不曾想到的是，她的散文随笔写得亦很有味道，女性的独特视角一旦触摸到生活的日常形态，用细腻的笔调加以描绘，那就是一幅充满着情趣的水彩画。《不敢想念》中，其人生的每一次遭遇，每一次悲欢喜怒，都是情真意切的倾诉。"人与爱"构成的画面，奏响的是人类永不消逝的人性交响诗。

这套散文丛书共收集了60年代六位从事现代文学研

究学者的散文随笔。作为现当代文学的创作实践团队集结人，我不知道李怡先生是否还会继续将此丛书编写下去，窃以为，这些学者散文在形象思维和抽象思维的交汇处书写发声，恰恰就是通过独特的视角和文体的变化，弥补了中国当代散文的些微不足——哲思的融入为散文的思想插上了翅膀，让它飞得更高一些。

2024年7月8日写于南大和园桂山下

第一辑

疾病的文学意义

我对爱尔兰的文学形象记忆主要来自乔伊斯的小说集《都柏林人》（1914），而视觉形象记忆则来自美国导演艾伦·帕克根据普利策奖得主弗兰克·麦考特的童年回忆录改编的电影《安琪拉的灰烬》（Angela's Ashes，2000）。《都柏林人》的宗旨，按乔伊斯自己的话说，是力图揭示都柏林生活中的"精神麻痹"："我的目标是要为祖国写一章精神史。我选择都柏林作为背景，因为在我看来，这城市乃是麻痹的中心。"不同于《都柏林人》的"精神麻痹"，《安琪拉的灰烬》给我展现的更是一种身体的麻痹，尤其是几个孩子在饥饿、贫穷、污浊、阴雨、潮湿与疾病中挣扎的身体。

《安琪拉的灰烬》中还有另一副阴郁而美丽的身体——给弗兰克以爱欲历程的即将离世的肺病少女的身

体。对少年弗兰克而言，在这副有着比亚兹莱般奇诡的美丽的身体中，恐惧与诱惑并存。而最终，少女的美丽与诱惑战胜了可能被肺病传染的恐惧。肺病少女那凄冷颓废之美，或许是留给弗兰克灰蒙蒙的少年时代的一抹仅存的亮色。

19世纪末叶到20世纪初叶的欧洲把一种病恹恹的审美氛围长久留在了文学史的记忆中，这就是氤氲在字里行间的结核病的气息。读德富芦花的小说《不如归》（1898—1899），发现这种结核病的气息也曾在日本文坛蔓延，并且携带上了特有的东方美。《不如归》中这样写因结核病而变得分外美丽的女主人公浪子：

> 粉白消瘦的面容，微微颦蹙的双眉，面颊显出病态或者可算美中不足，而瘦削苗条的体型乃一派淑静的品。此非傲笑北风的梅花，亦非朝霞之春化为蝴蝶飞翔的樱花，大可称为于夏之夜阑隐约开放的夜来香。

在人类的治疗史上，被过度审美化了的疾病，可能只有肺结核了。浪子的"夏之夜阑隐约开放的夜来香"之美堪称是它的一种极致。但浪子的粉白消瘦的面容在结核病的症候中却不具有代表性。我们更经常见到的，是潮红的脸颊、神经质的气质、弱不禁风的体格，以及漫长的治疗过程。这种漫长的治疗和恢复过程使结核病变成一种恒常的生存状态，而它所特有的病症审美想象也同时获得了文人的青睐，作家们从中发现了丰沛的文学性，最终使结核病与浪漫主义文学缔结了美好的姻缘。

一种疾病之所以能生成审美化观照，还因为虽然在链霉素尚未发明的时代，肺结核差不多是死神的同义语，但这个死神尚笼罩着朦胧神秘的面纱，不像后来的癌症和艾滋病那般赤裸裸的狰狞。结核病的死亡率固然极高，但它尚属于那种不至于一下子置人于死地的疾病，这一点绝对是一个审美化的重要前提。鲁迅在《病后杂谈》中曾谈到两位心怀"大愿"的人物：

> 一位是愿天下的人都死掉，只剩下他自己和一个好看的姑娘，还有一个卖大饼的；另一位是愿秋天薄暮，吐半口血，两个侍儿扶着，恹恹的到阶前去看秋海棠。这种志向，一看好像离奇，其实却照顾得很周到。第一位姑且不谈他罢，第二位的"吐半口血"，就有很大的道理。才子本来多病，但要"多"，就不能重，假使一吐就是一碗或几升，一个人的血，能有

几回好吐呢？过不几天，就雅不下去了。

吐半口血，自然是无伤大雅的。而肺结核的"雅"，也多半是"吐半口血"的"雅"，或者说，是雅得恰到好处、恰如其分。

浪漫主义时代文学与结核病的结缘，却不止于"雅"的考虑，尽管其中的"雅"充当着二者联姻的重要中介。读日本当今最有影响力的批评家柄谷行人的著作《日本现代文学的起源》，进一步了解到在浪漫主义时代，结核病不仅是一种审美化的存在，同时也是身份、权力与文化的象征，它构成的是如布尔迪厄所说的一种象征化的资本：

> 许多人已指出浪漫派与结核的联系。而据苏珊·桑塔格（Susan Sontag）的《作为隐喻的疾病》一书，在西欧18世纪中叶，结核已经具有了引起浪漫主义联想的性格。结核神话得到广泛传播时，对于俗人和暴发户来说，结核正是高雅、纤细、感性丰富的标志。患有结核的雪莱对同样有此病的济慈写道："这个肺病是更喜欢像你这样写一手好诗的人。"另外，在贵族已非权力而仅仅是一种象征的时候，结核病者的面孔成了贵族面容的新模型。

雷内·杜波斯（René Dubos）指出，"当时疾病的空气广为扩散，因此健康几乎成了野蛮趣味的象征"（《健康的幻想》）。希望获得感性者往往向往自己能患有结核。拜伦说"我真期望自己死于肺病"，健壮而充满活力的大仲马则试图假装患有肺病状。[1]

大仲马之所以要东施效颦，就是因为肺病乃是那个时代的时尚，就像魏晋士人服药而"行散"一样。魏晋士人的服药在当时也是名士的做派，而五石散想必也是普通人不大能买得起的。鲁迅在《魏晋风度及文章与药及酒之关系》中就嘲讽过那些并没服药却"在街旁睡倒，说是'散发'以示阔气"的作假者，可知这种附庸风雅在中国就古已有之。浪漫主义的肺病以及魏晋六朝的"行散"都内涵着一种附加上去的超越于疾病本身的文化语码，是苏珊·桑塔格所谓的隐喻。当苏珊·桑塔格从隐喻的意义上讨论疾病的时候，隐喻已经完全不是单纯的修辞问题。正像法国新小说派大师阿兰·罗伯-格里耶所说：

> 事实上，比喻从来不是什么单纯的修辞问题。说时间"反复无常"，说山岭"威严"，说森林有"心

---

[1] 柄谷行人：《日本现代文学的起源》，赵京华译，生活·读书·新知三联书店，2003，第96页。

脏",说烈日是"无情的",说村庄"卧在"山间,等等,在某种程度上都是提供关于物本身的知识,关于它们的形状、度量、位置等方面的知识。然而所选用的比喻性的词汇,不论它是多么单纯,总比仅仅提供纯粹物理条件方面的知识有更多的意义,而附加的一切又不能仅仅归在美文学的帐下。不管作者有意还是无意,山的高度便获得了一种道德价值,而太阳的酷热也成了一种意志的结果。这些人化了的比喻在整个当代文学中反复出现得太多太普遍了,不能不说表现了整个一种形而上学的体系。①

当我们运用比喻的时候,我们就同时附加了人为的意义。虽然文学作品对比喻的运用往往是出于文学性和审美化的考虑,但是用罗兰·巴尔特的话说,这种审美化使物有了"浪漫心",其实是人的抒情本性的反映,而更潜在的倾向则是一种伦理倾向和意识形态倾向,也是种赋了本真的事物以人类附加的意义的倾向。在柄谷行人那里,对结核病的美化,不仅是无视"蔓延于社会的结核是非常悲惨的"现实,反而"与此社会实际相脱离,并将此颠倒

---

① 阿兰·罗伯-格里耶:《自然、人道主义、悲剧》,载伍蠡甫主编《现代西方文论选》,上海译文出版社,1983,第320页。

过来而具有了一种'意义'"。正是这种价值颠倒所生成的额外的"意义",使结核病成为一种隐喻,并逐渐脱离了人的鲜活的身体,而演化为一个文学的幽灵(当然这个幽灵在浪漫主义者那里可能被奉为缪斯),最终则蜕变成一种神话。就像柄谷行人分析的那样,结核病之所以在浪漫主义文学中无法彻底根除,"不是因为现实中患此病的人之多,而是由于'文学'而神话化了的。与实际上的结核病之蔓延无关,这里所蔓延的乃是结核这一'意义'"。就是说,结核病之所以在文学中蔓延,是因为文学需要它来刺激审美想象,需要它所负载的文化符码,需要它的隐喻意义。结核的这种"意义"毋宁说并非是结核病本身所固有的,而是文学审美历史性地建构出来的。

柄谷行人的深刻之处还在于他进一步发现了:对于结核的文学性美化不仅与关于结核之知识(科学)不相矛盾,相反是与此相生共存的。换句话说,恰恰是两者的合谋共同塑造了结核病的文学神话。因此结核与文学的联姻用柄谷行人的话说,是一种"令人羞耻的结合",它把疾病和痛苦幻化为审美和愉悦,表现的是人类文化机制和价值体系中的某种"倒错性"。所以最后柄谷行人得出的是出人意表的结论:

再次重申，并不是因为有了结核的蔓延这一事实才产生结核的神话化。结核的发生，与英国一样，日本也是因工业革命导致生活形态的急遽变化而扩大的，结核不是因过去就有结核菌而发生的，而是产生于复杂的诸种关系网之失去了原有的平衡。作为事实的结核本身是值得解读的社会、文化症状。

把结核病审美化的背后，掩盖的正是通过福柯式的"知识考古学"式的工作才能发现的社会、文化症状。《日本现代文学的起源》一书的基本构架由此也正是力图揭示在文学、医学等现代知识制度确立的过程中所遮蔽了的东西。

苏珊·桑塔格在《作为隐喻的疾病》一书中所做的是与柄谷行人类似的工作。如果说，柄谷行人对病的追究试图呈示现代知识制度在建构的同时所掩盖的历史本相，那么苏珊·桑塔格则通过服装与疾病来探讨现代性的形成过程中价值观的变化：

> 时至18世纪人们的（社会的，地理的）移动重新成为可能，价值与地位等便不再是与生俱来的了，而成了每个人应该主张获得的东西。这种主张乃是通过新的服装观念及对疾病之新的态度来实现的。服装

（从外面装饰身体之物）与病（装饰身体内面之物）成了对于自我之新态度的比喻象征。[1]

这使我联想到了中国现代作家郁达夫。我在记忆中捕捉到的正是当年读他的小说所感受到的令人窒息的病的气息以及郁达夫对病的题材的处理所表现出的一种"新的态度"。在中国现代作家中，频繁地指涉疾病母题的，或许没有人能出其右。从郁达夫最早的留学生文学《银灰色的死》《沉沦》《南迁》到后来的《胃病》《茫茫夜》《空虚》《杨梅烧酒》《迷羊》《蜃楼》，人类所能有的病差不多都让郁达夫的主人公患上了：感冒、头痛、胃病、肺炎、忧郁症、肺结核、神经衰弱……而且常常是一病就是一年半载的光景。因此病院和疗养院也构成了郁达夫小说中最具典型性的场景，正像托马斯·曼的巨著《魔山》把小说空间设在阿尔卑斯山中的一个疗养院一样。

以往我只是简单地断定疾病的主题是介入郁达夫小说的一个可以尝试的角度，因为生理和身体上的疾病往往制约着主人公的情绪和气质，最终则会在小说的美感层面体现出来。五四的小说读到郁达夫才读出一点令人心动的感

---

[1] 柄谷行人：《日本现代文学的起源》，赵京华译，生活·读书·新知三联书店，2003，第97页。

觉，他的小说中萎靡的感伤之美、阴柔的文化情趣与他大量处理疾病的母题必有一定的关系。如今想来，郁达夫小说中的病未必不是"对于自我之新态度的比喻象征"，正像他小说中的人物"于质夫"所着之装束在当时感伤的一代文学青年中引领服装的潮流一样。郁达夫笔下的病同样有一种"意义"，在小说人物颓废、落魄、病态的外表下其实暗含着一个新的自我，一个零余者（多余人）的形象。

从主体性的角度上说，中国现代文学的创生过程，也是现代主体建构的过程。文学史叙事中关于五四启蒙主义最通常的表述，即是把五四的主题概括为"人的发现"。但是，人虽然发现了，作为现代主体的创建却并非一蹴而就的。刘禾就揭示出中国现代文学中的"自我"范畴是极不稳定的，因为个人常常发现在社会秩序的迅速崩溃中失去了归属。郁达夫的小说经常表现"破碎的、无目的以及充满不确定性因素的旅程"，正是归属感缺失的一个表征。他笔下的多余人大多是漂泊者的形象，但这种漂泊者与鲁迅的过客形象尚有不同，过客的主体性是被一种超目的论的哲学所支撑的主体性，换句话说，跋涉本身就是一种目的论，激励着过客不断前行，不管前方是坟还是鲜花。而郁达夫的零余者则是徘徊的形象，徘徊在男人和女人，东方和西方，传统和现代，知识分子和农民之间，所以郁达夫的零余者无法找到一个稳固的立足点。①《沉沦》(1921)就已经开始了郁达夫的现代主题的表达,即现代性的危机是一种个人主体性以及民族主体性的双重危机,《沉沦》主人公蹈海自尽的象征性的死亡是这种主体性双重缺失的必然结果。由此便可以理解《沉沦》结尾主人公的独白:"祖国呀祖国,我的死是你害我的!你快富起来,强起来吧!你还有许多儿女在那里受苦呢!"个人主体性的崩溃,被小说主人公归因于祖国的积贫积弱。经常看到有评论者指出郁达夫《沉沦》的结尾是失败的,小说本来一直写的是青春期的压抑,是零余者的个体意义上的心理危机,结尾却简单而且牵强地把小说主题提升到爱国主义和政治层面,在意识形态上是分裂的。其实,郁达夫的这个主题模式在现代小说中是司空见惯的,它反映着中国现代主体的建构过程与民族国家之间的千丝万缕的联系。民族国家的危机必然要反映为个人主体性的危机,郁达夫的颓废正是一种危机时刻主体性漂泊不定的反映。他屡屡处理病的题材也当由此获得更深入的解释,这就是郁达夫笔下同样作为隐喻的疾病所承载的现代性"意义"。

读郁达夫的小说,你会深切地感受到,疾病就是人物

---

① 刘禾:《跨语际实践——文学,民族文化与被译介的现代性》,生活·读书·新知三联书店,2002,第210页。

的命运，是人物的生存形态，同时也构成了一种隐喻。就像美国文学理论家卡勒尔谈论罗兰·巴尔特那样："巴尔特说他的身体属于托马斯·曼的《魔山》的世界，在那里，肺结核的医治肯定是一种生活方式。"[1] 也许20世纪作家所能编织出来的关于"病"的最庞大的隐喻就是托马斯·曼的"魔山"世界了。这个世界完全也可以说是一个不折不扣的"神话"，即柄谷行人所谓"病的神话化"。卡尔维诺是这样评价"魔山"神话的：

> 我们都记得，许多人称之为是对本世纪文化最完备引论的一本书本身是一部长篇小说，即托马斯·曼（Thomas Mann）。如果这样说是不过分的：阿尔卑斯山中疗养院那狭小而封闭的世界是二十世纪思想家必定遵循的全部线索的出发点：今天被讨论的全部主题都已经在那里预告过、评论过了。[2]

因此，我们不难想见为什么罗兰·巴尔特会说他的身

---

[1] 卡勒尔：《罗兰·巴尔特》，方谦译，生活·读书·新知三联书店，1988，第18页。

[2] 卡尔维诺：《未来千年文学备忘录》，杨德友译，辽宁教育出版社，1997，第1页。

体属于托马斯·曼的《魔山》的世界。在1977年《法兰西学院文学符号学讲座就职讲演》中,罗兰·巴尔特指出:"我所经历过的肺结核病与《魔山》中的肺结核病十分相近,这两种时间混合在一起,都远离开我的现在了。于是我惊骇地(只有显而易见的事物才能使人惊骇)觉察,我自己的身体是历史性的。在某种意义上,我的身体与《魔山》中的主人公汉斯·加斯托普属于同一时代。1907年时我的尚未诞生的身体已经20岁了,这一年汉斯进入并定居在'山区',我的身体比我老得多,似乎我们永远保持着这个社会性忧虑的年龄,这种忧虑是世态沧桑使我们易于感受到的。"①

罗兰·巴尔特从《魔山》中的肺结核病里感到的是自己身体的历史性。这种历史性堪称是病的隐喻意义所赋予的。凭借这种隐喻,罗兰·巴尔特觉得自己生活在过去的年代,身体也由于这种过去性而"比我老得多"。这种能够唤回过去的"隐喻"在人的生存的现实中可以说是俯拾皆是的,我联想到的是鲁迅的《腊叶》中所写到的那片去年秋天摘下的"病叶":"一片独有一点蛀孔,镶着乌黑的花边,在红,黄和绿的斑驳中,明眸似的向人凝视。我

---

① 罗兰·巴尔特:《符号学原理:结构主义文学理论文选》,李幼蒸译,生活·读书·新知三联书店,1988,第20页。

自念：这是病叶呵！便将他摘了下来，夹在刚才买到的《雁门集》里。大概是愿使这将坠的被蚀而斑斓的颜色，暂得保存，不即与群叶一同飘散罢。"一片病叶，因其"病"，而获得了作者更多的温情，鲁迅笔下难得一见的正是如此充满温情的慨叹："这是病叶呵！"这慨叹令我感怀不已。而让我更加感怀的是散文中透露出的罗兰·巴尔特式的"世态沧桑"感：

> 但今夜他却黄蜡似的躺在我的眼前，那眸子也不复似去年一般灼灼。假使再过几年，旧时的颜色在我记忆中消去，怕连我也不知道他何以夹在书里面的原因了。将坠的病叶的斑斓，似乎也只能在极短时中相对，更何况是葱郁的呢。看看窗外，很能耐寒的树木也早经秃尽了；枫树更何消说得。当深秋时，想来也许有和这去年的模样相似的病叶的罢，但可惜我今年竟没有赏玩秋树的余闲。

鲁迅把一片病叶夹在书中的举动也无异于"暂得保存"一种"病"的意义。然而在挽留病的"意义"的同时，鲁迅也发现"意义"如同旧时的颜色一般消蚀，而窗外秃尽的树木正显示着此刻的冬天的本相，这正是"意义"无法挽回的本质，它超越了温情，也超越了审美化的"余闲"，最终真正地祛除了"病"的附加语义，从而还原了生命形态的历史性与本真性。

孤独的人才能发现风景

偶有机会出去旅行,总会发现自己的旅行经验印证着柄谷行人关于"风景的发现"的理论。柄谷行人在《日本现代文学的起源》一书中曾借助于日本小说家国木田独步的作品《难忘的人们》(1898)阐发他的风景理论。令人印象深刻的一个细节是《难忘的人们》中的主人公大津从大阪坐小火轮渡过濑户内海时的情景。这段海道在日本也堪称是风景发现的最佳地域之一,郁达夫在《海上——自传之八》中将其形容为"四周如画,明媚到了无以复加",并由此"生出神仙窟宅的幻想"。在《山水及自然景物的欣赏》中,郁达夫还写道:

> 我曾经到过日本的濑户内海去旅行,月夜行舟,四面的青葱欲滴,当时我就只想在四国的海岸做一个

半渔半读的乡下农民；依船楼而四望，真觉得物我两忘，生死全空了。

酷似郁达夫所拟想的情境，《难忘的人们》的主人公在船上观察的正是这样一个"在寂寞的岛上岸边捕鱼的人。随着火轮的行进那人影渐渐变成一个黑点。不久那岸边那山乃至整个岛屿便消失在雾里了。那以后至今的十年之间，我多次回忆起岛上那不曾相识的人。这就是我'难忘的人们'中的一位"。

柄谷行人分析说，《难忘的人们》的主人公大津所看到的那岛上的捕鱼的人与其说是"人"，不如说是一个"风景"，是作为风景的人。岛上那不曾相识的人之所以难忘，是因为他是被作为"孤独的风景"而体验的。里尔克在《论山水》中也曾谈到在西方山水画的发展阶段中，有一个"人"走进纯粹的风景中进而成为风景的一部分的艺术史历程：

> 后来有人走入这个环境，作为牧童、作为农夫，或单纯作为一个形体从画的深处显现：那时一切矜夸都离开了他，而我们观看他，他要成为"物"。

这种"人"成为"物"的过程，即是人的风景化的过程。

这其实也是有过旅行经验的人的共通体验，在火车或者汽车上，很多人喜欢看沿途的风景。沿途的乡野中一掠而过的人当然是被当作风景来看的。对我来说，这种沿途的风景与旅行的目的地一样具有吸引力。曾在《读书》杂志上看到一篇台湾学者的文章，说他属于旅行中在行进的车上连一秒钟都不愿错过窗外风景的那种旅人，读罢感到于我心有戚戚焉。但我稍有不同的是，我也同样喜欢观察车上人们的形态，发现东倒西歪仰头大睡的游客还是占据了大多数，令人想起一句关于所谓"中国式旅游"的顺口溜："上车睡觉，下车拍照，回家一问，什么也不知道。"我的一位老师曾经谈起他在国外旅行的体验，中国游客全都是到了目的地之后对着景点一通猛照。如果在国外的名胜看到最喜欢拍照的游客群体，那十有八九是中国团队。有的游客拍完照片后甚至根本不看风景马上就回车上继续睡觉了。那么什么时候看风景呢？据说是回家后再看照片。可能因为看照片有一种特别的距离美。近十年前，我所在的单位组织教师外出游览某一风景名胜，我的一位同事带着一个大大的高倍苏式军用望远镜。一路上他对所经过的景点都漫不经心，我就问："你怎么什么都不看？"他说："我有望远镜，等走远了再看。"挪用柄谷行人的理论，可以说，我的同事是借助于一个柄谷行人所谓的"装置"

来看风景的,这个装置在柄谷行人那里是现代性,在我的同事那里是形式感和距离感。望远镜的镜头显然一方面带来距离感,另一方面也带来观看的某种仪式性。这就是浪漫主义的审美观,什么事情都一定要带着某种距离来观照,从中凸显一种形式感甚至仪式感。爱默生在《论自然》一书中就曾经举过类似的例子:"在照相机的暗盒里,我们看到的屠夫大车和家庭成员都显得那么有趣。"丹麦大文豪勃兰兑斯也说:真正的风景同它在水中的影像相比是枯燥的,所以才有"水中月,镜中花"之说。而风景在望远镜镜头里也同样获得的是这种形式感。我的同事也许觉得好的风景走马观花地看未免可惜,一定要借助于望远镜才显得郑重其事。

但在这次单位组织的旅游经历中,除了这位同事的望远镜给我留下深刻记忆,此外都看了什么风景我却已经淡忘了。如果依照柄谷行人的理论,这种随团的群体旅游是很难发现风景的。柄谷行人认为,只有那些孤独的人才能真正发现风景,风景是由沉迷于自己的内心世界的人洞察的。为什么《难忘的人们》中的主人公看到荒凉的岛上形只影单的渔人觉得难忘?他难忘的其实是自己当时的心境,是这种孤独的心境在风景上的叠印,于是一切所见才成为被心灵铭刻的风景。《难忘的人们》中的主人公"我"

（大津）这样描述自己当时的心境：

> 不过那时身体不怎么好，一定是心情沉郁常常陷入沉思。我只记得不断地走上甲板，在心里描绘将来的梦想，不断思考起此世界中人的身世境遇。当然，这乃是年轻人胡思乱想的脾性没有什么奇怪的，那时，春日和暖的阳光如油彩一般融解于海面，船首划开几乎没有一点涟漪的海面撞起悦耳的音响，徐徐前行的火轮迎来又送走薄雾缠绵的岛屿，我眺望着那船舷左右的景色。如同用菜花和麦叶铺成的岛屿宛如浮在雾里一般。其时，火船从距离不到一里远的地方通过一个小岛，我依着船栏漫无心意地望着。山脚下各处只有成片矮矮的松树林，所见之处看不到农田和人家。潮水退去后的寂寞的岸石辉映着日光，小小的波涛拍打着岸边，长长的海岸线如同白刃一样其光辉渐渐消失。

这是一段日本文学中值得反复品味的华彩文字。其中状写的风景是以"我"的眼睛见出的，有几处直接指涉观察的主体："我眺望着那船舷左右的景色"，"我依着船栏漫无心意地望着"，都直接指涉着观察的行为——眺望。

这里的"眺望",不同于一般意义上的"看","眺望"正是使对象成为风景的方式。而"心情沉郁常常陷入沉思"以及"潮水退去后的寂寞的岸石辉映着日光"等表述,本身就是一种心灵与精神的语言,与其说是"岸石"寂寞,不如说寂寞的岸石反衬出"我"的孤寂的心灵状态。这是一段把内心叙事与外部风景叙写完美地结合为一体的文学语言。

所以柄谷行人说:

> 风景是和孤独的内心状态紧密联接在一起的。这个人物对无所谓的他人感到了"无我无他"的一体感,但也可以说他对眼前的他者表示的是冷淡。换言之,只有在对周围外部的东西没有关心的"内在的人"(inner man)那里,风景才能得以发现。风景乃是被无视"外部"的人发现的。

柄谷行人的这个论断是个悖论,但是也很深刻:专注于自己内心的人却发现了外部的风景。

古今中外的风景游记其实屡屡印证了风景的发现与一个人的孤身旅行之间的特别关联。我个人微薄的经验也是如此:记忆和印象中最深刻的旅行往往是那种一个人上路的旅行，因为有些孤独，所以感觉就更加敏锐，注意力也能集中于风景之上。而什么也记不住的则是跟随团队的旅游，特别是到外地开会由会议主办方组织的观光游览。

而一个人的行旅中，风景其实经常印证的也正是内心的孤独，或者说内心的孤独往往在风景上有一种无形的投射。我至今难以忘怀当初读诺贝尔文学奖获得者、法国作家加缪青年时代的散文《反与正》时的共鸣。《反与正》写的是加缪足迹遍布欧美大陆的旅行。但与一般游记的写法迥然不同，加缪深邃的目光往往穿透了旅行中所看到的陌生的风景而抵达的是自己的内心世界。孤独的风景激发的是内在的启悟，风景成为心灵的内在背景。我所读到的，正是一颗年青而孤独的灵魂在风景的发现中的启悟历程：他那纤细而敏锐的感觉如何接纳着这个世界；"旅行构成的生动而又感人的景色"如何化为他心灵的内在背景。青年加缪表现出的是一种既沉潜又敏感的性格，这使他在风景之旅中把一切外在的视景都沉积到心理层次。于是，即使游历繁华的都市，他也要透过喧嚣的外表力图看到它忧郁的内质，捕捉到一个城市深处的落寞与渴望，他的所到之处，都由于这种心理意向而带上了心灵化特征。孤独的风景反而使加缪一步步走向自己的内心深处，用加缪自己的结论则是："我永远是我自己的囚犯。"这种"永远是我自己的囚犯"的感觉伴随着加缪的整个旅程，甚至伴随了他的一生。这是心灵的自我囚禁和自我放逐之旅，由此，外部风景也被囚禁在内心城池，进而化为自己心灵风景的一部分。

这就是"风景的心灵化"。

因此，加缪印证的是发现风景也是发现心灵的过程。类似的说法在西方很早就有。中国现代作家梁宗岱在诗论中曾经引用过瑞士人亚弥尔的名言："每一片风景都是一颗心灵。"这句话揭示的正是风景与心灵相互映发的关系，也印证了里尔克所谓在"世界的山水化"的过程中，有一个辽远的人的发展的历史进程。人的心灵逐渐介入了单纯的风景，风景由此与人不再陌生，正如里尔克所说：人"有如一个物置身于万物之中，无限地单独，一切物与人的结合都退至共同的深处，那里浸润着一切生长者的根"。这个所谓的"共同的深处"正是接纳了人的"自然"与"风景"。

风景观的浪漫主义传统

2011年初计划集中阅读一些中西方的关于山水和风景的文学作品以及理论著作，打算重读郁达夫上世纪二三十年代关涉风景的创作、卞之琳写于40年代的长篇小说残篇《山山水水》、日本作家国木田独步的《武藏野》、松尾芭蕉的《奥州小道》、东山魁夷的《与风景对话》，以及张箭飞翻译的美国学者温迪·J.达比所著的专著《风景与认同》等。

我的"阅读的雪球"其实是从里尔克的名篇《论山水》开始滚动的，途经郁达夫与日本作家笔下的风景，最后则把雪球滚动到壮丽的浪漫主义雪山脚下。

在这一年的阅读中，比较有趣的体验是把郁达夫笔下的风景与国木田独步的《武藏野》以及《难忘的人们》对读。这种读法当然是受到了柄谷行人的启发。在《日本现代文学的起源》一书中,柄谷行人把国木田独步的作品《难忘的人们》以及《武藏野》视为日本现代文学"风景之发现"的现场。而郁达夫的意义也在于他的《沉沦》等作品中创生了中国现代文学中最早的风景。柄谷行人借助于国木田独步的《难忘的人们》试图说明"只有在对周围外部的东西没有关心的'内在的人'(inner man)那里,风景才能得以发现",现代风景恰恰生成于现代主体与外部世界的疏离的过程中。而重读郁达夫的创作,则发现在他的《沉沦》等留学生题材的小说中,日本的如画风景之所以进入郁达夫的视野,也和作者对日本民族和社会的疏离相关,正印证了柄谷行人别出心裁的理论:所谓"风景是和孤独的内心状态紧密联接在一起的"。

与国木田独步《难忘的人们》中的主人公一样,风景对于塑造郁达夫笔下浪漫主义主体形象也起了至关重要的作用,现代风景因此与现代主体的构建达成了内在的默契。这就是所谓的"内化",风景内化为心理、情感和认知的结构。风景中叠加的是作家的情感色彩和心灵印痕。这就是典型的浪漫主义作家笔下的风景。所以在浪漫派作家的小说中,风景都不单单是风景,而是内心的对象化。无论是国木田独步的《难忘的人们》还是郁达夫的《沉沦》,风景描写与自然主义以及写实主义作家笔下的风景构成了明显的区隔。写实主义描写风景的目的是尽可能客观地提供一个自然环境，人物就在这个环境里生存。而浪漫派的风景是属人的，是为心境和心理现实服务的。

对浪漫主义风景观的这种认知，其实是从里尔克的《论山水》那里开始获得的。我在2011年的元旦这一天再次重读了里尔克的《论山水》。这篇被中译者冯至称为"抵得住一部艺术学者的专著"的只有三千字的散文，我每次重读都有新的触动。这次重读关注的是里尔克在文中所描述的"世界的山水化"与"人的发展"的内在统一的艺术史进程。里尔克发现这一"世界的山水化"的过程在19世纪的浪漫主义那里达到高峰，形成的是一个波澜壮阔的重返大自然的浪漫主义思潮。于是沿着里尔克指引的方向追踪溯源，我又重新翻阅了一些西方18、19世纪浪漫主义的著作，并以勃兰兑斯的六卷本《十九世纪文学主流》为向导，读了勃兰兑斯在这部堪称经典的鸿篇巨制中详尽论及的英国浪漫主义诗人雪莱、拜伦、华兹华斯，经由德国浪漫派，最后流连于爱默生在小册子《论自然》中所阐释的浪漫主义自然观。

我对西方浪漫主义经典已经有一种久违之感。此前我阅读的兴趣重心一直以20世纪的西方哲学和现代主义文学经典为主。此番重温浪漫主义，发现20世纪的现代主义深刻，而19世纪的浪漫主义博大。尤其是关于人与自然的思考，在19世纪的浪漫主义那里已经达到了难以企及的高峰。正像勃兰兑斯概括的那样：

> 对于大自然的爱好，在十九世纪初期像巨大的波涛似的席卷了欧洲。
>
> 英国诗人全部都是大自然的观察者、爱好者和崇拜者。……华兹华斯，在他的旗帜上写上了"自然"这个名词。

勃兰兑斯还引用罗斯金的话，称"华兹华斯为他那个时期诗坛上的伟大的风景画家"。而雪莱则被勃兰兑斯称为"自然的热情恋人"。拜伦、济慈、科勒律治等一代英国浪漫主义诗人，都是大自然的爱好者，把世界的山水化的浪潮推向顶峰。

读勃兰兑斯以及他所阐释的浪漫主义经典，发现对大自然的崇拜和山水意识的勃兴作为19世纪的一种世界性的浪潮，完全改变了人们对自然的认识，进而也改变了人类对自我的认知。爱默生在《论自然》中就把大自然看成是人的精神的象征，人是通过理解自然而理解自身的："大自然依照天意的安排，势必要与精神携手，进行解放人类的工作。"卞之琳的小说《山山水水》中就说:"所以山水还是用来表现人,尽管不着痕迹。中国人自古以来最习惯于用自然美来形容人格美。"这应和了宗白华的美学观点。在写于1940年的《论〈世说新语〉和晋人的美》中,宗白华说:

> 晋人向外发现了自然,向内发现了自己的深情。山水虚灵化了,也情致化了。陶渊明、谢灵运这般人的山水诗那样的好,是由于他们对于自然有那一股新鲜发现时身入化境浓酣忘我的趣味。

用里尔克的《论山水》中的话说,即所谓"一切物与人的结合都退至共同的深处,那里浸润着一切生长者的根"。这也是浪漫主义者所致力于塑造的人与自然的一体化关系,并深刻影响了后来者对山水和风景的态度。

郁达夫与国木田独步的风景观中,正拖着一个深远的浪漫主义的美学背景。譬如郁达夫酷爱孤寂、荒凉和废墟之美,这种审美虽然是一种典型的现代性的颓废,但其审美资源正来自于浪漫派。勃兰兑斯在《十九世纪文学主流》中引用亚历山大·洪堡的观点,认为"古人只是当自然是微笑、表示友好并对他们有用的时候,才真正发现自然的美。浪漫主义者则相反：当自然对人们有用的时候，他们并不认为它美。"勃兰兑斯说：

> 只有不结果实的花朵才是浪漫主义的。……他们发现自然在蛮荒状态中，或者当它在他们身上引起模糊的恐怖感的时候，才是最美的。黑夜和峡谷的幽暗，使心灵为之毛骨悚然、惊慌失措的孤寂，正是浪漫主义者的爱好所在。

勃兰兑斯继而断言，浪漫主义者与其说发现了自然，不如说发现了自己的内心。如果说自然观在卢梭那里侧重于情感，在浪漫主义者这里则侧重于幻想。歌德曾经说过："自然无核亦无壳，混沌乍开成万物。浪漫主义者一味关注那个核，关注那个神秘的内在。"柄谷行人也注意到这一点：风景是通过对外界的疏远化，即极端的内心化而被发现的。大规模发生这种现象则是在浪漫派那里。这与现代资本主义在19世纪所显露出的社会弊端有关，也与现代都市文明的压抑有关。从卢梭到19世纪欧洲浪漫派，再到国木田独步与郁达夫，"大自然"是一个逃离束缚的关于自由的范畴，也是一个返璞归真的哲学概念。卢梭、华兹华斯以及爱默生都为浪漫派贡献了系统的自然观，主张心灵与自然的沟通，并在华兹华斯那里达到了极致，正如钱锺书在《谈艺录》中所说："状诗人心与物凝之境，莫过华兹华斯。"

这一年的阅读最终强化的是我对瑞士人亚弥尔的名言的体认："每一片风景都是一颗心灵。"我最早是在梁宗岱的象征主义诗论中看到这句话的。宗白华在《中国艺术意境之诞生》中则把这句名言翻译为："一片自然风景是一个心灵境界。"到了钱锺书的《谈艺录》中则是更为简洁的翻译："风景即心境。"可见亚弥尔的这句名言已经深深地介入到中国现代作家和学者对风景的浪漫主义领悟中。

司各特的目光

苏格兰首府爱丁堡地标性的建筑是王子公园内的司各特纪念塔。当离开游人摩肩接踵的爱丁堡古堡,从皇家英里大道穿过一条狭窄的石板路街巷走向王子大街,迎面遭遇纪念塔的一瞬间,它给人的震撼似乎难以用文字表达。这种震撼一直伴随着拾级而上的登塔的全程,并在登上塔顶之际达到高峰。当我总算慢慢习惯了纪念塔的恢宏,并在塔的周遭流连忘返多时之后,无论走在爱丁堡的任何一个地方,猛然抬头或蓦然回首,都能看到这座60多米高的哥特式纪念塔不期然间映入眼帘,让你时刻意识到司各特对于苏格兰的意义。

一个民族对自己的作家的尊崇,就物质形式的纪念碑而言,还有哪个国度的哪个作家堪与这个作为"苏格兰之魂"的司各特相比?

建成于1844年的司各特纪念塔呈哥特式建筑风格，由四座小一点的尖塔拱卫着中央主塔，主塔正中的基座上端坐着司各特。主塔底部四面镂空，我因而得以从四个方向瞻仰司各特的大理石雕像，先看雕像的背影以及两面侧身，最后走到正面，看到长袍大袖的司各特凝神远方，谛视着曾经遍布他的文学书写之中的苏格兰风景。

在西方文学史上讨论风景与民族性的关系时，人们经常谈及的，正是司各特的例子。司各特对苏格兰风景的贡献，他人堪称难以望其项背，差不多把苏格兰稍微有名一点的地方都写光了。由于没有给他人留下可写的余地，就引起了其他作家的不满和抱怨。英国诗人穆尔当年就写诗挖苦司各特：

> 如果你有了一点要写上几行的诗兴，
> 我们这里有一条妙计献上——你可得抓紧，
> 要知道司各特先生已经离开英格兰——苏格兰边境，为了寻求新的声名，
> 正拿着四开本的画纸向镇上走近；
> 从克罗比开始（这活儿肯定会有一笔好进账），
> 他想要把路上所有的绅士庄园——描写，在它们身上"大做文章"——

我们的妙计就是（虽然我们的任何一匹马都赶不上他）：

赶紧捧出一位新诗人穿过大道去和他对抗，

迅速写出点东西印成校样——千万别修改——还要把文章拉长，

抢先描写几家别墅，趁司各特还没有到来的时光。

正因为对苏格兰风景的倾情礼赞，使司各特成为苏格兰民族风景的重要发现者，甚至成为苏格兰民族性的塑造者。赴英伦之前，怀着对苏格兰风景先期的热望，重新读了张箭飞教授研究司各特的文章《风景与民族性的建构——以华特·司各特为例》，文章讨论的是司各特创作中的苏格兰风景描写，试图从中辨认和分析风景是如何体现出苏格兰的民族性，以及司各特如何把浪漫主义的自然之热爱转译成一种文化民族主义的表达。按英国思想家以赛亚·伯林的表述，苏格兰人是"根据风景来理解他们自己并获得他们作为苏格兰人的认同"。在这个意义上，司各特堪称创造了一种新的风景神话，给苏格兰人提供了"一种深厚的情感和文化连接"。苏格兰高地也成为今天英伦三岛上最有代表性的风光。而在司各特之前，那里以荒凉崎岖、贫瘠悲惨著称，英格兰人也总是把苏格兰的荒原景色同犯罪联系起来，对苏格兰高地充满偏见和恐惧，连当时英格兰最有名的文人塞缪尔·约翰逊博士旅行到苏格兰高地时，也会拉下马车的窗帘，"因为那里的山景使他感到不安"，这与后来人们趋之若鹜地到苏格兰高地旅游，恰成对照。

苏格兰高地从当年人们唯恐避之不及，到后来成为世界上最有名的风景名胜之一，这一历史过程经常被当作旅游策划的成功案例。

在中外旅游史上，经常会出现对于风景的叙述造就了风景的发现和旅游的盛况的先例。柄谷行人在《日本现代文学的起源》中曾提到卢梭与阿尔卑斯山的风景发现的关系：

> 卢梭在《忏悔录》中描写了自己在1728年与阿尔卑斯的大自然合一的体验。此前的阿尔卑斯不过是讨厌的障碍物，可是，人们为了观赏卢梭所看到的大自然纷纷来到瑞士。Alpinist（登山家）如字义所示乃诞生于"文学"。而日本的"阿尔卑斯"亦是由外国人发现的，并从此开始了登山运动。

日本也有一个与欧洲同名的阿尔卑斯山，不仅名字是从欧洲的阿尔卑斯借来的，而且也是由外国登山者最早"发现"的。而柄谷行人所谓"Alpinist（登山家）如字义所示乃诞生于'文学'"，也证明了风景的发现与文学的关系。在这个意义上说，司各特也正是苏格兰风景当之无愧的发现者。

沿着司各特纪念塔狭窄的阶梯，最后走到尖顶上最高的观景台，据说我已经攀登了287级台阶，每一阶似乎都在抬升攀登者对于司各特的景仰。这也应该是当初纪念塔的设计者——乔治·梅克尔·坎普的初衷。当整个爱丁堡的新城和旧城，甚至连英国东海也尽收眼底的时候，我似乎明白了到此一游的全世界游客，都借用的是司各特观看风景的目光。

废墟的忧伤

这是一部2006年诺贝尔文学奖获得者的童年回忆录，同时也可以看成是帕慕克在其中长大的都市——伊斯坦布尔的传记。

我是把帕慕克的这部《伊斯坦布尔：一座城市的记忆》与本雅明的《驼背小人——1900年前后柏林的童年》比照着阅读的。本雅明在诸如西洋景、煤气灯、电话机、针线盒等一系列物什中追寻自己对于童年时代柏林这座都市的个人记忆，而帕慕克则借助于他自己精心搜集的一张张关于伊斯坦布尔的老照片，勾勒了一幅彳亍于帝国斜阳的颓败记忆以及现代化转型浪潮之间的伊城的忧伤背影。

帕慕克在这部题为《伊斯坦布尔：一座城市的记忆》的传记一开头就奠定了自己与伊城的情感基调：

> 我出生的城市在她两千年的历史中从不曾如此贫穷、破败、孤立。她对我而言一直是个废墟之城，充满帝国斜阳的忧伤。我一生不是对抗这种忧伤，就是（跟每个伊斯坦布尔人一样）让她成为自己的忧伤。

一座城市的忧伤终究要化为她的子民的忧伤。对于帕慕克而言，伊斯坦布尔的忧伤在他的成长过程中想必是一种如影随形挥之不去的生存背景，最终则化为这部童年回忆录的忧伤底色。

伊斯坦布尔的忧伤，在很大程度上来自于帕慕克对童年时代伊城贫民区的废墟的状写以及由此而来的废墟体验。这些废墟的绝大部分在今天业已被清除，然而它们一度呈现了在奥斯曼帝国逐渐消亡，一个西化而现代的伊斯坦布尔兴起的过程中历史更迭的记忆。这些废墟的记忆与书中一幅幅旧时照片相印证，仿佛那些曾经有过的废墟并没有真正化为旧时月色。

废墟的忧伤在帕慕克这里堪称是一种体验都市的美学形式。这是一种蕴含着些许悖谬的美感，它的一端联系着奥斯曼帝国的崩溃，另一端则维系着"诞生于城墙外荒凉、孤立、贫穷街区的梦想"。帕慕克正是把这个梦想称为——废墟的忧伤："假使通过局外人的眼睛观看这些场景，就可能'美丽如画'。忧伤最初被看成如画的风光之美，却也逐渐用于表达一整个世纪的败战与贫困给伊斯坦布尔人民带来的悲痛。"由此，如画之美与悲痛之感奇异地交融在废墟体验之中，并生成了一种特有的美学。帕慕克称这是一种"偶然性的美"：

> 在伊斯坦布尔的贫民区，美完全归属于坍塌的城墙，从鲁梅利堡垒和安那多鲁堡垒（Anadoluhisari）的高塔和墙垣长出来的野草、常春藤和树。破败的喷泉，摇摇欲坠的老宅邸，废弃的百年煤气厂，清真寺剥落的古墙，相互缠绕的常春藤和梧桐树遮住木造房屋染黑的旧墙，这些都是偶然性的美。

废墟美学的核心就在于"偶然性"。这种偶然之美的理论依据可以推溯到英国作家约翰·罗斯金。罗斯金在他《建筑的七盏明灯》一书中曾专门讨论过所谓"如画之美"，并将建筑上所体现出的这种独特之美归于其偶然性。

> 因此形容某某东西"美丽如画"，描述的是随着时间推移而变美的建筑风光，它的美是其创造者未曾料到的。对罗斯金来说，如画之美来自建筑物矗立数

百年后才会浮现的细节，来自常春藤、四周环绕的青草绿叶，来自远处的岩石，天上的云和滔滔的海洋。因此新建筑无所谓如画之处，它要求你观看它本身，惟有在历史赋予它偶然之美，赋予我们意外的新看法，它才变得美丽如画。

由此我们可以了悟：所谓的"偶然之美"其实来自于历史以及时光在建筑物上雕刻的印痕。同时偶然之美也需要一种类似中国园林艺术中的精髓——借景。"只有当我们从街头缝隙或无花果树夹道的巷弄中瞥见这些建筑，或看见海洋的亮光投射在建筑物墙上，我们方能说是欣赏如画之美。"因此，在《伊斯坦布尔：一座城市的记忆》中，我们每每看到的是那些与废墟合为一体的常春藤、环绕的青草、远处的博斯普鲁斯海峡微暗的波光，它们都构成了废墟必不可少的"借景"。这些与其"借景"一体化的废墟，往往是在"街头缝隙或无花果树夹道的巷弄中"闪现的，废墟的前景也往往是拴在树杈间的牛、奔跑而过的孩子、横七竖八的墓碑、杂乱无章地晾晒着的衣物……它们都赋予了建筑物以意外之美，是一种附加于建筑物之上的文化和审美语义，是单纯的建筑物本身并不具有的美感。而"废墟"之上则天然禀赋着这些历史、文化和审美的积淀。因此，帕慕克说：

> 若想在废墟中"发现"城市的灵魂，将这些废墟看做城市"精髓"的表现，你就得踏上布满历史偶然性的迷宫长径。

帕慕克在本书中曾经提及的本雅明则激赏古老的"寓言"这一体裁在现代所重新获得的艺术生命力以及表达悖论的能力。本雅明指出："寓言在思想之中一如废墟在物体之中。"在他看来，废墟的价值正在其历史性。也正是这一点导引着帕慕克走向了"布满历史偶然性的迷宫长径"去捕捉废墟的灵韵。无论是辉煌绚烂的往昔还是业已衰颓的过去如今都在废墟上定格，一座废墟为你的思想注入的是无限苍凉的历史感。在某种意义上说，已逝的历史并非贮存在博物馆中，而恰恰是凝聚在无人光顾的废墟里，这也是横亘北中国的一段段废弃的长城永远比那些修葺完好的观光长城史给人震撼的原因所在。

在《伊斯坦布尔：一座城市的记忆》一书中，同样令我着迷的还有帕慕克搜集的关于废墟的照片。这些伊城的旧时影像与帕慕克的诗意文字相得益彰。甚或可以说，帕慕克文字中对伊斯坦布尔废墟的描述，如果没有书中所附的大量废墟照片做参照，其感染力必定要逊色不少。就像前苏联导演塔可夫斯基的诗性电影《乡愁》，如果缺了结尾所定格的教堂废墟，其弥漫的乡愁就将难以找到附着之物一样。塔可夫斯基把自己薄雾笼罩之中的故乡田园屋舍与意大利锡耶纳南部的圣加尔加诺修道院的废墟别出心裁地叠加在一起，没有屋顶的教堂围住了落雪的俄罗斯乡村，也封存了塔可夫斯基漫天飞雪般的乡愁。这种匪夷所思的废墟影像给我的震撼如今在《伊斯坦布尔：一座城市的记忆》一幅幅古旧的废墟照片中又重新体验了，正像塞外那些游人罕至的废弃长城曾经给过我的触动一样。

我尤其流连于书中第275页所载的由摄影家古勒拍摄的那幅照片，占满画面的断井残垣中探出一个少年的略带几许惊愕表情的脸。我把这幅照片中的那个男孩，看作是帕慕克少年时代的缩影。那种惊愕中的探询表情，使帕慕克成为他自己所谓的一个伊城的"陌生人"，也使帕慕克笔下的伊城，从一开始就携带着他的隐含的局外观察者。因为伊城的废墟风景，只有在一个陌生者的视野中才能得到真正的关注和呈现，诚如帕慕克所言：

若想体验伊斯坦布尔的后街，若想欣赏使废墟具有偶然之美的常春藤和树木，首先你在它们面前，必须成为"陌生人"。

欣赏贫困潦倒和历史衰退的偶然之美,在废墟中观看如画之景的人,往往是我们这些外来者。

对于一直未离开伊城的帕慕克而言,从自己的城市所体悟到的美感或许在很大程度上来自"幽灵分身"所生成的陌生化效果。在本书的第 1 页,帕慕克就称:"从我能记忆以来,我对自己的幽灵分身所怀有的感觉就很明确。"当这种"幽灵分身"在已身为作家的帕慕克那里成为一种艺术自觉之后,所谓"分身"就演变成一个自我"他者化"的过程,借此作者得以体验虚拟化的另一个自我,体验别一种可能的生存。这种自我陌生化,也被帕慕克引申为体验"废墟的忧伤"的一种"陌生人"的视界。

耐人寻味的是,这种"陌生人"的视角在很大程度上也是西方的视角。一二百年以来,西方尤其是法国作家福楼拜、安德列·纪德、钱拉·德·奈瓦尔、泰奥菲尔·戈蒂耶,都曾经在伊斯坦布尔留下过自己漫游的足迹。如果说 1843 年带着忧伤来到东方,"令人觉得他将在伊斯坦布尔找到忧伤"的法国诗人奈瓦尔只在尼罗河岸看到"忧伤的黑色太阳"。那么,随后奈瓦尔中学时代的朋友,身为记者、诗人和小说家的戈蒂耶则"忧伤地走过"伊斯坦布尔的贫困城区,"在脏乱之中发现了忧伤之美"。戈蒂耶"有力地表述城墙的厚度与耐久,它们的剧变,时间的裂缝与蹂躏:划过整座高塔的裂纹,散落在塔底的破片",并且"相信世界上没有哪个地方比这条路更严峻、更忧伤,路长三里多,一端是废墟,另一端是墓地"。当帕慕克集中阅读诸如戈蒂耶这类西方作家对伊城的描述的时候,他发现这种"废墟的忧伤"的审美情调其实正是被西方人最早的观察与描述所奠定的。

据此,帕慕克认为:"我们的'呼愁'(土耳其语,意指忧伤,乃《伊斯坦布尔》一书的中心词汇,帕慕克花费了大量笔墨描述这个概念的词源及其内涵——引按)根基于欧洲:此概念首先以法语(由戈蒂耶而起,在朋友奈瓦尔的影响下)探索、表达并入诗。"尽管帕慕克指出"伊斯坦布尔最伟大的美德,在其居民有本事通过西方和东方的眼睛来看城市",然而其间占主导地位的毕竟是西方的眼睛。帕慕克一方面提醒自己警惕西方观察者"太过分"的评价,另一方面则依旧断言"一个城市的性格就在于它'太过分'的方式,一个旁观者可能对某些细节过分关注而歪曲事实,但往往也是这些细节定义了城市的性格"。我们有理由认为,伊城所特有的"废墟的忧伤",既来自于帕慕克自我陌生化的姿态,也同时诞生于西方作家作为局外观察者的目光。

而其美学基础,则在罗斯金的理论中:如画之景由于是偶然发生,因此无法保存。毕竟,景色的美丽之处不在于建筑师的意图,而在于其废墟。这说明许多伊斯坦布尔人不愿见旧木头别墅修复的原因:当变黑、腐朽的木头消失在鲜艳的油漆底下,使这些房子看起来跟18世纪城市的极盛时期一样新,他们便与过去断绝了美好而退化的关系。因为过去一百年来,伊斯坦布尔人心目中的城市形象是个贫寒、不幸、陷入绝境的孩子。我十五岁作画时,尤其画后街的时候,为我们的忧伤将把我们带往何处感到忧心。

此际,帕慕克的深邃思绪与十五岁时的稚嫩目光叠加在一起,一同扫过伊城的一个个废墟,力透纸背的则是不知"将把我们带往何处"的忧伤。而我之所以倾情阅读终我一生也许无法抵达一次的伊斯坦布尔,或许正是力图感受帕慕克在讲述他的城市时所传达出的这种撩动整个人类心结的"废墟的忧伤"吧?

科勒律治之花

秘鲁小说家略萨发现博尔赫斯经常喜欢引证像博尔赫斯一样对时间问题着迷的作家，例如英国小说家乔治·威尔斯《时间机器》中的故事：讲一个科学家去未来世界旅行，回来时带了一朵玫瑰，作为他冒险的纪念。这朵违反常规、尚未出生的玫瑰刺激着博尔赫斯的想象力，因为是他幻想对象的范例。[1] 博尔赫斯本人则说："这未来的花朵比天堂的鲜花或梦中的鲜花更令人难以置信。"[2] 它是从未来世界带回来的，它本应该在未来的某一天绽放，却奇迹般地来到了现在，进入了现实。这种情境的确非常刺激人的

---

[1] 巴尔加斯·略萨：《中国套盒：致一位青年小说家》，百花文艺出版社，2000，第59页。

[2] 博尔赫斯：《博尔赫斯文集·文论自述卷》，海南国际新闻出版中心，1996，第35页。

想象力，博尔赫斯迷恋这朵玫瑰是毫不奇怪的。这朵未来的玫瑰，因此构成了他"幻想对象的范例"。

令博尔赫斯着迷的另一朵玫瑰则是"科勒律治之花"。他曾引用过出自科勒律治的这样一段神奇的想象：

> 如果有人梦中曾去过天堂，并且得到一枝花作为曾到过天堂的见证。而当他醒来时，发现这枝花就在他的手中……那么，将会是什么情景？①

梦中去过天堂没有什么稀奇，但你梦醒之后手中却有天堂玫瑰的物证，这就神奇了。如果你排除了手中的玫瑰是你的情人从小贩那里花一块钱买来的，并趁你做梦时塞到你手中的这种可能性，那么这个醒来的发现——这朵天堂之花就像博尔赫斯在另一处所说，是"包含着恐怖的神奇东西"，既美丽神奇，又有一种形而上的恐怖。但尽管有形而上的恐怖，这朵天堂玫瑰体现出的科勒律治的想象力的确是非凡的。不过，中国小说家也有同样出色的想象，即使比起科勒律治、博尔赫斯来也毫不逊色，这就是李公佐的唐传奇《南柯太守传》。小说写一个游侠之士淳于梦

---

① 博尔赫斯：《作家们的作家》，云南人民出版社，1995，第5页。

当了个小武官,郁郁不得志,就镇日与"杜康"为伴。他的住宅南边有一棵巨大的古槐,淳于棼常常在槐树荫下聚众豪饮。一次喝多了就在自己家的走廊上睡着了。梦中忽见两个紫衣使者,自称是槐安国王派来的使臣,邀他前往。"生不觉下榻整衣,随二使至门",这"不觉"二字一用,的确使小说不知不觉进入了梦中现实。出了门,"指古槐穴而去",就从古槐树下的一个洞穴钻了进去。从此淳于棼在槐安国飞黄腾达,既当了驸马,又出守南柯郡。后来与檀萝国打仗,兵败,公主也死了,又被谗言迫害,梦中的国度也有不如意的时候。最后又由两个紫衣使者从洞穴里送了回来。这时淳于棼睡醒了,发现自己依然躺在走廊下,而太阳还没有落山。这个故事写到这里并不离奇,离奇的在于,醒了之后淳于棼就去大槐树下寻找洞穴,果然找到一蚂蚁洞,拿斧子来把树根砍掉,发现有更大的蚂蚁洞,就像一座城池,里面有三寸多长的蚁王和一群大蚂蚁。这就是槐安国都城了。又挖出一洞,格局完全像梦中的南柯郡。挖来挖去,梦里面的情形都在蚁洞中应验了。这个结尾显然是小说最精彩的构思。何其芳 30 年代改写过这个故事(即《画梦录》中的《淳于棼》),他把淳于棼梦中的游历一笔带过,侧重点放在淳于棼醒来之后对蚁洞的挖掘和"梦中倏忽,若度一世"的慨叹上。可以说何其芳抓住的正是《南柯太守传》最有独创性最富魅力的部分。这里面既有"大小之辨",又有"久暂之辨",隐含了时间和空间的主题。而更精彩的则是鲁迅对《南柯太守传》结尾的评价:"假实证幻,余韵悠然。"就像现实中的玫瑰构成了天堂经历的物证一样。

我读《南柯太守传》的震惊体验就来自于结尾的"假实证幻"。为什么这种"假实证幻"令人有震惊感?因为令我们吃惊的不是梦的离奇,而是突然间发现幻想世界和现实世界之间有一条连通的渠道,就像英国作家福斯特的短篇小说《天国之车》,设想可以在现实中找到一辆车通向天国。这样一来,关于幻想和现实之间的界限就变得模糊了。到底庄生梦蝶还是蝶梦庄生就真的成为一个问题。

这就是"科勒律治之花"可以引申出的诗学涵义,而这朵花也正是诗学关注的中心。它是一个中介物,是现实与梦幻的联系,它连结两个世界,一个是现实世界,一个是幻想中的不存在的世界。它最形象地表现出一种边缘性或者说一种"际间性"(inter-),处理的是边际的问题。而边缘性、际间性也是现代诗学最值得关注的问题之一。由此,"科勒律治之花"奇幻想象以及最擅长于在小说中处理奇幻叙事的博尔赫斯、卡尔维诺、卡夫卡等小说家的幻想美学最终关涉的就是现实与奇幻的界限,以及对界限的跨越问题。正像托多罗夫在《幻想文学引论》一书中所说："奇幻叙事允许我们跨越某些不可触及的疆域。"这些疆域除了幻想的疆域之外，还可以引申出许多其他的疆域，像同与异，自我与他者，诸种不同的小说类型和母题，以及不同的文类，等等。其中最具魅惑力的跨越莫过于逾越真实与幻想的界限。而像博尔赫斯、卡尔维诺这样的小说家，在写作中的真正愉悦可能正在跨越边际与弥合缝隙的那一时刻。即使跨越不了边际与缝隙，在边际徘徊也是有意思的。卡夫卡的短篇小说《猎人格拉胡斯》，里面就有这样一段死后再生的猎人格拉胡斯与市长的对话：

"难道天国没有您的份儿么？"市长皱着眉头问道。

"我，"猎人回答，"我总是处于通向天国的阶梯上。我在那无限漫长的露天台阶上徘徊，时而在上，时而在下，时而在右，时而在左，一直处于运动之中。我由一个猎人变成了一只蝴蝶。您别笑！"

"我没有笑。"市长辩解说。

"这就好，"猎人说，"我一直在运动着。每当我使出最大的劲来眼看快爬到顶点，天国的大门已向我闪闪发光时，我又在我那破旧的船上苏醒过来，发现自己仍旧在世上某一条荒凉的河流上，发现自己那一次死去压根儿是一个可笑的错误。"

卡夫卡本人的形象不妨说就是这个徘徊在通向天国的阶梯上的格拉胡斯。如果说，博尔赫斯追求跨越，卡夫卡则迷恋徘徊，正像"K"永远在城堡外面彳亍一样。当然，卡夫卡小说中也大量地处理了"跨越"的问题，下面我们还会涉及。

所以"边缘性"这一课题的魅力一方面是对边际的缝合，另一方面就是对界限的跨越。而真实与奇幻关系的课题涉及的也不仅仅是边缘存在的问题，不仅仅是临界的问题，还有更富有意味的"跨越"的问题。任何人类所想要跨越的界限几乎都是有吸引力的，甚至包括终极性的生与死的界限。人类的梦想之一就是跨越不可能的疆域，比如跨越幽冥永隔的世界，在活人和死人的世界之间穿梭。所以像黛米·摩尔主演的电影《幽灵》（《人鬼情未了》）的感伤性或者说伤感的力量就来自这一点，虽然它只称得上一部三流片。另一部美国电影《第六感》处理的也是类似的题材。男主角（布鲁斯·威利斯饰演）是个心理医生，影片开头，他的一个病人潜入他的家，朝他开枪，他应声倒地。接下来的镜头字幕显示时间已是一年之后，心理医生去医治一个小男孩，这个男孩整天生活在恐怖之中，因为他能看到幽灵。影片的核心线索是医生与男孩的交往和心理治疗过程。影片的卖点之一就是出现了很多鬼魂，每次出现都能让电影院中的少女们一阵尖叫。令人震惊的是影片的结尾，医生突然发现睡在沙发上的妻子对他的触摸无动于衷，让他狐疑，接着又发现装酒的地下室的门已经一年多没有打开了。这一刻他才惊奇地发现自己原来是个幽灵，一年前就被打死了。观众也在同一时间发现了这一点（我当初是在汉城的一家电影院看的这部片子，当时全场是一片惊呼）。这就是一个生活在人世与幽冥两个世界中的人物，尽管他以为生活在人间，其实只与人世能看见鬼的那个男孩真正打过交道。这是一部真正的"鬼视点"的电影，影片从头到尾都以一个已经死了的人作为叙事的焦点人物，并借助于这样一个幽灵满足人们跨越生死界限的梦想。

人类渴望飞翔的梦想也是一种跨越的梦想，而且构成了幻想文学中连绵不断的线索和母题。但真正飞翔起来的人的形象在现实中几乎是没有的，除了天使。我在电视上曾看过北京台《环球影视》节目中的一个"十大（Top ten）天使影片"的栏目，才知道电影人已经制造出那么多天使的形象。但天使并不是人，人的飞翔这个梦想在文学中的实现只有借助飞行器。复杂一点的是凡尔纳小说中的环游地球旅行的气球，简单一些的则是阿拉伯世界的飞毯，神来之笔的则是马尔克斯《百年孤独》中俏姑娘雷梅苔丝，乘着床单就上了天，但最轻而易举就飞起来的则是卡夫卡小说中的"骑桶者"。《骑桶者》的中译本只有短短三页，写叙事者"我"只骑着一个空木桶就飞上了天。飞翔本身是浪漫甚至神奇的，可惜这次木桶骑士飞翔的目的却不怎么浪漫。小说写于1917年寒冷的一二月间，写的是第一次世界大战中奥匈帝国最艰苦的一个冬天的真实情况：缺煤。"我"其实是骑了一个空木桶去找煤，而且苦苦哀求煤店老板给"我"一铲子煤。卡尔维诺在《未来千年文学备忘录》中对这个故事进行了有意思的复述："煤店老板的煤场在地下室，木桶骑士却高高在上。他费尽力气才把信息传送给老板，老板也的确是有求必应的，但是老板娘却不理睬他的需求。骑士恳求他们给他一铲子哪怕是最劣质的煤，即使他不能马上付款。那老板娘解下了裙子像轰苍蝇一样把这位不速之客赶了出去。那木桶很轻，驮着骑士飞走，消失在大冰山之后。"[1]原小说的结尾是这样的：

---

[1] 卡尔维诺：《未来千年文学备忘录》，辽宁教育出版社，1997，第20页。

（老板娘）把围裙解了下来，并用围裙把我扇走。遗憾的是，她真的把我扇走了。我的煤桶虽然有着一匹良种坐骑所具有的一切优点；但它没有抵抗力；它太轻了；一条妇女的围裙就能把它从地上驱赶起来。

"你这个坏女人，"当她半是蔑视半是满足地在空中挥动着手转身向店铺走去时，我还回头喊着，"你这个坏女人！我求你给我一铲最次的煤你都不肯。"就这样，我浮升到冰山区域，永远消失，不复再见。

小说最后一句视点的变化很有意思。在"我浮升到冰山区域，永远消失，不复再见"的这一刻，小说的视点其实已经从"我"转化为地上人的视点。"我"怎么会永远消失，不复再见呢？"他"会永远消失，"我"却永远不会消失，"我"每天都可以见到自己，不可能永远消失。因此，结尾的视点无形中已转移到了留在地面的人身上，也就是说，变成了观众的视点。借助这个视点的陌生化距离，"我"就从一个找煤的普通人上升为幻想文学的主人公。

卡尔维诺认为，"空木桶"是"匮乏、希求和寻找的象征"，它的确隐含着关于匮乏和充实的寓意。匮乏与充实，世俗和浪漫是可能会反置的。只有当你的木桶是空的时候，你才能飞翔，如果装满了，准会重重砸在地上。如果老板娘不是把"我"轰走,木桶就会装上了煤,而"我"也就不会飞到冰山那边去了。而"山那边"在文学中永远是一个乌托邦的象征和隐喻。

《骑桶者》典型地体现了卡夫卡小说处理幻想题材的特异性。主人公对幻想与真实边际的跨越是直截了当、不容分说的。木桶说腾空就腾空,一点准备也不给读者,就像卡夫卡写《变形记》中主人公格里高尔早晨起来发现自己躺在床上变成了一只大甲虫一样,都是顷刻间的事。它让读者直接面对这种幻想的现实和结果,丝毫不需铺垫。即使如此,木桶的腾空仍有其现实性以及心理逻辑的真实性,它是木头的,是空的,它太轻了,同时它承载的其实是人类最可怜和最基本的希求和愿望,是匮乏时代的象征。它的腾空飞翔是必然的,虽然我们谁也没有真正见过一只驮着人的飞翔着的木桶。

博尔赫斯、卡尔维诺、马尔克斯、卡夫卡等小说家的小说学中一个相当有趣的议题正是关于真实与幻想的边际性问题。这些幻想大师挥洒自如地在小说中处理真实与幻想的复杂关系,游刃有余地缝合写实和梦幻的迥异情境,他们手中都拈有一枝魅惑读者心魂的"科勒律治之花"。

什么是"黑暗的启示"

《上海文学》2004年第二期上发表了一篇陆建德先生的文章《黑暗的启示》。文章集中讨论了南非两位诺贝尔文学奖获得者——戈迪默和库切——的创作中一脉相承的主题。戈迪默的小说《伯格的女儿》(1979)中有这样一个场景:白人女子罗莎·伯格驱车驶过约翰内斯堡的一个黑人市镇,遇见一个黑人男子正在鞭打驴子,暴虐的鞭挞令罗莎无比震惊。戈迪默进而赋予这一细节以更丰富的涵义:"毒打挣脱了鞭打者的意志,成为一种放纵的、自在的力量,成为没有强夺者的强夺,没有行刑者的酷刑,成为暴行,成为脱离了人类千百年来百般自控的纯粹的残忍。"

由此,在戈迪默的阐释者——譬如2003年诺贝尔奖获得者库切那里,罗莎目睹驴子痛苦的惨状就成为她生命中一个所谓黑暗的时刻,陆建德先生引述了库切这篇发表于1986年《纽约时报书评》上的论文《进入黑屋:小说家与南非》中对罗莎困境的分析:"库切说,罗莎在那黑暗的时刻忽然有所醒悟,她意识到在自己所生活的世界之外另有一个世界,两者相距仅半小时车程。眼前发生的一切是另一个世界的缩影:充满无法控制的力量,全无善恶观念。库切把罗莎的醒悟称为'否定的暗示'。"这一暗示无疑也启示着库切本人,他在创作中进一步思考罗莎的主题。陆建德指出,库切的《耻》(1999)"就是一部关于强夺和行刑的小说。暴力针对的不是无助的驴子,而是白人农场主。"强夺和行刑由戈迪默的小说《伯格的女儿》中黑人对驴子的行为最终转移到了《耻》中的白人女主人公身上。在陆建德先生看来,这显然是戈迪默小说中鞭打驴了这一象征性的暗示在库切笔下的现实世界中所延伸出来的必然逻辑。

陆建德先生在文章中侧重关注的是库切和戈迪默的思考表现在动物主题上的征承性,即两位小说家的这两部小说都关涉到了黑人对待动物的残忍行为:"我感到特别值得提到的是库切如何继续戈迪默的话题,通过描写对动物、牲畜的不同态度不时让读者像罗莎那样经历一种否定的启示,黑暗的启示。"

人类对待动物的态度一向是文明史中的重要主题和维度。从孔子的"'伤人乎？'不问马"，到尼采的抱住被人鞭打的马当街痛哭，都构成了文明史上人类对生命以及自我认知的重要一页。诚如陆建德先生所说，如果一个社会或一种文化对鞭打动物一类的行为"已丧失了起码的敏感性，那么这社会中的个人或群体对生命——不论是动物的生命还是人的生命——就可能是极不尊重的"。

但是，读了陆建德的《黑暗的启示》之后，在获得了"黑暗的启示"的同时也困惑了良久。我的困惑在于，这种"对生命——不论是动物的生命还是人的生命——就可能是极不尊重的"当事人在陆建德先生的文章中有着更具体的指涉，那就是戈迪默和库切的小说中各自涉及的南非的黑人。当作者强调戈迪默笔下的罗莎"意识到在自己所生活的世界之外另有一个世界，两者相距仅半小时车程"的时候，这另一个世界无疑被指认为是黑人的生活世界，同时它也构成了库切小说中的一个黑人对白人强取豪夺的罪恶的世界。在这个世界里也同时充斥着黑人对动物的施暴和轻侮，与白人对动物的尊重和善待的人性化方式之间形成了陆建德先生所谓的"不同态度"的对比。更令我感到困惑的是陆建德先生对黑人鞭打动物的行为所进行的深层寓意的解读。他指出，戈迪默在鞭打驴子"这一情节中所揭示的道德问（难）题，始终也是库切的关心所在。那个把驴子往死里打的黑人是当时种族隔离政策的受害者，他不是社会学意义上的'强夺者''行刑者'，但地位之低并不意味着道德法庭上罪责之轻。即使社会制度改变，对驴子施暴者将依然故我，那时他就成为真正的'强夺者'和'行刑者'了，牺牲者则很可能就是罗莎之类的白人"。我固然也同意那个把驴子往死里打的黑人难逃罪责，但却想问一问，文中这种"即使社会制度改变，对驴子施暴者将依然故我"的断言却不知所据何来，难免令我怀疑是作者的主观臆度。而更大的问题则在于，在上述断言中掩饰不住的是对可能变成"强夺者"和"行刑者"的黑人的恐惧（我不知道这种恐惧是来自库切本人的还是陆建德先生在阐释过程中无意识流露的），就像文章结尾陆建德先生引用另一个诺贝尔奖获得者——英国作家奈保尔——的话所表达的忧虑："我憎恨压迫，我惧怕受压迫者。"因为受压迫者在内心中积蓄的仇恨力量一旦爆发出来，的确是令压迫者无比畏惧的。

我不知道罗莎在那所谓的"黑暗的时刻"意识到在自己所生活的世界之外还另有一个世界——黑人世界——时是否隐含着种族优越感，她所经历的所谓"黑暗的启示"是否只是在鞭打动物的暴行中简单地洞察到了黑人那几乎是与生俱来,同时像陆建德所说"将依然故我"的"罪责"。但是在陆建德先生阐述戈迪默的小说的时候,也许忽略了隐藏在白人和黑人两个世界背后的充斥着种族歧视、压迫和奴役的殖民主义历史。在"惧怕受压迫者"的同时,却忘了这种恐惧其实也是压迫者自己造成的后果。库切的小说《耻》中遭到黑人强暴和掠夺的白人女主人公露茜自然是既无辜又值得同情,但是正如《耻》的中文译者在序言《越界的代价》一文中所说,发生在露茜个人生活层面上的事件无法不带有"强烈的历史和社会色彩:这一切,都发生在殖民主义消退、新时代开始的南非。而这样的时代和社会背景(在小说中其实是前景),更使越界的主题具有了超越个人经历的更普遍、更深刻的社会、政治和历史意义。在某种意义上,在偏僻乡村里那个农场上的露茜,指称的正是欧洲殖民主义,而从根本上说,殖民主义就是一种越界行为:它违反对方意愿,以强制方式突破对方的界线,进入对方的领域,对对方实施'强暴'。"固然露茜作为一个无辜的白人个体是无法完全代表欧洲殖民主义,也不应该承受殖民主义的历史罪恶,但是这并不妨碍阐释者对她所受之"耻"的象征化理解:"露茜被强暴的实质是,她成了殖民主义的替罪羊,是殖民主义越界必然要付出的代价。"而黑人对露茜的强暴行径固然是罪恶的,但是却不能据此而否定黑人对殖民主义的压迫进行反抗的道义正当性和历史合理性。虽然今天的中国知识界正致力于忘却曾一度家喻户晓的那句"哪里有压迫，哪里就有反抗"，但是这句话中蕴含的警示意义却并未沉入历史的暗夜，同样正在成为一种"黑暗的启示"，是中国的富人们一刻也没有真正忘记的，只要看看体现着富人和所谓中产阶级意志和利益的媒体在怎样描画所谓穷人的"仇富心理"，就大体知道这种对穷人的惧怕是不会随着一句"哪里有压迫，哪里就有反抗"的退出历史舞台而一同消失的。同时，奈保尔的"我憎恨压迫，我惧怕受压迫者"也提示我们，这种对穷人和被压迫者的惧怕，大概也不独是中国的富人们的专利。

戈迪默和库切看到的都是黑人在鞭打驴子，我还想问的是，假如这个鞭打者换成一个白人，不知道两位诺贝尔奖获得者以及他们的阐释者又会作何感想。当然白人固有的高尚情操和天生的道德感，无疑会使他们远离这种残暴之举，戈迪默和库切的两部小说也都表现了只有黑人才干得出这种暴行。白人显然早就进化到了"君子远庖厨"的阶段，进化到了显然不会用赤裸裸的鞭子的暴力进行统治和奴役的阶段（但是我还是想提醒人们别忘了1991年洛杉矶四名白人警察对一名黑人的当街殴打以及由此引发的种族大骚乱），这一进化了的历史阶段中的奴役是更高明的也更无所不在的，任何人用肉眼都看不到的制度的奴役和资本的奴役。于是这种进化就使很多人都忘却了已经进化了的白人对非白人种族的殖民和奴役的血腥历史，同时这种白人的进步和人性越发彰显出黑人作为"强夺者"和"行刑者"的落后和野蛮，虽然这种所谓的"强夺"在更多的历史语境中不过是把本来就应该属于他们的东西夺回去。

戈迪默和库切的"兽道主义"在理论上自然是使人信服的，相信稍有人性和良知的人都会痛恨一切对库切所谓"自己也不为自己悲伤的生命"（动物）施暴的"行刑者"。但是证诸文明史或者"不文明史"（暴力史和奴役史），单纯强调兽道主义却可能会掩盖人之历史的一些更复杂的本相，遮蔽一些更触目惊心的问题。即使在尼采那里，也有一边抚马痛哭一边却提醒男人见到女人别忘了手里的鞭子。尼采难免有了"兽道主义"却丢了人道主义。他对动物和女人没有做到一视同仁，对弱者的同情立场未能一以贯之。

幸而在库切这篇关涉到戈迪默笔下鞭打驴子这一情节，以人类的酷刑为主题的论文《进入黑屋：小说家与南非》中，库切的思想和视野没有局限在单纯的"兽道主义"上，也并没有像陆建德先生所解读的那样，把罗莎之类的白人视为黑人的可能的牺牲者。库切处理的是远为深刻和复杂的主题:"如何跨越这一灵魂的黑暗时刻,是戈迪默小姐在其小说的后半部分所要处理的问题。罗莎·伯格返回了她的出生地,在痛苦中等待着解放之日。无论对她还是对戈迪默小姐,都没有虚伪的乐观主义。革命将终结的既非残忍和痛苦,或许也非酷刑。罗莎所经历并等待的,是穿过社会表象的人性复归,因此到那时,全部的人类行为,包括对牲畜的鞭打,都将接受道德的评判。在这样一个社会里,对酷刑场面的声讨将再一次因为作家的关注,当局或权威评判的关注而变得意义重大。当选择不再局限于要么在殴打降临时在可怕的魔力中旁观,要么王顾左右而言他,那么小说便可再次将整个生活纳入笔下,甚至刑讯室也可进入构思。"可以说,库切呈现给我们的是超越了黑人与白人的具体所指的人性本身的罪恶,是殴打对人类所具有的"可怕的魔力",是像福柯《规训与惩罚》那样企图对人类的惩罚史进行拷问,是像卡夫卡小说《在流放地》那样试图使刑讯室进入文学想象力的视域,是酷刑中所关涉的具有形而上内蕴的隐喻意义,正如他所进一步阐述的那样:"对其他许多南非作家来说,酷刑有着一种黑暗的魔力。为什么会这样?就我而言,似乎有两个原因。第一个是刑讯室里的故事提供了一种隐喻(metaphor),赤裸且极端,昭示出极权主义与其牺牲品之间的关系。在刑讯室里，不受限制的强力在合法的非法恶行（legal illegality）之微光中，施加于人类个体的肉身，其目的如果不是将其毁灭，也至少是要摧毁他反抗之心的精髓。"酷刑的黑暗的魔力，刑讯对人类个体灵魂的摧毁以及极权主义与其牺牲品之间的关系，都构成了库切追问的重心，里面隐含的是对人类强权和暴力逻辑的深刻审视。

当尼采主张把鞭子挥向女人的时候，他就把暴力逻辑强加到了弱者的身上，或者说他至少是无意识地认同甚至巩固了暴力和压迫的逻辑。而更可怕的是这种暴力和压迫的逻辑被合法化、制度化和日常化，成为统治者和被统治者共同分享的现实逻辑。鲁迅曾经有言，暴君制下的臣民往往比暴君更残暴。统治者的意识形态就是占统治地位的意识形态，统治者的残暴逻辑往往也就是统治的逻辑。所以，当弱者的仇恨和愤怒只能在更怯弱的动物身上得到发泄的时候，我们除了在人性和道德的层面进行谴责和声讨之外，难道不应该反省一下这个世界的统治和压迫的逻辑吗？否则，暴力的制度性根源也许就被简单而轻率地掩盖了。只从道德和人性角度谴责黑人而无视制度性的罪恶，无视殖民统治的血腥史及其后遗症，是无法不令人顿生困惑的。

经典重释中的历史褶皱

一个职业读书人在一生中会错过多少值得一读的书呢？思之令人怅惘。幸而《日瓦戈医生》属于那种不会被错过的书，我所错过的只是阅读的第一时间。帕斯捷尔纳克在1980年代后期风靡了中国读书界，而我当时迷上的却是昆德拉和卡尔维诺。等回过神来细读这部曾经深度介入了二十世纪八九十年代中国思想界的作品的时候，20世纪已行将过去了。对我来说，这是一部晚到的经典。

带着相见恨晚的遗憾，我在跨世纪的几年里把《日瓦戈医生》重读了几遍，也印证了卡尔维诺关于经典的定义："经典是那些你经常听人家说'我正在重读……'而不是'我正在读……'的书。"小说中有些段落读的遍数更多，尤其是以下几段，我一度几乎可以背诵大半。

段落一

我们反复地诵读《欧根·奥涅金》和一些长诗。昨天萨姆杰维亚托夫来了，带来不少礼品。大家尝着美味，满面春风。论起艺术来，谈个没完。

很早以来我就有这么一种看法：艺术并不是包容无数概念和纷纭现象的整个方面或整个领域；恰恰相反，艺术是一种狭小而集中的东西，是对文学作品中某一要素的称呼，是作品体现的某种力量或某一真理的名称。所以我从未认为艺术是形式的对象、形式的方面；它更多地属于内容的一部分，隐蔽而又神秘的一部分。这一切对我来说都是明明白白的，我有着深切的体会，可是如何表现和表述这一思想呢？

作品是以其许多方面诉诸读者的，如主题、见解、情节、人物。但最主要的是存在于作品中的艺术。《罪与罚》里存在的艺术，较之其中拉斯科尔尼科夫的罪行，更为惊人。

原始的艺术、埃及艺术、希腊艺术、我国的艺术——这些在千万年间大概都曾是同一种东西，后来也流传为一种统一的艺术。它是关于生活的某种思考、某种肯定；由于它表现无所不包的广阔含义，不能把它分解为一些孤立的词语。当这一力量的一小部分进入某一作品较为复杂的混合体中时，艺术要素的意义就会超过其余一切要素的意义，从而成为所描绘内容的本质、灵魂、基础。①

这段文字出自小说第九章《瓦雷基诺》，这一章写日瓦戈在战争时期和妻子冬妮娅来到乌拉尔尤里亚京市附近的瓦雷基诺庄园，开始了一段"归园田居"式的读书写作、追索内心的生活。主体部分由日瓦戈的札记组成，杂糅了叙述、议论、杂感、梦境以及诗歌片断，总体上则渗透着一种融抒情和哲理于一体的缅想式意绪，令人流连忘返。《日瓦戈医生》在小说艺术史上的贡献之一，是把俄罗斯现实主义小说的写实性叙事传统与抒情性诗意品质结合起来，成就了其"史诗性"，也被称为"诗化小说"。小说中所充斥着的诗意细节，往往具有相对独立性，在小说的情节和故事线索之外，氤氲着一种诗的情调。我最初阅读《日瓦戈医生》的那个世纪末时段中，迷恋的正是帕斯捷尔纳克所营造的诗性氛围。

而二十年后的今天再度重读，却略有惊讶地发现，这些段落中更令我瞩目的，已经变成了日瓦戈发表的那些"宏

---

① 帕斯捷尔纳克：《日瓦戈医生》，顾亚铃、白春仁译，湖南人民出版社，1987。

论"。而在小说中长篇累牍地发表议论，同样是俄罗斯小说家们所遗传的写作基因。当年读托尔斯泰和陀思妥耶夫斯基，甚至也包括契诃夫，曾颇为反感小说中的高谈阔论，为此一度弃读过《卡拉马佐夫兄弟》。何以今天的审美重心和阅读趣味发生了反转？或许因为自己早已度过了"抒情的年龄"，开始更加看重和迷恋作品中的思想性的缘故？

不过倘若仔细品读前引这段日瓦戈的札记，相信很多读者会心生困扰：日瓦戈的这些言论是否也体现着作者帕斯捷尔纳克本人的想法？札记中称"艺术是一种狭小而集中的东西"，"是作品体现的某种力量或某一真理的名称"，这类判断是"狭小化"了艺术的广度还是洞察了其真正本质？在文学理论界热衷于把艺术理解为"有意味的形式"的1980年代，如果有研究者读到日瓦戈札记中所说"我从未认为艺术是形式的对象、形式的方面；它更多地属于内容的一部分，隐蔽而又神秘的一部分"，会觉得相较于当时的先锋派艺术观，这一论调有些太过陈旧了。札记中这种保守化的艺术观到底是属于作者的还是人物的？如果说80年代的我不大会认同日瓦戈的这种"内容诗学"，何以今天重读之下，却觉得这种"艺术""更多地属于内容的一部分，隐蔽而又神秘的一部分"的看法更给人以启迪？或许帕斯捷尔纳克的高明之处正在把思想的权利让渡给了自己的小说人物。当这些思想性片断以日瓦戈医生的札记形式出现，就同时成为塑造小说人物心灵的咏叹，比起作者自己出面长篇大论是更为"小说化"的艺术，也同时启示着小说所能企及的体裁的边界。

段落二

在俄罗斯全部气质中，我现在最喜爱普希金和契诃夫的稚气，他们那种腼腆的天真；喜欢他们不为人类最终目的和自己的心灵得救这类高调而忧心忡忡。这一切他们本人是很明白的，可他们哪里会如此不谦虚地说出来呢？他们既顾不上这个，这也不是他们该干的事。果戈理、托尔斯泰、陀思妥耶夫斯基对死做过准备，心里有过不安，曾经探索过深义并总结过这种探索的结果。而前面谈到的两位作家，却终生把自己美好的才赋用于现实的细事上，在现实细事的交替中不知不觉度完了一生。他们的一生也是与任何人无关的个人的一生。而今，这人生变成为公众的大事，它好像从树上摘下的八成熟的苹果，逐渐充实美味和价值，在继承中独自达到成熟。

这段文字依旧出自第九章中日瓦戈的札记。日瓦戈把俄罗斯作家划分为两种气质。对于我这一代把果戈理和托尔斯泰尊奉为现实主义与人道主义经典大师的读者来说，日瓦戈的这种分类法令我莫名困惑了许久，于是开始学习适应从普希金到契诃夫再到帕斯捷尔纳克本人的精神和气质，那种"腼腆的天真"，那种既执迷于探寻人生的意义，又不流于空谈和玄想，也远离布道者的真理在握的谦和本性，那种从一个谦卑的生命个体的意义上去承担历史的坚忍不拔，那种低调甚至稍显稚气的人道主义。

在《日瓦戈医生》提供的观念视野中，人道主义以及俄罗斯传统价值形态是其中最重要的部分。帕斯捷尔纳克在一次访谈中曾经说：

> 我有责任通过小说来详述我们的时代——遥远而又恍若眼前的那些年月。时间不等人，我想将过去记录下来，通过《日瓦戈医生》这部小说，赞颂那时的俄国美好和敏感的一面。那些岁月一去不返。我们的先辈和祖先也已长眠不醒。但是在百花盛开的未来，我可以预见，他们的价值观念一定会复苏。

但这种素朴的先辈的价值观念是苏维埃的革命意识形态很难涵容的。于是《日瓦戈医生》一直由于它的边缘化的声音而引起争议。譬如有研究者认为"《日瓦戈医生》不是从辩证唯物史观而是从唯心史观出发去反思那段具有伟大变革意义的历史","《日瓦戈医生》淡化阶级矛盾,向人们昭示:暴力革命带来残杀","破坏了整个生活,使历史倒退","在本质上否定了十月革命的历史意义"。可以说,《日瓦戈医生》的确从人道主义和个体生命的角度反思了俄国十月革命以及其后的社会主义的历史,看待历史和革命也秉持一种复杂的甚至矛盾的态度。日瓦戈是个既认同革命又与革命有疏离感的边缘人物,他参加了游击队与白军作战,又因同情而放走了白军俘虏;他与温柔善良的冬妮娅结为夫妻,却又喜欢上了美丽动人的拉拉;他一方面憎恶俄罗斯沙皇时代的政治制度,赞同十月革命的历史合理性,但另一方面却怀疑革命同时所带来的暴力和破坏,用日瓦戈医生自己的话来说:"我是非常赞成革命的,可是我现在觉得,用暴力是什么也得不到的,应该以善为善。"他的信仰仍是来源于俄罗斯宗教的爱的信条以及托尔斯泰式的人道主义,在历史观上则表现出一种怀疑主义的精神。但是在史无前例的以暴易暴的革命时代,这种爱与人道的信仰是软弱无力的。正所谓"爱是孱弱的",它的价值只是在于它是一种精神力量的象征,代表着人彼此热爱、怜悯的情怀,代表着人类对自我完善和升华的精神追求，对灵魂净化的向往，对人的尊严的捍卫，也代表着对苦难的一种坚忍的承受。

段落三

一晃过了五年或十年。在一个平静的夏季傍晚，戈尔东和杜多罗夫两人又坐到一起。那是在一个高处，窗子大开，临窗可以俯瞰一望无边的莫斯科晚景。他俩翻着叶夫格拉夫编辑的日瓦戈创作集。他们读过不止一次，有一半作品能够背诵了。两人读着，交换几句看法，就陷入了沉思。读过一半时，天全黑下来，字迹已难辨认，只好点着电灯。

莫斯科展现在眼下和远处，这是作者日瓦戈出生长大的城市，他的一半生命同莫斯科联系在一起。现在他们两人觉得，莫斯科已不是这些事件的发生地，而是这部作品集里的主人公。他俩在这个晚上捧读这部创作集，并且读到了作品的尾声。

尽管战后人们期望的清醒和解放，并未如人们想象地与胜利同来，但战后这些年间，自由的预兆却总是清晰可辨，构成了这些年唯一的历史内涵。

日见苍老的一对好友，临窗眺望，感到这心灵的自由已经来临；就在这天傍晚，未来似乎实实在地出现在下面的大街上；他俩自己也迈入了这个未来，从此将处于这个未来之中。面对这个神圣的城市，面对整个大地，面对直到今晚参与了这一历史的人们及其子女，不由得产生出一种幸福动人的宁静感。这种宁静感渗透到一切之中，生发一种无声的幸福的音乐，在周围广为散播。握在他俩手中的这本书，仿佛洞悉这一切，并对他们的这种感情给予支持和肯定。

这是小说结尾的一段。此时日瓦戈已经离世，但他依然以其创作存活在朋友的生命中。而他的朋友们则借助于对日瓦戈作品的阅读，在理解日瓦戈的同时，也理解着仍在继续的生活和世界。

在戈尔东和杜多罗夫眼里，日瓦戈属于那种虽然历经沧桑，但仍然对生活充满热望的人物："我渴望生活，而生活就意味着永远向前，去争取并达到更高的，尽善尽美的境界。"小说的结尾也由此借助戈尔东和杜多罗夫的感怀表达对心灵自由和美好未来的信念，提供了我们透视俄罗斯和苏维埃历史和未来的另一种观念图景。

而《日瓦戈医生》所内涵的更繁复的俄罗斯精神传统也内化在中国的思想史进程中。九十年代后的中国思想界之所以会更亲和于从普希金到契诃夫再到帕斯捷尔纳克的气质，其原因自然需要到"告别革命"的文化思潮中去寻找。这是一个刚刚经受了政治性挫折的时代，在这样一个精神创伤时代，知识者往往趋向于回归内在。柄谷行人在《日本现代文学的起源》中讨论明治二十年代"心理的人"的出现时指出："当被引向政治小说及自由民权运动的性之冲动失掉其对象而内向化了的时候，'内面''风景'便出现了。"就像日瓦戈医生选择在瓦雷基诺去沉思默想一样。但是，对内心的归趋，并不总是意味着可以同时获得对历史的反思性视野。个体性价值在成为一种历史资源的同时，有可能会使人们忽略另一种精神流脉。当帕斯捷尔纳克把源于普希金、契诃夫的传统与果戈理、托尔斯泰和陀思妥耶夫斯基相对峙的时候，问题可能就暗含其中了。普希金和契诃夫的气质是否真的与托尔斯泰的精神传统相异质？学者薛毅即曾质疑过帕斯捷尔纳克的二分法：

> 托尔斯泰有更加伟大的人格和灵魂，这个灵魂和人格保障了托尔斯泰的文学是为人类的幸福而服务。俄罗斯作家布洛克说托尔斯泰的伟大一方面是勇猛的反抗，拒绝屈膝，另一方面，和人格力量同时增长的是对自己周围的责任感，感到自己是与周围紧密连在一起的。

如果说帕斯捷尔纳克"从一个独立的、自由的，但又对时代充满关注的知识分子的角度来写历史"具有值得珍视的历史价值的话，托尔斯泰这种融入人类共同体的感同身受的体验，或许也是今天的历史时代中不可缺失的。它启发我思考的是：个体的沉思与孤独的内心求索的限度在哪里？对历史的承担过程中的"历史性"又在哪里？"历史"是不是一个可以去抽象体认的范畴？如果把"历史"抽象化处理，历史会不会恰恰成为一种非历史的存在？历史的具体性在于它与行进中的社会现实之间有一种深刻的纠缠和扭结。九十年代之后的中国社会表现出的其实是一种"去历史化"的倾向，在告别革命的思潮中，在回归内在的趋向中，在商业化的大浪中，历史成为被解构的甚至已经缺席的"在场"。当历史是以回归内心的方式去反思的时候，历史可能也同样难以避免被抽象化的呈现和承担的命运。

困惑于上述问题之际，读到了洪子诚先生推荐的一篇文章——陆建德的《麻雀啁啾》，感觉为《日瓦戈医生》的阐释史另辟一条蹊径。《麻雀啁啾》一文指出，《日瓦戈医生》这部常被西方评论者理解为敬重生命个体的小说，却对出身贫寒家庭的马林娜和她的女儿们丝毫没有尊重，认为帕斯捷尔纳克同情的对象是中上阶层而不是社会的底层："要求作者对笔下的人物一视同仁是荒谬幼稚的，但是作者的阶级意识会不会影响到他对重大社会问题的处理？"陆建德先生洞察到的是隐藏在帕斯捷尔纳克意识深处的阶级区隔，这对于小说力图展现的所谓守护生命个体的意识形态内景就构成了某种反讽。

该如何从这一问题域中进一步获得启迪，是今天的读书人应该直面的一个课题。我在洪子诚先生晚近的文字中欣喜地看到了关于这个问题的回应：

> （《麻雀啁啾》中）这个问题的提出，在《日瓦戈医生》的中国评价史上既是新的，也是旧的。说是"旧的"，因为对这部小说最大的争议，就来自建立在不同阶级、政治立场基点上的评价。说是"新的"，则是自80年代以来，"阶级"观念在中国文学批评中逐渐退出视野，准确说是已经边缘化。因此，《麻雀啁啾》重提这一问题，至少在我这里，当时就有了"新鲜感"。这应该也是90年代后期反思"告别革命"，重新评价革命"遗产"这个思潮的折射。但《麻雀啁啾》没有采取那种翻转的方式和逻辑，没有重新强调阶级是唯一正确的视点。它是在对《日瓦戈医生》理解的基础上的有限度的质疑和修正，表现了历史阐释的复杂态度，耐心了解问题中重叠的各个层面，不简

单将它们处理为对立的关系。

也许,对复杂文本乃至历史的阐释,首先就建立在"耐心了解问题中重叠的各个层面"这一前提之上。洪子诚先生所谓的一种"历史阐释的复杂态度",一种多维度的甚至不乏多重错位的结构图景之所以显得弥足珍贵,就在于这种"复杂态度"会使群体无意识的盲目冲动和有目的性的历史激情的天平获得某种平衡,而不至于向某一端过于倾斜。

在这个意义上,时间的错位中所蕴含的视差之见或许有助于揭示 1980 年代以来中国读书界借助于对《日瓦戈医生》的持续阐释所展示出的重叠的历史褶皱。

被故事照亮的世界

2019年一个夏日的午后,书玉在母校未名湖边的人文学苑,谈到自己在1990年代初踏上北美的土地,从此把"人在旅途"体验作为生命和学术生涯的常态的时候,微微喟叹:"新一代人好像缺乏对世界的真正热情。对新人类来说,世界近在眼前,反而对世界失去了兴趣。"

书玉的新著《故事照亮旅程》最令我动容的,正是作者对于世界的兴趣和热情,也许正由于这种兴趣与热情,书玉才能如此富于激情地讲述关于她所游历的世界的故事。而真正照亮旅程的,也恰恰是这种讲述关于"世界"的故事的激情。

对于书玉所隶属的80年代中期进入中国大学的一代学子来说,当时的"世界"更多是从文学阅读中获致。正如书玉在书的自序中所说:"从整个民族来说,那时的中外文学,电影和电视剧唤醒了整整几代人'到外面的世界去看看'的渴望,成为我们那个时代的最重要的与世界接触的途径。"或许正是凝聚着几代人与世界接触的渴望,当书玉终于有机会负笈远行,也就开始了她作为一个世界主义者的漫游生涯。《故事照亮旅程》的自序就被书玉题为"一个世界主义者的漫游手记"。

当然,书玉所谓的"世界主义者"的自我体认,我更倾向于理解为一种姿态,一种贯穿于她海外生涯的对世界的渴望和热情。而当有心的读者继续追问她所谓的"世界"是"哪个世界"或者是"怎样的世界"的时候,可能会进一步触及这本书最独特的,也最属于书玉的那一部分。

《故事照亮旅程》所讲述的世界,总体上表现出一种与主流的世界主义相区隔的边缘性特点。这些年来,虽然书玉大部分时间旅居北美,但可能是因为长期定居在与美国学界稍有距离的加拿大和澳洲,也不知不觉生成了观照世界的一种"非主流"视角。自居边缘,讲述别样的世界,同时不断跨越边缘世界的边界,成为这本关于阅读以及旅程的著作的一个有趣而且独异的特质。

书玉由此格外关注于那些既具有边缘化的质素,同时又具有跨国界、跨文化和跨语际特征的对象。我在阅读这些故事的时候一直下意识地在这些对象身上寻找作者书玉的身影。她所讲述的很多故事的主人公,都堪称与她自己构成了相互映衬的镜像关系,背后也许事关身份和文化认同。

比如《在途中,读〈禅的行囊〉》一文中的主人公比尔·波特(Bill Porter),渴望的就是远离美国本土去寻访他者的大陆。这个在书玉的讲述中颇有些神奇的美国人,即使在中国游历,执着探寻的也是一个有些另类的文化中国。他在迷恋上中国的古诗和佛教经典的同时,痴迷于在中国大陆寻找现实中的隐士,由此成就了他的第一本游记——《空谷幽兰》,书玉在书中写道:

> 而波特却追溯寻找一个不同的中国。在这个意义上,他在帮助中国人整理他们自己都忽略了的文化遗产,并把它们传播向世界。就像当初他在台湾翻译寒山,翻译达摩禅法,那是一种真正的惺惺相惜,一种建立在精神理解与需求上的认同。因为中国,或者更准确地说在那块土地上产生的文化,精神,生活方式和态度帮助他找到了与这个世界相处的方法。也正因此,由波特来赞美中国文化才有说服力。因为当我们心浮气躁,没有耐心去发掘自己的遗产时,当这种遗产与当下的世态人心相距太远时,也许只有一个跨越

千山万水的外来者，才能对此如获至宝。

外来者意味着一种别样的观照视角，有助于"在地者"重拾本土已经边缘化了的存在，并进而寻求把它带回到中心的可能性。

书中令我印象深刻的，还有书玉倾情讲述的旅居澳洲的华人肖像画家沈嘉蔚的故事。沈嘉蔚被书玉称作"作为史者的移民艺术家"，作为一个曾经以画作《为我们伟大的祖国站岗》而闻名海内外的画家，沈嘉蔚却把相当一部分精力用在关于澳洲史上著名的东方冒险家乔治·沃尼斯特·莫理循（George E.Morrison）的史料整理和编写工作上。书玉说："一般人很少会把这个编写莫理循的业余历史学者与在澳洲生活多年而且已经功成名就的华人肖像画家联系在一起。"沈嘉蔚所编撰的《莫理循眼里的近代中国》已经由国内一家出版社出版，这三大卷图文集是沈嘉蔚花了好几年的时间，根据新南威尔士州立图书馆的莫理循档案里保留的五百多幅清末民初的老照片，又精选了一些其他来源的文物照片编辑而成，"书中珍贵的历史史料和编辑者的仔细认真使这本书成为图像史书精品"。但读者仍会心生疑问：沈嘉蔚何以对莫理循保留的清末民初老照片陡生兴趣？答案或许在他1995年的一幅画作中可以找到，在"与中国的莫理循在一起的自画像"中，沈嘉蔚选取了莫理循最著名的一幅照片作为自己这幅画的构图和细节的蓝本，又以拼贴的形式进行了改造：身穿中式长袍的莫理循站在民国初年的北京街头，占据画的右侧；而一手拿调色板，一手握书籍的沈嘉蔚则伫立于画的左侧，与莫理循形成一个并立、参照和彼此潜对话的关系。画的上缘叠印了两页护照，透露了这相距百年之久，横跨太平洋之遥的两个人之间的联系。他们都是跨越时空的异域迁徙者以及彼此文化的边缘人，构成其共同背景的都是一个陌生的异己环境。而画家沈嘉蔚本人"突兀地出现在以老照片为模本的历史画中，既是沈嘉蔚对自己的海外艺术家的身份的一个新的思考，也是一种用后现代的'错置'（displacement）的艺术手法或思维进行的历史画的尝试"。

借助于莫理循，沈嘉蔚与故国历史空间就以这种"错置"的方式重叠在一起，其间或许委婉而形式化地透露出画家本人对故国文化的某种眷恋。在这个意义上，或许可以说，沈嘉蔚在莫理循身上也映照出了自己的镜像。而沈嘉蔚的这幅自画像，也恰是通过莫理循的存在而获得了一种现实感。书玉在书中这样谈及自己访问沈嘉蔚工作室后的感想：

在那个阳光灿烂的南半球的午后，对他那间由车库改建的巨大画室的造访，却使我在不经意间瞥见了沈嘉蔚的另一个隐秘的世界，一个更恢宏，更复杂，也更使之殚精竭虑的世界。这个隐秘的世界与他那堆得满满的书架上的历史书、传记书有关，与一幅幅已经展出或者尚未完工的大幅历史油画有关，还与一个艺术家对历史，对他曾以移民的方式逃离但又用创作的方式重新回归的民族的过去有关。

书玉在沈嘉蔚身上捕捉到的是作为一个移民身份所蕴含的离去和归来的文化漂泊主题。而从出身于台湾的美籍电影导演李安身上，书玉捕捉到的也是移民视角。在书玉看来，李安就是地地道道的移民，但与很多务实的移民不一样的是，李安似乎在享受跨文化的独特旅程，并不急着认同或归属。他总是在学习新的东西，讲述新的故事。从《推手》到《卧虎藏龙》，从《理性与情感》到《断背山》，他一直在学习成长，不断发现别的文化的神奇，并把它们用一种移民独有的视角呈现出来。李安的意义由此格外特异，他把移民身份所蕴含的可能性，那种跨文化的"际间"位置的独特性，以及把认同或归属的难寻没有视为困境而恰恰看成异秉，都有利于李安"不断发现别的文化的神奇"，进而在自己的影像世界中进行美学化的处理。

在书玉所讲述的美国人比尔·波特、移民画家沈嘉蔚、电影导演李安以及澳洲女作家琳达（Linda Jaivin）身上，都体现出一种对另类生活的好奇："他们从世界的一端漂到另一端，寻找能够让他们有感觉的生活，或者前世似曾相识的家。而因为这些人的存在，你会觉得这座城市的空气会有所不同，充满灵感、想象、激情和冒险。"

在书玉眼里，女作家琳达的存在，使书玉旅居多年的澳洲悉尼也因此"充满灵感、想象、激情和冒险"。琳达被书玉称作一个"最不正经的女人"，一个典型的"世界公民"，她是出生在美国的犹太人，祖先是俄国移民，自幼就觉得自己与主流文化格格不入，于是年纪轻轻就跑到东方闯荡，70年代后期在台湾学习中文，然后到香港做《亚洲周刊》的记者，目睹和亲历了七八十年代两岸三地的许多重大历史时刻。

> 九十年代琳达终于落脚在悉尼，这个边缘世界的中心，这个被墨尔本人所不屑的"肤浅的，享乐主义的悉尼"。这些年，说着一口好中文的她在主攻小说写作的余暇，也还翻译介绍中国的文学艺术，像王朔的小说，《霸王别姬》《英雄》等电影的英文字幕，

都出自她手。她也还时不时到中国,也许在三里屯的"书虫"咖啡屋(Bookworm),你会与她不期而遇。

琳达对异国的激情与她自己的小说创作中对于过去时光的着迷互为表里,从而在文学创作领域独具一格地为"小说"的范畴贡献了某种具有本体论意义的新维度。澳大利亚国立大学著名的年度种族学讲座自1932年开设以来就是以莫理循命名。在2011年7月的第72次讲座上,琳达受邀成为主讲人。面对台下众多的权威历史学家、人类学家和社会史学家,琳达引用了英国小说家L.P.哈特利1953年的小说《幽情密使》(*The Go-between*)中一段经典的开场白:"过去犹如异国,在那里人们不寻常地行事。"(The past is a foreign country: they do things differently there.)在关于琳达故事的尾声,书玉不失时机地这样作结:"是的,在那片充满异国情调的土地上,小说家可以和历史学家一样成为我们的向导。"

书玉在《故事照亮旅程》的自序中引述过斯皮瓦克的一句话"文学或许仍有所作为"。书玉对"小说家"和"故事"的信赖甚或依赖或许也基于对"文学"的这种朴素信念:

我个人的经历也许能帮助我说明我们为什么需

要故事，为什么广义上的阅读应该成为我们生活不可或缺的部分。作为一个国内中文系出身，后来又在北美和澳洲的大学文学院里教授文学和电影的我来说，叙述或讲故事是我多年来一直关注和研究的话题，也是照亮了我人生旅程的最直接的光源。

"故事"也由此构成了书玉这部新著的一个主题词。从她为自己的书起的这个精彩的名字上看，书玉也许更为看重的是"故事"的维度，是她所讲述的既与游历有关更与阅读相关的一个个关于世界的"故事"。因此在某种意义上说，这也是一本关于阅读的书，一本关于如何讲述故事的书，而作者自身的经历就是一个层次丰富的故事。

书玉在自序中说："二十多年里，我在北美欧洲亚洲和澳洲很多地方客居，旅行。每去一个地方，我都会借阅介绍那个地方的旅游书籍，同时，找到与当地有关的电影和艺术家的作品，会到书店、美术馆和公共图书馆看看，这不仅让我了解当地的历史和风土人情，也让我和这个世界有了充满热情和有想象力的对话。"

> 现在回头整理这些文字，发现它们实际上记录了我成长为一个世界主义者的某种阅读历程，也因此它

们拥有了一个共同的主题，那就是故事可以照亮我们的人生旅程，让我们在黑暗和混乱中的摸索有前辈旅伴的指引，让我们与陌生的世界通过各式各样的人物而相识熟悉，最重要的，让我们借助想象找到通往美好生活的道路。

书玉讲述的一个个故事，既照亮了自己的旅程，赋予自己的生命以意义，同时有可能帮助知心的读者"找到通往美好生活的道路"。而对于更有代入感的理想读者来说，好故事甚至可以疗伤止痛。书玉这本书的审稿编辑读过这部书稿后曾在朋友圈里写下这样的感想："很久没有看书到后半夜了，值得记录一下。《故事照亮旅程》，久违的文学热情把我抓起来了，舍不得去睡觉。看着一个接一个讲作品，就像追入了坑的剧，只想 篇一篇按着往下翻，永远不要它完。年终偶遇小稿，就这样帮我从一年的伤痛和丧里慢慢回血了。真是……天意。"书玉这本书中最打动人的，也许恰是这种"文学热情"。曾几何时，我们都是一干真诚的文学青年，对文学抱有一种宗教般的信仰。但检讨多年来的文学教育，我们也许在学到了一套套的话语和理论之余，那种属于文学本分的感动能力、艺术感受力以及单纯的文学热情甚至本真的天性，却随着人到中年而一起丧失掉了。书玉在讲述她遭遇巴西作家保罗·科埃略（Paulo Coelho）的小说《炼金术士》（中译《牧羊少年的奇幻之旅》）中关于世界的故事的时候真切地触及文学和阅读对于她自己的意义："那个夏日,因为《炼金术士》,我重新思考阅读写作对我意味着什么。年轻时,是因为爱好和幻想,我选择了文学专业；后来,我却把它变成一份工作而忽略了文学最初对我们的意义。我向学生宣讲故事和叙述所能带来的那份慰藉和沟通,可是我自己却懒于实践,忘记用手中的笔来抵御中年危机,与存在的虚无抗争。"于是,书玉讲述的故事以及写作的历程,既抵御着生命中的危机,也多少携上了"与存在的虚无抗争"的色彩。

作为一个学院派学者的书玉所讲的一个个故事,当然不是经典意义上的通俗传奇故事,《故事照亮旅程》中讲述的,多是关于文化人的故事、艺术家的故事、电影人的故事以及小说家的故事,同时更有关于故事的故事,关于讲述的讲述,所以其中有值得从小说学和电影叙事学意义上进行总结的关于"元故事"的思考。书玉把电影《少年派的奇幻漂流》的导演界定为"讲故事的移民李安",不仅仅因为李安的这部电影中的神奇故事可以进行多重解读,比如"可以把它看成一个成长故事,启悟小说（Bildungsroman）,一个关于信仰伦理的宗教故事,一个关于人类永无止境的冒险与征服的航海故事，还可能是关于兽性和神性的人性寓言"；而在此基础上，书玉还把《少年派的奇幻漂流》视为"一个关于讲故事的故事"，也就是说，这部电影具有"元故事"的属性。据书玉书中所说，美国总统奥巴马在看过李安电影所本的原著小说《少年派的奇幻漂流》（*Life of Pi*）后，给小说作者杨·马特尔（Yann Martel）写信，称赞他的小说"优雅地证实了上帝（存在）和（讲）故事的力量。"（Elegant proof of God, and the power of storytelling.）读这样的一部小说，读者显然会在故事之外，进一步关注作者讲故事的理念。而小说作者杨，作为一个出生在法裔加拿大家庭的边缘人，有着丰富的跨文化体验，他在少年时跟着做外交官的父母在哥斯达黎加、法国和墨西哥等地生活，成年后，他一个人又跑到伊朗、土耳其和印度，在印度的神庙、寺院、教堂和动物园游荡，"曾经是个没有方向感的年轻人"。因此他在创作中也"一直在寻找一个故事，一个能给他方向感的故事，一个能给他的生活以形式的故事，一个大写的故事，那里面可以包容所有的故事的'元故事'（meta-fiction）"。因此杨的小说在讲一个神奇的故事的同时，也关涉到了一些关于讲故事的问题："比如我们为什么要讲故事，我们讲的故事与我们的生活经历的关系，以及什么样的故事才是一个较

好的故事。"书玉对小说和电影的阐释由此涉及的是现代人所面临的困境和终极意义问题:

> 杨和李安并没有粉饰现代人讲故事的窘境,但是他们还说,在我们内心深处,都还执着于寻找一个能赋予我们的生活经历一个终极意义,一个讲述形式的故事。

我还记得多年前,在《读书》杂志上读到书玉写一部越南电影的文字《西贡的残酷与芳香》时的惊艳之感:

> 那年夏初临离开温哥华的一天,经过大学区外地一家电影院,无意间就看到那张电影海报。那是一个身着白色纱裙的颀长的越南女子,走在两边都是红红的木棉花树的路上。从她那张仰起的脸上,可以看出她心中的喜悦和感动。被那种喜悦和感动所牵引,我下车去读影院橱窗里的当地报纸娱乐版上的影评。原来是刚刚公映的美国/越南电影,《恋恋三季》。读着读着,就想起中国,有一种似曾相识的感觉。虽然我从未去过西贡,但读着影评,却好像在听一个我所熟悉的故事,发生在一个我未曾去过的地方。

书玉作为一个中国移民,在加拿大的温哥华,写关于越南电影的故事,读起来竟令我油然而生一种忧伤之感。从这篇影评中我意识到,去国十余年后,我曾经熟悉的那个书玉,已然找到了一种让我难以企及的书写方式,一种很适合她的方式,却是一种让我有陌生感的方式。当时我何以感到陌生,却没有来得及细想。如今读书玉的新著,我似乎明白了当年的陌生感其实来自于书玉对我所陌生的边缘化世界的书写,也来自于她的讲故事的方式,那种把切身性、全球性、跨界性与文化性整合在一起的方式。书玉讲的故事,因此意味深长与不同寻常。

读书玉的书,给我的印象是作者永远在远行,永远在通往世界的路上,也似乎再一次印证了本雅明在《讲故事的人》中引用过的那句经典的格言:"远行的人必有故事。"而那种行远的旅人,那种把跨界旅行认为生之常态和宿命的学人,更有斑斓璀璨的故事,既照亮了行远之人的旅程,也同时照亮了读者的眼眸,进而照亮了世界。

第二辑

姿态的意义

时光仿佛又回到十几年前，读张承志为他的母校北京大学 90 周年校庆写的那篇纪念文字《游牧的校园》。张承志在内蒙古度过了他的知青岁月，这段游牧生涯对他的影响是深刻的，以至把一方燕园也依旧当成他跃马扬鞭、纵横驰骋的牧场。

> 那么一切有意味的东西都要在不安定的徘徊中寻找了。好在我在内蒙古草原上养成了游牧的习性，不安定的日子对于我永远是亲切的。

对不安定的日子感到亲切的应该还有张承志母校 80 年代的相当一部分学子。终日的徘徊游荡似乎是当时北大人的一种宿命，身在围墙圈囿的狭小的校园中，一颗颗充满莫名的焦躁和渴望的心却狼奔豕突。比起随后90年代有"寄托"的一代,80年代的北大人似乎是在对归宿感的不安定的寻找中耗尽他们青春的激情的。这一代人毫无保留地认同写出了《北方的河》与《黑骏马》的张承志,似乎是理所当然的事情。作为80年代中期进入大学校园的学子而言,知青一辈可谓他们的精神之父兄。其中张承志在这代人的成长记忆中恐怕比其他知青作家留下了更深刻的印记。这种一代学子与一位作家的认同是可以被看作一种历史事件的。因为在这种认同中,一代人的心灵图式和精神特征可以寻找到命名。

张承志在不安定的徘徊中寻找"有意味的东西",而我们寻找的可能只是这种"寻找的姿态"和"不安定的徘徊"本身。尤其在新世纪的今天看来,张承志留下来的更重要的遗产,很可能正是他的"游牧的情怀"中所蕴含的姿态的意义。

> 我可以主观地把我的大学生活判断为游牧的继续,而这一点,无论是对于一个学者还是对于一个作家,它的意义哪里是外类人可以理解的呢?
> 我从那一夜开始挣开了学府和学科的束缚,懵懂地踏上了我独自的求学道路。

一旦理解了这种游牧的情怀，也就容易理解张承志大半生一以贯之的姿态与行迹。他的游牧的习性决定了一切规则化的存在——无论是有形的校园，还是无形的体制——都是他无法适应的。而张承志把作为一个学者的考古学生涯的选择，也看成是"我需要一种职业的不安宁和酷烈以适应自己"。换句话说，他是把"游牧"选定为自己的职业。正是"游牧的习性"造就了这种浪迹天涯的孤独朝圣者的姿态，他的足迹也由此遍布中国与世界，尤其是遍布他的精神之乡——中国的西北。他的散文集《一册山河》正是这种精神行迹的记录。

一如他以往的所有著述，《一册山河》所展现出的，同样是具有心灵史价值的精神之旅。这也是一种理想主义的行迹。旅人的脚步由此表现出与世俗的疏离。这种世俗在张承志那里既包括了现代都市生活，也包括了学院化和体制化的学术生涯。他的以广袤的西北考古为背景的学术与思想，比起那些学院体制内"贫血"的炮制与机械的克隆，也更带有田野作业的原生感，有一种粗粝和锋芒，更能刺激都市学人的苍白的想象。

张承志的漂泊在今天的意义也许在于他提供了一种在体制外思考的姿态和选择。对我们所谓的主流生活与主流学术而言，这也是一种边缘化的姿态和选择。他真正试图寻找的，依旧是他的牧场。这是以西北民族生存方式和信仰方式为中心的精神朝圣。支撑着他的步履的是他的西海固，是神秘的苏菲启示，是内蒙古大草原的额吉，这一切都构成了他的深厚的生命资源，同时他也找到了"作为知识分子"的"与底层民众结合的形式"。这种资源以及这种"与底层民众结合的形式"，或许是学院体制中的学人所极度匮乏的。

然而，张承志所不愿看到的是他的生命资源也在面临日趋衰竭的历史必然命运。早在二十多年前他就已经预言：游牧草原循环不已的历史，也许要翻向它的最后一页了。

> 游牧社会的文化，是一个伟大的传统和文化。它曾经内里丰富无所不包。无论拉水的牛，比赛的马，讲起来都是一本经，套套解数，娓娓动人。无论语言的体系或一个单词的色彩，分析到底都会现出真理，闪起朴素的光辉。在如此世界里，男女老幼生死悲欢，无不存在得生动感人。它深藏着一种合理的社会结构，一套人与自然的和谐关系，以及一些人的基本问题。
>
> 随着一种强力的推动，在人对富足与舒适的追求之中，在对青草和对人的侵犯之中，机械人声轰鸣嘈杂，历史在以旧换新。

人类早已经走在向游牧传统告别的道程中,依依惜别的可能不止张承志一个人,但恐怕没有人会比他更怀有一种无所适从的无奈。他比任何人都难以回头转向他所放逐的都市。"牧人真的正立马城市,默默地与这世界对峙着。"如今的牧人依旧在与这个世界对峙。尽管转眼间张承志已经到了知天命的年龄,但那种游牧的执着始终一如当年。在中国十几年纷扰和变幻的知识界,没有变化的或许只有张承志那寻找的姿态了。他所定格的,是一种使徒般的朝圣者和自觉的局外人的形象。

时代在前进,但张承志依旧留在那里,并终将成为一座碑石与路标,提示我们十多年的光阴究竟是怎样走过来的,我们得到了什么,又失去了什么,我们在与时代的加速度进行竞争的同时是否把什么更弥足珍视的东西也留在逝去的年代里了?

妥协的《世界》

如果说，昨天的贾樟柯通过他的山西小城而走向世界，那么今天的贾樟柯则把世界带回中国，于是全世界那些人尽皆知的壮丽景观构成了贾樟柯银幕上的炫目的背景，这阔大而豪华的背景自然不是狭小闭塞、尘土飞扬的汾阳小城所能比拟的。

影片《世界》展现的有关"世界"的第一个镜头，是"9·11"事件之前的纽约曼哈顿，世贸大厦的双塔赫然屹立。用片中的主人公——从汾阳来到京城并在世界公园担任保安的成太生的话说："9·11美国的被炸了，我这儿还有。"这个复制的世界图景因此比现实中的世界更完整和更完美，是国人想象中的美好的全球化秩序的象征。而更主要的是，国人可以"不出北京，走遍世界"。"您给我一天，我给您一个世界"的许诺就是国人对世界的触手可及的想象。这个模拟的世界图景与真实的世界名胜相比虽然缩小了比例，但也同时剔除了真实世界中的残缺和残酷，只有美好的诱惑和许诺，显得过于幻美，幻美得几乎没有重量。而当全景化的世界景观中，一个拾垃圾的老人从银幕左侧入画，在画框中央的前景处伫立，与景深中的埃菲尔铁塔遥遥相对时，影片丰富的意蕴和沉重的题旨才呼之欲出。片名"世界"就在这种对峙中叠加在银幕上。于是，《世界》的深蕴正在于，宏伟壮阔的全球化的"世界"与本土卑微的芸芸众生间有形和无形的参照与对峙。我诧异于，围绕着中国各地雨后春笋般涌现的世界公园，这如此显而易见而又别出机杼的创意怎么就没有被别的导演首先发现，似乎只在忠实地等待着贾樟柯，就像一匹千里马在忠诚地等待它的骑手。

贾樟柯驾驭起这匹骏马来堪称是得心应手，以至于比起他以前的影片，《世界》中这一切影像和意蕴的获得似乎来得太过轻易了。当摄影机一再把镜头从微缩化的世界景观摇向普通的观光客，摇向一群扛着纯净水从公园内单轨观光列车下走过的保安，摇向在景区内骑着高头大马的保安队长成太生的时候，影片确乎已是自动地流泻其深刻的题旨，无须导演再多费口舌。而贾樟柯的精力也似乎更多地花在了别的什么地方。这也是《世界》让我赞叹之余又隐约感到它与贾樟柯此前以汾阳小城为背景的影片有所不同的原因。

不同之处首先当然是外景地的变换。北京作为现代大都市分明有着比汾阳小城更快的城市节拍，以往贾樟柯作品中那种散漫的镜头和雍容的影像似乎已无法适应更世界化的北京，大都市的紧凑空间显然加快了《世界》的镜头剪辑节奏，也强化了电影的叙事性和情节性。而叙事性、情节性的强化则表现了贾樟柯导演风格的更内在和更深刻的变化，也是《世界》比贾樟柯此前的其他作品更微妙的差异之所在。

也是从汾阳来到京城的民工"二姑娘"陈志华，在建筑工地被砸伤，头缠绷带，躺在医院的病床上无法说话，却在成太生留给他的香烟盒上写下了遗言。他写的是什么？电影把悬念铺垫得淋漓尽致，先是打工同伴读罢遗言感动得痛哭良久，后是成太生面色凝重地把他早已知道内容的遗言又扫了一遍，观众看到这里想必都被吊起极大的胃口。接下来电影才以医院走廊的整个墙壁为书写背景把遗言展示出来：原来这是一张欠条。一系列姓名和数字从银幕的右侧缓慢地入画，直到铺满了整个银幕。

感动之余忽然觉得这似乎不是我以前熟悉的那个贾樟柯。这个展示欠条的过程有些过于用力，甚至由于用力而显得有几分造作。它客观上达到的分明是一种煽情的效果。且不说"二姑娘"无法说话却能工整地写字的这个细节是否真实可信，至少让人物把遗言写下来会比直接说出来更有震撼力，也更有利于渲染悲情气氛。也正是在这一点上，我感觉到了贾樟柯的刻意。这首先还不是一个细节真实性的问题，而事关导演的电影理念。对贾樟柯来说，这一细节所显示的是一种以前少见的导演理念和叙事风格。《小武》的节制和约束，在《世界》这里已经所剩无几了。我熟悉的那个贾樟柯在他的一系列所谓"地下电影"中总是尽量逃避刻意的镜头剪辑方式和戏剧化煽情表达，而这类煽情表达似乎是陈凯歌彻底向大众妥协的《和你在一起》才着力追求的叙事效果。

于是，与贾樟柯以前的电影比较，《世界》的叙事也变得出奇流畅，这种叙事的流畅性正基于故事起承转合的紧凑和细节所承担的叙事功能的增强。细节已不再只是它所呈现的生存境遇本身，而是同时参与了叙事的进程，构成了叙事推动力的一部分。《世界》这部电影中虽然也留有一些逸出了情节线索之外的诗意化镜头，如捡破烂的老人叠印在世界公园的远景上的身形，成太生在公园的夜幕中骑在马上的剪影，当《乌兰巴托的夜》的歌声响彻夜空时安娜和赵小桃坐在三轮车上的双人中景……但绝大多数的细节是从属于完整的故事链的，在故事线索中同时承担着叙事功能。即使传达着内心渴望和生命激情的别出心裁的 flash，也融入了叙事流程。观众因此不再像看贾樟柯以往的电影那样感到沉闷。故事的发展如风行水上，很快就到了影片的结尾。贾樟柯在《世界》中似乎更在乎讲好一个有头有尾的故事，更在乎前因后果的完整性和起承转合的逻辑性。俄罗斯女人安娜不知所终之后又终与赵小桃邂逅，交代了她离开后成为三陪女的去向；来自温州的服装店女老板廖阿群也有始有终，最后赴法国与分别十余载的丈夫团聚；小魏与老牛也好事多磨终结连理；而叙事主线意义上更完满的结局则是男女主角成太生与赵小桃在影片结尾煤气中毒的突发事件。虽然导演没有交代这到底是不是自杀行为，也没有交代两个人最终是不是死了（从讲故事的意义上说，这种处理是高明的），然而这毕竟给了《世界》一个戏剧性的终局。观众在看完电影之后也有了尘埃落定一般的感伤的满足，男女主人公从华丽背景中的爱情向颓败和悲剧的转折也足以慰藉影院中那些也许同样伤痕累累的心灵，这就是观影机制中的所谓"治愈"功能。

对起承转合的叙事逻辑的注重，使《世界》里的贾樟柯有些像他片中的人物老牛。老牛堪称经典的台词即是不断向女朋友小魏追问她的行踪:"然后呢?""再然后呢?""那再然后呢?"小魏最后忍无可忍的回答是:"从今以后,咱俩没有然后。"然而,"然后"却是两人举行了婚礼,尽管也许不是完美的爱情导致的婚姻,却也是有情人终成眷属。如果说这种结局处理是导演对人物不乏温情的反讽的话,那么贾樟柯肯定没有意识到这个反讽其实也是指向导演本人的。贾樟柯对"然后"以及"结局"同样有如一个出色的讲故事人一般的执迷。正是这种执迷导致了成太生和赵小桃最终的可能的死亡。当然,任何叙事者如果讲故事的时间足够长,他的故事都必然以人物死亡为终结的,贾樟柯在《世界》中,就是这样一个权威的甚至超验的叙事者,他不仅讲了一个起初相濡以沫的爱情如何走向消亡的故事,而且不惜以一起突发事件企图终结他们的生命。这种生杀予夺的权力无疑是超验的叙事者才有的能力。他让男女主人公最终死去,无疑是为了一个完满的故事的生成,故事性与戏剧性的考量更多地取代了现实生活意义上的真实面目与逻辑。而真实的生活也许遵循的是另一种没有逻辑的逻辑,也没那么多确定性的前因后果,更大的可能是安娜一去再无影踪,廖阿群则像我们通常所见的那样卷入了一场终难解决的三角关系,而不是通过出国一走了之。而男女主人公的煤气中毒则更有一种偶然性。

更多的"成太生赵小桃们"仍在继续他们千疮百孔的生活，而活着是更真实的可能性。较真儿的读者多半会说死去为什么就是不可能的。这里关键的不是可能性的概率问题，我们试图探究的依然是导演的理念问题。尽管贾樟柯称"我讨厌用剧情片的方式去表现生活，因为它无法呈现生活的复杂性"，而《世界》也的确称不上一部剧情片，但是《世界》叙事因素的增强仍反映了导演理念的内在转变。《世界》故事性的强化与结局的戏剧化有可能牺牲的是《小武》时期呈现更原生化的生存图景的电影理念，牺牲的是更单纯的展示原生态生活境遇的细节的空间。《小武》和《站台》中有那么多的原生细节，那些尚无法被组织进叙事流程的似乎无目的的细节，却更忠实地再现着乡土化中国的生存状况和图景。而《世界》的空间则大都被叙事性的镜头填满了，细节被更充分地组织进了叙事，或者说，细节更多地服务于故事。讲好一个故事，终于成了贾樟柯难以抵御的诱惑。

而当我们把目光转向贾樟柯的世界想象这一抽象意义上的更宏大的叙事时，影片细部的具体叙事则被一个全球化的大叙事笼罩，并最终参与了它的生成，强化了它的固有逻辑。当贾樟柯发现了世界主题公园的外景地并把这一世界之窗成功地转化为影片的内在视景的同时，他既把一种差异性组织进了自己的"世界"景观,同时也把自己的叙事纳入了一个同质性的全球化逻辑。无疑在世界景观的背景和由"成太生们"这些漂在北京的小人物组成的前景中,贾樟柯首先发现的是一个差异性的世界,俄罗斯女人安娜、女老板廖阿群以及"成太生赵小桃们",都以自己的生存展示着全球化美梦的不可能性,或者说呈现的是全球化视野中现实而又残酷的那一部分图景。但是,成太生和赵小桃所身处的"大兴的巴黎"、廖阿群即将奔赴的法国的唐人街"美丽城"、安娜所歌唱的"乌兰巴托的夜",又是全球化逻辑的结果,在这个意义上,他们又同时以各自的方式汇入了全球化的叙事逻辑,这就是这部影片的世界想象的悖谬性。它一方面破除了全球化的幻美迷梦,颠覆了国人的"世界想象",另一方面却无法真正颠覆全球化的强力秩序。其内在逻辑依然强大而且只能越来越强。而贾樟柯以他所追求故事性的叙事逻辑最终则是参与了世界秩序的生成,并从另一种意义上不期然地强化了这个秩序,而不是消解了它。《世界》中的叙事流程无形中成了全球化的世界秩序的某种意想不到的注脚。这恐怕是贾樟柯始料不及的。

《世界》的叙事逻辑多少表明,作为一个"作者导演"的贾樟柯不能不说在《世界》中削弱了他曾经有过的先锋性原创性的电影理念。当初柏林电影节国际评委在阐述《小武》的获奖理由时说:"我们在同一时间不但发现了一部电影,更发现了一个作者,这种发现非常有意义。"这个意义就是《小武》作为"作者电影"的意义。而"作者电影"背后蕴含的属于导演自己的独一无二的影像理念和叙事风格的意义更为重大,这保证了"作者"能够为世界电影界持续提供一种全新的视听语言,提供一种他人无法替代的叙事理念和导演风格,这是大师级导演得以出现的重要前提。这就是柏林电影节评委之所以重视贾樟柯这个"作者"更甚于一部电影的原因。而《世界》多少显示出贾樟柯这个"作者导演"已有的不可替代的属性似乎正渐趋减弱。

《世界》的转变当然与组成"电影的事实"的一系列因素都有关系。这是"电影的事实"对《世界》的显在的介入和潜在的制约甚或控制的结果。所谓与"影片(文本)的事实"相区别的"电影的事实","即影片的资金来源、制作和发行过程、获奖情况,等等"[1]。而与《世界》相关的"电影的事实"自然还涵盖了审查、观众、票房与传媒等。影片的策划之一马宁称"这次送审时有个特殊的原因:电影局想让整个第六代导演,通过这个机会浮出水面,

---

[1] 戴锦华:《电影批评》,北京大学出版社,2004,第241页。

因此在审查时显示出了一定的宽容度"。因此,《世界》的生成,首先是作为审查制度和电影制作双向妥协的结果。

第六代导演的电影通过了审查,从地下走到地上会是什么形象,贾樟柯的《世界》中已经有了答案。这一系列的答案是:电影显然比地下时更好看了,更精致了,故事性更强了,沉闷的东西少了,也更雅俗共赏了。

答案背后如果有一个潜在的约束的机制,那么这个机制除了审查制度,恐怕还有观众与票房。当贾樟柯的电影从地下转到地上面对广大国人亮相,预期的观众就不能不成为一个重要的制约因素。地下电影在消费的意义上是拍给"世界"看的,是为世界上形形色色的电影节而存在的。而在国内公映,观看的人则变成了商业化的大众,他们将贡献票房,正像世界公园景观不仅展现"世界"景象,也同样要吸引游客,赚取门票收入一样。《世界》的两个版本的存在正巧证明了这一点,一是参展的较长的威尼斯版,一是国内公映的剪辑版。在后一版本中,假想的观众只能是广大本土受众,这使《世界》难免商业意识的渗入。正如贾樟柯在接受《新京报》的采访时说:"我认为导演还是要负担一部分的商业责任。"马宁先生也透露说:"贾樟柯的电影本身做得比较精致。精致本身也能够改变一些(审查时的)看法。""浮出水面和在下面是两个概念,如果在下面是以自我为中心多一些。浮出水面的话，一方面要面对国内的观众，另一方面要面临审查制度。面对观众要有一定的观赏性，所以我觉得他这次比以前的影片更注重观赏性。这次从长版本剪到短版本，也是往观赏性的方面多做了一些。"这段话既道出了贾樟柯面临的多方面的约束和压力，也反映了他已经具备了走钢丝的平衡功夫。当冯小刚的贺岁片进一步吸收国际资本向商业大片迈进的时候，当张艺谋、陈凯歌都向商业电影低头的时候，贾樟柯却鱼与熊掌得以兼得，在讲好了一个故事的同时，仍不失其艺术品位和深刻洞察，他取得的是多方面的成功：审查机构、专业影评人、普通观众——皆大欢喜。

然而，沉浸在《世界》美轮美奂的背景中的同时，我却莫名地怀念《小武》和《站台》中的那个有些沉闷，所表现的景观也是灰扑扑但却有生存境遇的质感，也充满内在的诗意和理念的贾樟柯。那几部电影以其孑然的姿态多少向我们展示了如果没有商业秩序和政治因素的强力侵入，电影视景会是什么样子。在某种意义上，《小武》和《站台》中原生态的境遇更令人感到新鲜和震撼。而中国具有乡土特质的小城中那些原生的景观还很少在银幕上被如此沉着、细腻和富于才华地展露过。《世界》的新鲜感则更多地表现为技术的层面，如 flash 的形式。两个"世界"的对比性构图也有些取巧,不像《小武》和《站台》那么浑然天成,也少了一点内在的反思性。我怀念《小武》的结尾小武被手铐铐在街边示众的镜头,在那个自反式的镜头中,我们看不到小武,看到的只是围观的路人。三百六十度的摇镜头采取了摄影机的视点,展示的其实是小武的眼睛所看到的。但我们也可以说,观看的人其实是导演自己。这是指向导演叙事的自反化的镜头。我们感受到的是内在的反思的力量。而这种反思的力量在贾樟柯的电影世界中也许会成为历史。

柏林电影节评委还曾经这样评价《小武》中的贾樟柯:"我们相信贾樟柯能够成为帮助我们保持人的本质的导演","在他的电影中,没有什么东西是用来讨好我们的","我们相信他的每一个镜头,每一个画格都不是故弄玄虚的。在中国那样的小城中,我们和他的人物贴得很近,和他的感情贴得很近。"从这一点上说,《世界》已经开始背离不讨好观众的初衷。《世界》的"成功"未必不是以贾樟柯固有的电影理念的妥协为代价的。当有评论称《世界》反映的是"更尖锐更反叛的贾樟柯",这种尖锐和反叛其实已经打了相当的折扣,并预示着最终有可能牺牲一个"作者"意义上的"保持人的本质"的杰出导演。

当初的贾樟柯曾经说过一句著名的话:"放弃理想比

坚持理想更难。"如今，我担心这句话大概已经有了倒过来说的可能性。

世界也许并没有改变，改变的是贾樟柯自己。

只有一种生活的形式

一

还是在 1989 年的秋天，我就答应过蔡恒平为他正在创作的诗集《接近美》写点什么——自然只是写给自己和几个同学看看。

我是什么时候开始了解蔡恒平的？（我们几个当时正在北大中文系读硕士的同学更喜欢叫他蔡）毫无疑问也是在这一年，我们曾一起度过许多由得力牌啤酒、石灯牌劣质烟以及轻音乐《绿袖》陪伴的夜晚。我记得蔡在那个夏季一连几天卧病躺在他那永远不会叠起被子的床上，一遍遍地听这支曲子，乐曲给人的感受既纯净又忧伤。十几年过去了，我依然觉得这首他人看来也许普普通通的曲子在那个时空里凝聚了我们对生活的全部体认和感知。也许对于蔡,《绿袖》的旋律延伸成了他的诗章。因此,读这些作品,我仿佛总是看到字里行间闪动着一串串的音符。

以往读蔡的诗与小说,我最鲜明的感受是作者的身上有一种宿命般的浪子情结,不安于任何一处相对长久的栖息地,总是想方设法毁掉已经到手的幸福然后去体验丧失之后一切化为碎片的美感。这种浪子情结显然与80年代的燕园学子的主导心态密切相关。然而从那时,我意识到蔡的身上似乎也存在着其他的某种品性,按他自己的话,这也许是一种圣徒的品性。这绝不是我轻易地听信了蔡"要做个圣徒"的表白,别的同学也曾对这表白不止一次地揶揄过。也许浪子与圣徒本来就是人的天性中并存的两面,就像周作人称自己身上统一着绅士鬼与流氓鬼一样。我确信,在那段日子里,蔡在精神上走的的确是一条圣徒之路。虽然真正的圣徒似乎只有毛姆小说《刀锋》中的莱雷和卡尔维诺《树上的男爵》中的柯希莫才能彻底做到,但所谓"圣徒"也许还意味着一种态度、一种意向、一种心境、一种人的天性中固有的趋神性。这些因素相信读者都会从蔡恒平的作品中捕捉到。而无论是"圣徒",还是"神性",在21世纪今天的历史语境中恐怕都已成为令人陌生的字眼。

蔡恒平认为写诗和写小说在创作心理上有极大的不

同。如果说写小说自己就是上帝,是主宰者,是在稿纸上自己创造一种生活(譬如昆德拉,那时的昆德拉是我们推崇的典范),那么写诗则是心灵同自我之外的一个冥冥中的上帝或主宰者对话,是聆听圣乐,是领悟,是净化。如果说真正的诗歌有唯一一种标准和尺度的话,那就是神的尺度,这也正是"里尔克"与"瓦莱里"的最终启示。在这个意义上,蔡恒平认为"美是难以接近的",诗人只能永远趋近于这种神性之美。这也正是他的一本诗集取名为"接近美"的含义所在。这种神性之美无疑已经具有某种宗教色彩了。洪子诚老师在为《北大诗选》作的序中回忆说,蔡恒平在读当代文学研究生的时候,有一个学期做的是"当代文学与宗教"的专题,对顾城诗的"宗教感"推崇备至。诗人麦芒在《北大往事》中提及"这个艺术家主角最终进一步自称为圣徒蔡",大体上也正是这一段时期。而"圣徒"的取向可以说涵盖了当时燕园诗人一种普泛的精神特征。

之所以称"圣徒蔡"有代表性,是因为他的诸多诗友都在八九十年代之交经历了类似的体验和追求。臧棣以长达十九首的组诗《在埃德加·斯诺墓前》表达了他世纪性的沉思默想,组诗以"巨大的栖息,犹如天主君临"作为结尾。西川则一以贯之地被视为"一个领取圣餐的孩子"的形象,洪子诚老师在《中国当代新诗史》中称他的诗"常常是宁静而安详的。它表现类乎'天启'的神圣暗示，探求人与自然之间的同一，传达了现代人对于永恒精神的向往"。西渡在缅想但丁的过程中"重新获得了祈祷的能力"，"心地变得像这冬天一样圣洁"。清平的诗则获得了赞美诗一般的澄明与纯净。戈麦则在创作《通往神明的路》的系列诗作时，西渡形容他"过的是一种不食人间烟火的圣徒式的生活"。或许只有麦芒是个例外，那一段时间蔡特别欣赏他写的一首《蠢男子之歌》："可怕的死亡教会我放纵欲望／二十岁是短命，一百岁也是夭折／上天不会再派同样的人／顶替我享受那份该得的恩典／既然我挣不到什么财产／那就索性赔个精光吧／像一只无所事事的雄蜂／交尾一次便知趣地去死。"这是典型的浪子心态。但是，换另一个角度看，麦芒未尝不是以浪子的方式走圣徒的路，正像黑塞的小说《纳尔齐斯与歌尔德蒙》写的那样，浪子和圣徒最终殊途同归。

二

昆德拉说过，只发生过一次的事情等于没有发生（正像蔡在小说《艺术家生涯》中谈到罗伯‐格里耶的小说《橡皮》时所说，"发生过的事用橡皮一擦就像没有发生过一样"）。于是，什么才真正具有真实的属性，成了一个需

要质疑的命题。《询问》或许就是在这种时刻写成的:

> 真实的是身前的书桌、身下的椅子
> 和窗外瑟瑟作响的树叶
> 风从树梢间穿过是真实的
>
> 那么不真实的是什么?
> 我们身边的生命和事物,怀中的爱情
> 擎在手中的诗歌的火焰、遍地流淌的音乐
> 还有语言,那些虚拟的书籍和手稿
> 都是我们真正生活的敌意的同谋

可以说,当以往我们倾注生命与激情所执着的一切顷刻间轰毁之后,我们会一下子感到自己生活在幻觉中,我们会深刻地怀疑我们生存的前提,怀疑我们自身的存在,怀疑事物的真实性,而试图像捞救命稻草一般把握住一些最基本最实在的东西。而当一切都还原为最简单的元素成分的时候,我们的心态和抉择也就随着简单而纯粹了。回归一种简单而澄澈的生活,是蔡这一段日子中的渴望。任何一个浪子经过漫长的漂泊生涯之后,也许都会有这种对于纯粹的渴望。我想蔡在这一时期的诗中追求的正是这样

一种纯粹。

蔡恒平这个时期的自选集《手工艺人》和《接近美》都表现出这种"纯粹"的美学。《手工艺人》的题目本身已经标识着诗人对自我身份的自觉体认：

> 像一个手工业人，每日都有辛苦的劳作
> 把粗糙的事物给予还原，变得完美
> 让我忘掉自己身在何处
> 是否还有明天

从这种体认中衍生出的创作心理和动机，是把诗歌看成独一无二的无法机械复制的手工艺品。这就使蔡有可能专注于诗歌本身的自律和自足从而使创作达到相对完美的纯粹境地。"纯粹"在蔡的理解中还意味着经历了外部世界的纷纭表象之后，向一种最简单也最真实的生存状态的回归。一切都是难以把握的，一切都是过眼云烟，一切都是时间的幻象，诗人最终所能企及的，可能只是身边最简单最单纯的事物。这就是他的《肖像十四行》表达的意念："双手能抓住的东西才是事物的本质。"蔡曾在一张纸上开了一份清单给我们大家看，列下了他认为最简单而最必须的东西：一、哥们儿；二、啤酒，香烟，足球；三、书。

这份清单恰好可以作为上句诗的注脚，尽管"哥们儿"都觉得这份清单已然奢侈。

《处境》《深居》《内心生活》以及相当数量的十四行，就是蔡题赠给"哥们儿"的作品。这些诗作，是蔡的视界和他人视界的融合，或者说是蔡在有选择地认同了他所题赠的对象的同时也更切实地感受到自身的存在。其中有代表性的是《内心生活》：

> 我可能只有一种生活的形式
> 犹如玉在大多数时候看上去像石头
> 当我懂得这并不妨碍我怀想和默念
> 接近美的火焰
> 我对生活的背叛得以最终完成
> 我把内心比喻为一片树叶
> 只有我自己知道它在哪儿
> 和谁，有怎样的不同
> 心呵，等待丧失的到来
> 弃绝身外的想像，但它那芦苇一样的高傲
> 当我背叛生活，就永远明白、透亮
> 没有一回让我失望

诗人认定"只有一种生活的形式",它伴随着丧失、背叛与弃绝,这使我意识到,在圣徒的字典里最重要的词汇可能不是别的,正是"弃绝"。它使诗人对生活的背叛得以最终完成,并借此接近一种纯粹而完美的境界。诗集《接近美》的名字正印证了这种追求。而所谓的完美,更存在于"汉语的迷宫"中。《汉语——献给蔡,一个汉语手工艺人》由此构成了蔡恒平这一阶段最出色的诗作。这是题赠给他自己的诗,诗中把"汉语的迷宫"看成是他最后的栖身之处,看成是"另一种真实,更高的真实":

数目庞大的象形文字,没有尽头
天才偶得的组装和书写,最后停留在书籍之河
最简陋的图书馆中寄居的是最高的道
名词,粮食和水的象征;形容词,世上的光和酒
动词,这奔驰的鹿的形象,火,殉道的美学
而句子,句子是一勺身体的盐,一根完备的骨骼
一间汉语的书房等同于一座交叉小径的花园
不可思议,难言的美,一定是神恩浩荡的礼物
因为它就是造化本身:爱它的人
必然溺死于它,自焚于它。然而仅仅热爱
就让我别无所求。——美从来是危险的

> 我生为汉人，生于世纪之末，活到如今
> 汉语的迷宫，危险的美的恩赐
> 是我最后栖身之处。

这种对汉语迷宫的执迷，反映了诗人在经历了丧失、弃绝与破碎之后试图在语言世界中获得拯救的心路。对于诗人而言，语言世界是比现实世界更容易把握的实体。在特定时代的特定体验中，语言世界是比现实世界更真实的世界。这与柏拉图的著名观念大相径庭。语言不再是现实的摹本，我们在语言的存在中比在现实的存在中更容易感受到生命的可靠性和具体性。这不仅意味着诗歌世界是诗人感到更切实更易把握的实体，还更在于生活在语言中就是生活在更深刻的意义中，就是生活在存在所能展示的无限丰富的可能性中。正是这种诗歌观念构成了蔡恒平创作的内在支撑。

三

尽管"弃绝"构成了蔡恒平作品中最重要的词汇，但所谓的"弃绝"并不意味着逃避生活，而意味着把握一种更本真的生活，一种更实在更本然的人生状态和体验。于是"宋代精致典雅的书籍、点心和忧伤"出现在他的想象里，"汉语迷人的镜像"给了他最切实的安慰，一种"长久地关闭房门／深居简出"的生活令他深深憧憬：

> 还要多久才能等到风雪交加，冰封大地
> 让心的四周覆满大雪，像回到家里
> 倾听内心悄然无声的安寂

诗人力图还原的生活是一种质朴而安详，在风雪交加、冰封大地时刻能找到一处寂静的避风地，虔诚地与上帝对话并倾听上帝声音的生活。这无疑是一种以冥想为形式的内心生活。但同时从蔡恒平的作品中你会发现这世上还有令他无法释怀的东西，生之寂寞每时每刻都浑然无形地试图渗入血液，诗人尚无法远离感情或放逐感情。对于诗人来说，不相信感情的真实存在是很难生活的。尽管当时的诗人总是心怀一片赤诚地提起卡夫卡和博尔赫斯，对那种超凡脱俗的圣徒生活保持敬意，并且渴望在心底保留一种卡夫卡所说的最远的生活，保留海明威所写到的那"最后一块净土"，但在生活中却注定只能按自己的本性生存。而惟有本性是无可争议的，它比上帝更强有力地决定一切。

我还要谈谈《歌唱》。我无法掩饰自己在读到这个题目时的震撼。也许诗歌的某些本质也正是歌唱的本质。尽管无法比较诗人和歌者对世界的领悟与言说中哪一种更接近生命的本性，但至少在蔡恒平的诗中，诗人与歌者的形象有一种同一性。

> 歌唱者，是永久痛悔的盲诗人
> 他因为伤害美丽而双目失明
> 他的一生只剩下一句伤逝的歌词

于是，歌唱成为这个盲诗人生命的最后形式。这使人想起了荷马，想起了荷马时代诗与歌的同一，使人仿佛看到一个游吟诗人弹着竖琴在爱琴海岸忧郁地歌唱，由此人们会想到自己在这个世上所具有的最好的形象也许便是歌唱的形象了。正是这个歌唱的形象赋予蔡恒平的诗在冥想的底色之上以一种虔诚的执着。这种虔诚的执着使他写出了恐怕他自己都无法再重复的诗作。这些诗作产生于特定的年代，同时又以其特定的心理内容成为这一年代的忠实见证。也正是在这个意义上，我把蔡的作品看成一代人的心灵启示录。

四

熟悉八九十年代之交燕园创作的人，可能对蔡恒平小说的印象更加深刻。这本集子中的几部小说如《上坡路与下坡路是同一条路》《谁会感到不安》都曾发表在中文系学生刊物《启明星》上，引起很大反响，用"一时燕园纸贵"的说法来形容是并不过分的。

《谁会感到不安》《艺术家生涯》等小说都带有一点自叙传色彩。我记得有同学曾提醒他，小说的自传色彩过于鲜明，往往会使作者自己沉入一种临水自鉴的境地，不容易摆脱"那喀索斯的情怀"。一般读者自然会把蔡的小说当虚构故事读，但我们这些熟悉蔡的同学则更喜欢把其中的人物对号入座。譬如《上坡路与下坡路是同一条路》的写作就是为了"献给曾经在北大32楼创造故事的兄弟们"。我们这些中文系的学生在80年代住的就是北大32楼，小说中的相当一部分人物，我们都知其原型，读起来也就比局外人更容易会心。而在《谁会感到不安》的结尾，蔡还特别把小说中的人物与现实中的真实名字一一对应。至于《1989年北京秋天的好日子》写的那段生活也大体是实有的。蔡恒平、老韩（韩敬群）还有我三人的确像蔡写的那样住在45楼3单元的3062房间，而小说中的雀雀（黄学军）、阿顾（顾建平）、政文（龚政文）则是我们周围的邻居。我们六人是从本科一起读上来的七年的同学，在那一段时间里每天差不多都在凌晨四五点钟才上床睡觉。

喝酒、聊天、打牌、读金庸古龙是我们那段日子的常态的生活。我们住的45楼靠着北大的西围墙，围墙外是那条通向颐和园的马路。几乎每天上床的时候，我们都会听到围墙外第一班332路公共汽车在空旷的马路上呼啸而过。那时，我就像蔡恒平在小说中写的那样，想起了曹禺话剧《日出》中陈白露的台词："太阳出来了，可太阳不是我们的。我们要睡了。"心里涌出的是一种怅惘：当人们已经享受新的一天的空气和清晨的太阳的时候，我们却依旧生活在昨天，我们的昨天才刚刚过完，我们是被正在行进的生活抛弃的一群。从这个意义上说，蔡的几篇小说至少记录下我们的历史，记录下一个大时代留给我们心灵和日常生活的印记。而蔡是最擅长在小说中保留日常生活的细节的。《1989年北京秋天的好日子》正是我们一批人在八九年之后生活形态的写真，尽管从小说学的意义上说，蔡的小说必须被理解为虚构作品。

一旦把蔡的小说看成是一种虚构艺术，就会发现他的叙事技巧是相当别致的，他的小说叙事理念也是极其自觉的。最早的也最具实验性的《雪意与五点钟》在技术上就已经颇为成熟了。而《上坡路与下坡路是同一条路》《谁会感到不安》《艺术家生涯》则把实验的形式和充盈的内容结合得更趋完美，成为燕园小说创作的代表。如果写下去的话，我预想蔡可能会把小说叙事艺术引向新的巨大的可能性空间。而这些空间是不大会有其他小说作者到过的，是独属于蔡自己的。当然，这些小说还是应该被看成是产生于校园的作品。校园既造就了它们，也同时多少会限制它们，即小说的天地还有待拓展。弥补这一点的就是小说的叙事艺术。而蔡的小说在叙事上表现出的魅力和潜力还没有得到足够的估计。

五

已经很久没有蔡以及当年的几个同学的音信了。但心底的惦念却与日俱增。刚刚读到仇远在《稗史》中所记载的杨简的语录："仕宦以孤寒为安身，读书以饥饿为进道，骨肉以不得信为平安，朋友以相见疏为久要。"读罢心有所感。前些日子，杨早和蔡可告诉我蔡恒平在网站上连载《古金兵器谱》，网民常常等到深夜，为的是在第一时间读到他的帖子。我于是也在夜半见到了他谈古（古龙）论金（金庸）的久违了的文字。当读到下面的话，一时很难抑制内心的冲动："我庆幸自己在大一时读了金庸。我和我的朋友们的许多做人的道理来自金庸，使我们在大事大节上不亏不乱，在个人生活中重情重义。当这些和北大的精神氛围深深融在一起后，我明白一个人要以大写的方式走过自己的一生,要独自前行,无论落魄发达,都无改内心的激越情怀和平静修远,像那无名高僧一样,走过大地,不留痕迹。"随后,我又读到了郑勇发来的蔡为他自己的这本文集写的后记,并深深感怀于他对"远方"的怀想:

> 这远方,才是对我是最重要的。因为我知道生活有多种可能性的,但它的实现需要远方的召唤,而我还有远方。有远方,我就还能问自己:我那颗晦暗的心何时才能走上大道。而这个问题才是我最关心的问题,我以为我的一生就是用来回答这个问题的。写作,只是我回答这个问题的一种形式。

如果有一种写作是为了远方而写,是为了内心而写,是为了灵魂走上大道而写,我想蔡恒平所追求的就是这样的写作吧。

我的葬身之地是书卷

如果在今天还存在一种把职业、生命、信仰统一在一起的生存形式，那么，一介书生的读书与文字生涯称得上是其中的一种。不过，20世纪或许是传统意义上那种"读书破万卷"的书生得以存在的最后一个世纪了。书卷的存在形式恐怕终将进入古董一族。而依旧执着地把读书写书当成事业甚或信仰，就有几许令人感动的意味。我读郑勇收入"曾经北大书系"中的这本《书生襟抱》，读出的就是这份感动。

"以书谋生，故自命书生"，这就是郑勇的"夫子自道"。淘书、读书、写书正被他视为"一己的人生选择，一种生活方式"。郑勇在"曾经北大"之前，也"曾经"浙江大学的机械系和苏州医学院。"1993年陡倦于山柔水温之江南，遂步武鲁迅，弃医从文"，从温柔之乡辗转到寒朔之地，从此也宿命般地与书结缘。他自称"在北大读书，最大的收获倒不在藏书颇富的图书馆或名师荟萃的讲堂，也非校园令人流连忘返的湖光塔影，而在逛书店的经历上"。长年身在北京，他竟没有到长城、故宫、香山一游，但三天不逛书店则有怅然若失之感。按他的说法，这种痴迷几乎迹近发烧友和追星族。由此我读《书生襟抱》，眼前竟会长久地出现郑勇在偌大北京城大大小小的书店间奔波，在簇新或发黄的书卷中流连，在几乎把自己也淹没的书堆中伏案的身影。

从郑勇所淘所读所评之书中，大体上可以见出他的品位。"不薄今人爱古人"在郑勇那里是一种自觉。与同代人相比，郑勇也正多了一份传统修养与古典情怀。他的品书评书也就更有一种书卷气，是以知识与学术为支撑的，追求一种有学术背景的"书生之文"与"学者之文"，而不止于一般的才子型书评的印象式判断和才情的挥洒。他显然在塑造某种更深厚的东西，并试图使这种深厚构成他的底蕴。他因此选择的是一条更为奇崛的路径，这使郑勇理解中的书评之道关涉着现代知识与学术积累与阐发的"大道"。因而他的书评文字看似从容，实则艰辛。"文字不可轻作"于他是一直恪守的信条，表面上是简单的为人为文准则，实际上却关乎一种职业道德与写作伦理。而这种写作伦理在大众传媒铺天盖地的时代，显然是更弥足珍贵的。

书卷气在郑勇这里还意味着一种性情与境界的陶冶。这或许是所谓"襟抱"更真实的含义。在他谈钱理群的"天真、至情至性"，谈陈平原的"为人但有真性情"的背后，我仿佛也看到了同为性情中人的作者的影子。他对"弃医从文"的选择以及对北方生活的认同，并最终在书话与"话书"中找到了自己的天地与宿命，在我看来既顺乎着自己的性情，也获得了生命的更阔大豪迈的想象空间。我以前一直猜想，他的品书理想大概更接近周作人、郑振铎、黄裳一路，有趣味又有境界；然而，当读到他写鲁迅的文字，读到他对于鲁迅那种"站在沙漠上，看看飞沙走石，乐则大笑，悲则大叫，愤则大骂"的生命境界的憧憬，我才恍然他的襟抱中也有激愤和冲动。他放弃了沐浴暖国的雨而选择如粉如沙的北国的雪，或许正有这种天性与襟怀的必然性。

读《书生襟抱》，我最后想起的竟是一句诗："我最终的葬身之地是书卷。"这句诗或许描绘的正是包括我在内的一介书生的宿命，并终将在我们的身后成为我们最恰当的墓志铭。我们注定因书而生，也因书而死。因而，当"书卷"成为我们的生存空间与生命方式的时候，我们就不得不需要对它进行"存在论"意义上的反思。也许我们需要思考的是，在那些可以异化人的诸种方式中，不知道是否包括"书"给人的带来的异化。书在成为我们的宿命的同时，会不会也成为我们的枷锁？我们也许对充斥于书堆中的蚕食时间与生命的文字垃圾抱有足够的鉴别和警惕，但是，我们对现代知识体系所制造的异化却可能缺乏足够的警觉与反省。而现代的知识体系与知识制度在很大程度上正具体存在于书卷与文字之中。此刻我联想到的是另一个大陆上的大百科全书式的作家——博尔赫斯。做过阿根廷国立图书馆馆长的博尔赫斯，本身就是一座活的图书馆。这使他的幻想具有一种玄学味与书卷气。他的玄想是以书籍、知识、掌故、历史为材料和背景的，由此他的玄想就进入了知识制度。但更重要的是，他同时也在瓦解知识制度。他以异质性的现代想象介入着同质化的知识世界，最终提供着以"文学性"反思现代体制的思想资源。对博尔赫斯的这种思想资源我们尚缺乏应有的体认。从某种意义上说，博尔赫斯提供的资源与我们的本土作家鲁迅对现代知识体制的反思殊途同归。而这种对现代知识与学术的反思的品质尤其应该成为生存于体制化时代的"书生襟抱"的组成部分。

心灵的风景

90年代后期，我曾经参与了钱理群先生主编的"大学校园文化与20世纪中国文学"系列丛书，承担了一本关于80年代北京大学的校园文化与校园文学的专著的写作。当时连书的名字都起好了：《燕园风景：1977—1989》。这本书如果得以完成，将可能是本怀旧的书。这种怀旧在今天看来肯定显得有些可疑且矫情，但在90年代后期的文化语境中却似乎是一种潮流。我当时自然无法免俗，企图以这本怀旧之作为我和我所隶属的一代人的青春时代做个总结。我还设想了如何去写这本书，诸如还原80年代的历史语境和校园氛围，把与大时代相关的宏大叙事和校园日常生活细节统一起来，注重描述燕园学子的心灵挣扎与躁动，尝试一种有回溯意味的讲述方式，在诗意叙述之中贯穿沉湎与反思的调子，等等。而书名中所谓的"燕园风景",在很大程度上将会是一道心灵的风景。

然而,当花了大量时间去查找有关80年代北大校园日常生活形态以及校园文学活动的细节时,却吃惊地发现相关记录其实很少。我们在公共空间中保留的对刚刚逝去的生活和历史细节方面的记录似乎反而比久远的年代更少,这不能不说是一件奇怪的事情。最后我不得不止步于80年代那片燕园风景之外,仅使它残存在自己日渐稀薄的记忆中,任其随着岁月的流逝而愈加漶漫,并终将如当年北大"汉园三诗人"之一的何其芳在一首诗中所描绘的那样,成为"烟云"般的"水中倒影"。作为一个80年代北大校园生活的亲历者,却无法描述"身在此山中"的生活,恐怕没有什么比这更令人感到怅惘和遗憾的了。

这种遗憾在我读到许晓辉的《迷失在阅读中:北大考研日记》(以下简称《考研日记》)之后终于得到了补偿。《考研日记》向我展示出一个校园学子正在行进的生活的实录,从而表现了原生态的叙述品质。这种原生性表现在其所记录的是作者即时经历的生活,而日记的体式则是这种真实性和原生性的较为理想的保证。作者忠实地记录了即日发生的事情,书中所录并非事后的追忆和补记,因此与回忆录式的历史追溯,自然不可同日而语,而保留着更多的当下体验和感受,所以与原生态的生活更为贴近,更有无法替代的真实感。从这个角度说，日记的形态在复制历史和生活细节上尤其具有值得研究的意义。考察日记的形态对历史和生活细节的更"现在时"的记录，是具有历史学和文学史价值的一个课题。现代史上的名家日记多有遗存，我们对当年清华、北大、西南联大生活的了解，就多从现代作家学者日记中获得。譬如《吴宓日记》《胡适日记》《周作人日记》《浦江清日记》(《清华园日记》和《西行日记》)，对于后人了解当年高等教育和大学校园真实的历史情境，就是非常宝贵的。钱理群在《1948：天地玄黄》一书中，每章即以抄录叶圣陶日记开头，因其是"当时人的生活实录"，"以显示彼时彼地的作家的日常生活实际，他们的现实境遇、感受"，其中暗含着还原历史情境的努力以及原生态的历史观。当然，这些日记的历史和细节功能往往在后来的史学家那里得以凸显，而当事人当时未必意识到它对于后来历史的久远意义。人们每每对身边行进的日常生活缺乏自觉，从美学的意义上说，似乎已逝的、远方的，还有不可预知的未来的生活才更有魅惑和吸引力，更有美感意味，更值得去状写。文坛怀旧风盛行的原因大半即根源于此。与怀旧类似的，是对未来的冀望。未来与过去都有一种鲁迅所警惕的欺瞒的幻象，人们更容易被未来和过去所蛊惑而忽略了当下正在进行的生活。而当我们需要了解当年的具体生活情景的时候，却每每要借助当事人后来的回忆录。在我看来，回忆录往往是可疑的：事后的追忆往往渗透了一种回溯性差异，这种差异即是当下与过去的时空跨度带来的逆差。回忆录中每每体现出一种历史是向今天的我走来的幻觉，因此我可以根据现实的目的和需要去加工、筛选甚至篡改当年的历史，于是回忆录中难免有回忆者当下的喜好、臧否、认知、价值倾向的介入。流行于今日中国文坛的各种各样的回忆录多具此类问题（当然日记作者也会存在在日记中加工、筛选甚至篡改刚刚过去的历史的问题，尤其是那些意识到自己的日记也将留名青史的作者。这是任何写作都无法避免的更本体的问题）。

从这个意义上说，许晓辉把他刚刚经历的考研历程原封不动地展示给我们，就令人有新鲜出炉之感。其中尤其值得重视的，正是他对当下且日常的生活的即时性记录。我们读到的是作者对自己堪称是艰难困苦而又不乏诗意的考研过程的珍视，以及日记中表现出的过程本身即是目的的生活哲理。作者似乎在告诉我们，个体生命的历程只有落实在每一刻流逝的瞬间，才体现出真正而具体可感的意义。而一旦个体生命刻录在每一个瞬间，寻常生活就必然彰显出它内在的人生目的性。因此，作者对校园生活的体贴入微的记录，构成了当代大学生的"日常生活史"。我虽依然任教于高校,却仿佛对当代学子的生活已经很陌生了。每每想到自己与学生的疏离,都会悚然一惊。这种疏离与陌生带来的缺憾通过阅读《考研日记》得到了部分的弥补,我得以一窥当下大学生生活与心态的一角,也对21世纪的大学校园生活有了诸多感性的认识:

> 北大在线论坛是每次必去的,但我只看十大中的内容。最为热门的话题多数为人类最为神秘和向往的欲望——性,所占领。诸如房事风度、处女情结之类的话题的点击率之高,足以说明正处于青春旺盛期的孩子们对异性的渴望,由此,大学生同居也就成为顺理成章的事情了。与此相关,新浪网首页所链接的中国性博物馆的浏览人次之众多,与现实中的性博物馆的门前冷落,所形成的强烈鲜明对比,是否说明国人依然恪守较为保守的传统观念?
>
> 看完新闻之后,便无心在这个抄袭模仿盛行的虚拟世界停留。《经济观察报》新一期应该到了吧。这是我阅读的唯一一份经济类读物。买完报纸,顺便走到三角地。和以往一样,各种商业活动正在争先恐后地在大学校园抢滩登陆。思科CISCO老总的演讲,听说还有手机赠送,没有礼物的演讲似乎无法打动忙

碌的学子们，但为礼物而不是为内容前去的捧场又何尝不是演讲者的悲哀；昔日因解密WPS而为求伯君发掘的雷军——今日金山公司总经理大驾光临，毒霸、词霸、敢于对抗微软的WPS，民族软件企业的努力理应得到更多关注；WTO与民族企业的研讨得到了邓亚萍体育用品的赞助，与李宁服饰比起来，邓亚萍用品也只能是小妹妹了，看来体育和经商并不是一回事；而今年十佳教师的评选则多少显得有些冷清，同学于此的漠视似乎在告诉人们"师道不传也久矣"，此起彼伏的邀请大家投票的喊声，企图挽回昔日对恩师所抱有的激情，显然徒劳……

《考研日记》中对当下大学生生活内容和校园情境诸如上引段落中的高密度和大容量的记录比比皆是。它使我了解到今天的大学生所关注的问题和领域。最令我感兴趣的是其中许多我已经不甚了然的词汇，大量新名词在新人类写作中的出现，从语词层面标志着新的世界景观和文化面向，从中不难看出商业化、全球化在具体的技术、认知、语言、价值和精神领域对大学生产生的具体影响。即便只把书中所载的今天的讲座题目与我读书时的80年代中后期进行比照，亦可见出中国社会的深刻变化以及对大学的渗透。我尤其感叹于网络世界和网络语言对大学生的塑造，感到所谓的赛博世界对新一代大学生的举足轻重的影响。这既是一个虚拟世界，也是"大学生们无聊时最为广泛的拖延时间的方式"，学子沉湎于异质空间借此逃避现实；同时"作为当代社会几乎最为民主的平台，为羞于启齿的人们提供了一个畅所欲言的地方，网络匿名的优势使得每一个人都可以成为舞台上的主角，思想空前自由芜杂"……这种复杂的状态勾勒的是大学生所身处的网络世界的真实面貌，网络已经构成了大学生的生活方式本身，并使他们的生活更复杂。与此相似的是学子更复杂的心理景观：丰富与单一，充实与失落，坚强与软弱，轻松与焦灼，温情与冷峻，贪欲与弃绝，欢乐与忧伤，憧憬与绝望……作者向我们充分展示了这种与矛盾甚至悖反绞结在一起的心理流程。在《考研日记》中作者提及了塞林格的《麦田的守望者》，这可以说是一部成长小说，与几乎所有的成长体小说类似，"启悟"正是《麦田的守望者》的核心母题。而在这个意义上说，《考研日记》也堪称是作者的一部"成长体"自叙传，在校园日常生活主线的深处，是作者艰难的启悟历程。

与启悟主题相得益彰的，是作者由诗意文字建构的想象世界。这自然也是一个文学世界，这使《考研日记》中的实录远远地逃离了流水账。清隽的语句,诗意的叙述,使日记中充盈着诗化态度和心灵感悟,在开启了大学生涯的一角的同时,尤其展示了一道"心灵的风景"。因此,这种写作在很大程度上实现了我当初在《燕园风景:1977—1989》中拟设的诸如还原历史语境和校园氛围,注重描述心灵的挣扎与躁动,以及诗意叙述等预想。这种诗意的笔法把作者的想象世界和心理世界纳入到校园生活中,最终揭示了青年学子固有的渴想彼岸的天性以及在"想象中讨生活"的心理本质。想象的生活的建构,尤其表现了作者的文学素质,就像柏乌斯托夫斯基在《夜行的驿车》中写安徒生那样:"只有在想象中,爱情才能永世不灭,才能永远环绕着灿烂夺目的诗的光轮。看来,我幻想中的爱情比现实中所体验的要美得多。"《考研日记》中的江南想象就印证了这一点。作者称朱自清《桨声灯影里的秦淮河》是最初给他留下深刻的江南印记的文学作品:

> 仅仅是题目中桨声、光影、河水的搭配便给人一种朦胧如梦的暗示。友人南京归来,我便迫不及待地渴望印证那"雕栏画槛,绮窗秀幛,十里珠帘"的秦淮、那"烟笼寒水月笼沙"的秦淮如今的模样。虽然早有承受失望的准备,终究还是不免有失望的失落:

如今的秦淮既没有桨声也没有灯影，细雨小桥下的河床局促、污水横流，哪里还有恬静委婉的"漾漾的柔波"的影子？

白居易在《忆江南》中写道："江南好，风景旧曾谙，日出江花红胜火，春来江水绿如蓝，能不忆江南？"一个"忆"字暴露了描述者与描述对象之间的距离：从白居易的大唐开始，文人笔下的江南就只是在遥想中向人们招手，而一切优美的江南文字不过是对于前人想象的承接和延续。事实上，我们都没有见过那个作为美好寄托载体的"江南"，或者说那个"江南"只是存在于文字之中……

作者说："阅读和想象，是所有独坐书斋中知识分子在文字中飞翔的两翼。"但这种"文字中的飞翔"也许恰恰是身居体制化的象牙之塔中的学者无法逃脱的历史宿命。文字中的飞翔毕竟无法等同于现实中的翱翔。因此，我更冀望于作者能有一双现实中冲天的翅膀，冀望于作者现实生活中的经验与实践。没有各种各样的经验与实践，只有独坐书斋中的想象，恐怕就只有"文字中的飞翔"，这样的羽翼终归是孱弱的，无法穿越现实中的风雨，更难抵达理想中的远方。当然，作者的无论是经验还是实践的年轮才刚刚启动,对既往书斋学人的宿命的超越在《考研日记》的作者所隶属的新一代学子中当然是可以期待的。

也正是在这个意义上,考研生涯堪称作者同样难得的"经验"与"实践"。作者所经历的艰难也不仅仅是心灵意义上的,更有考研历程中艰辛的日常生活经历,以及"考研"的体验本身。对作者来说,这一段时光无论其过程还是目的都直接关涉着围绕着"考研"这一主题词,而作者的考研经历,也无疑具有值得后继者体味和借鉴的既典型又兼具"非典"的价值。

有消息说,网上报考研究生的人数已经超过170万。对比今年走出大学校园的280万毕业生,这170万诚不是一个小数字。难怪有研究者感叹如今考研又像高考了,并进而担心"高等教育沙漠化的来临","假如不改变应试教育,中国的教育从小学一直到博士,迟早会被应试的沙漠完全吞噬"。当研究者把思考的锋芒指向制度层面的时候,我却更同情于这些考研的学子。考研热继续升温也许间接地证明毕业即失业的危机愈演愈烈,考研只不过是暂时解决危机的一个替代的途径,同时,也证明了如今的大学生面临着更大的压力,这种压力也更难以纾解。当考研的征程又像当年高考那样成为拥挤的羊肠小道,大学生这种"吃二遍苦,受二茬罪"的遭际就着实令人叹惋。记忆中自己当年的考研由于考生尚少，确乎要轻松一些。我常常想起北大中文系夏晓虹先生当年在我临考前对我的安慰："还没有听说谁要考研而没有考上的呢。"相比之下，如今考研的难度无疑增大了许多。我从这部《考研日记》中就充分感到作者的艰辛，不仅要倾尽全力准备功课，更有辗转迁徙的生计问题，不仅要克服常规生活中的倦怠和世俗的诱惑，更有对未知命运的无奈以及对"那慢慢积累的生活的信心与快乐"的瓦解。因此，作者精心总结的备考过程中"非智力因素"方面的经验，虽不乏谐趣与幽默，但也许的确构成了"考研成败的关键"，这些经验，作者"希望能够与正在或即将拥挤在考研这座独木桥上的朋友们一起分享"，相信对很多应试者来说，都称得上是"考研宝典"。作者贡献的如何克服困顿、忧伤、疲惫和烦恼的锦囊妙计，也多少具有心理学意义上的参考价值。我感动于作者"用伪装的坚强感染生活"的态度，感动于作者引用的当年北大校园诗人戈麦的诗《有朝一日》：

> 有朝一日，我会赢得整个世界
> 有朝一日，我将挽回我的损失
> 有朝一日，我将不停地将过去捶打
> 珍视我的人，你没有伪装

> 我将把血肉做成黄金，做成粮食
> 献给你们庄重与博大
> 爱我的人呵，我没有叫你失望
> 你们的等待，虽然灰冷而渺茫
> 但有朝一日，真相将大白于天下
> 辛酸所凝铸的汗水
> 将一一得到补偿

这或许不是戈麦最好的诗，但诚如作者所说，乃"戈麦一生中最为明亮的诗"，它给了作者考研历程中最艰难的日子以极大的激励。作者在艰难与失落中的企望和自励，那种把"所有的快乐与悲伤化作一种力量：勇往直前"的情怀，都使我为之触动，也使我得以更为普泛地了解到这一代大学生在考研生涯中所透露出的临界状态、极限生命以及所谓的心路历程。

我们需要怎样的文学教育

今年六月份,我收到学生自办的一份文学刊物《我们》的编辑的一封信,信中有这样一段话:"身为北大学生,我们却能分明感到校园中弥漫的虚无主义、逐渐丧失的公民热情和思想深度。这些现象当然有其大的背景,而我们仅仅希望年轻的北大学生能够对此有所意识。通过文学创作,至少,真实地感受了并且思考了——不论其结论是否依旧是虚无,这种虚无至少不是麻木的虚无。"

这段话对我深有触动。因为,这些现象——"校园中弥漫的虚无主义、逐渐丧失的公民热情和思想深度"——假如存在的话,除了"大的背景"因素之外,作为教师的我也同样应该身负责任。譬如我们这些文学教师就应该反省在文学教育方面所存在的与此相关的问题。至少这些年我一面在讲坛上讲中国现代文学史,一面也同样有这种"虚无主义"式的情绪,常常在疑虑"文学到底有什么用"。正像王晓明先生已经质问过的那样:"你们都是大学教师,几乎每周都要在课堂上讲授20世纪中国文学,倘若不是仅仅出于谋生的需要,你们为什么有兴趣讲这门课?又为什么每日孜孜不倦、费心劳神去做这方面的研究?对今天的社会来说,20世纪中国文学的教学和研究到底有什么意义?"

王晓明先生的疑问可以引发文学教师的更进一步的思索:什么是文学的意义和价值?我们自己所理解的文学到底是怎样的?我们究竟应该给学生什么样的文学教育?我们究竟想让学生从我们的讲授中获得什么?

一直困惑着我的一个忧虑是:这些年来,大学里的文学教育随着学院化、体制化过程的日益加剧而越来越有走向"知识论"和"制度化"的倾向。我们往往更喜欢相信一系列西方的宏大理论体系,喜欢建构一个个的知识论视野,但是文学中固有的智慧、感性、经验、个性、想象力、道德感、原创力、审美意识、生命理想、生存世界……却都可能在我们所建构的知识体系和学院化的制度中日渐丧失。于是我们的课堂上往往充斥着枯燥的说教,充斥着抽干了文学感性的空洞"话语"。正如在大学教育问题上投入了更多的思考的薛毅所说:"文学教育在文学之上,建立了一套顽固、强大的阐释体系。它刻板、教条、贫乏、单一，它把我们与文学的联系隔开了，它取代了文学，在我们这个精神已经极度匮乏的社会里发挥着使其更为匮乏的作用。""你听信了这种说教，还能被文学作品所打动吗？你还能有丰富的人生感受吗？你习惯了一种话语表达方式，尽管不信，它还是会占有你的思维。"这样的文学教育的后果是学生学到了一套套的话语和理论，而感动能力、艺术感受力以及纯正的文学趣味甚至本真的天性却丧失掉了。我一直认为大学里的文学教育是消灭理想读者的教育，文学教育的后果之一就是把本来在阅读中有道德感，有正义感，有感动能力，能够血脉偾张拍案而起的那些文学的理想读者塑造成为一些成熟老练、目光挑剔、什么也不在乎的理性读者。至于文学研究者们可能离理想读者就更远。

我们今天所迫切需要的文学教育是那种回归文学本体的教育，是充分张扬文学性的教育。我们首先应该思索的是文学的本性究竟是什么。文学更适宜于处理的是人类关于生活世界的原初的、感性的经验图景，是生活的原初境遇。在某种意义上，"境遇"的概念也许是界定文学性的一个更好的方式，它处理的往往是人在具体历史中的存在，是人的感性的存在，是人的生存世界本身。同时，这些人的生存世界中的经验和境遇图景往往因其具体性而无法被理性框架归纳,无法纳入理论体系。人类总要面对某些无法纳入某种概括、归纳,某种体系、制度的一些经验的、境遇化的东西。这些经验可能也超越于文学史叙述,超越我们出于某种需要对文学的言说,超越我们想要赋予或强加给文学的东西。一旦超越了这些东西,我们就有可能重新回到人类的经验世界,回到人类生活世界的最原初的地方。

因此,文学教学首先迫切需要解决的是更本体的问题,即:我们所理解的文学究竟是什么?我们需要怎样的文学教育?我们需要文学做什么?同时还有更重要的一点,是我们应该重拾对于文学的信心,重拾对于文学家的信任。重温王国维在上世纪初叶所说的话是有意义的:"生百政治家,不如生一大文学家。何则?政治家与国民以物质上之利益,而文学家与以精神上之利益。夫精神之于物质,二者孰重?且物质上之利益,一时的也;精神上之利益,永久的也。"文学如果说有所谓的永恒的价值,当正在于此,在于对永久性的精神的重建。而随着90年代以来文学在中国社会文化结构中的边缘化,我们这些从事文学教育的教师也曾一度对它失去了信心。尤其是我所讲授的现代文学,更是经常被治古典文学和外国文学的学者轻视。我自己也由于感到心虚进而总是表现得虚心。这种对现代文学的轻视也就因此同时存在于相当一批学生当中。前年黄子平教授回北大中文系做了一个题为《再论20世纪中国文学》的讲座，有同学就提了这样一个问题："为什么现代中国没有一流的作家和作品？"黄子平回答："我不太喜欢你的这种提问题的口气，更不同意你的观点。现代文学中有很多非常好的作品，而且是令人感动的作品。"听了这番话，在场的我也心中油然涌出一份感动，为黄子平对中国现代文学的信念。而今，从《我们》的编辑同学的信中，我也同样领受了一份感动，我感到年轻的学子们依旧相信文学的力量，他们试图通过文学去感受和思考，去抗争也许无法抗争的"虚无"，这里面存有一份单纯而执着的信仰，对于我这样在讲坛上从事文学教育的教师也是极大的鼓舞和鞭策。

第三辑

诗心接千载

出于对废名的偏爱，也喜欢上了废名喜爱的一些中国古典诗句。

在写于上世纪30年代的《随笔》中，废名称："中国诗词，我喜爱甚多，不可遍举。"在有限的数百字的篇幅中，他着重列举的有王维和李商隐的诗句："我最爱王维的'春草明年绿，王孙归不归'。因为这两句诗，我常爱故乡，或者因为爱故乡乃爱好这春草诗句亦未可知。"还有李商隐《重过圣女祠》中的两句："一春梦雨常飘瓦，尽日灵风不满旗。"称这两句诗"可以说是前不见古人，后不见来者，中国绝无而仅有的一个诗品"。废名对自己的这一略显夸大其词的判断给出的解释是：

> 此诗题为"重过圣女祠"，诗系律诗，句系写景，

虽然不是当时眼前的描写，稍涉幻想，而律诗能写如此朦胧生动的景物，是整个作者的表现，可谓修辞立其诚。因为"一春梦雨常飘瓦"，我常憧憬南边细雨天的孤庙，难得作者写着"梦雨"，更难得从瓦上写着梦雨，把一个圣女祠写得同《水浒》上的风雪山神庙似的令人起神秘之感。"尽日灵风不满旗"，大约是描写和风天气树在庙上的旗，风挂也挂不满，这所写的正是一个平凡的景致，因此乃很是超脱。

废名因为"一春梦雨常飘瓦"而"常憧憬南边细雨天的孤庙"，我则因为废名的解读而愈发感受到晚唐温李的朦胧神秘。

除了晚唐，废名还喜欢六朝。日本大沼枕山有诗云："一种风流吾最爱，南朝人物晚唐诗。"用到废名身上其实更合适。废名喜欢庾信的"霜随柳白，月逐坟圆"，称"中国难得有第二人这么写"，并称杜甫的诗"独留青冢向黄昏"大约也是从庾信这里学来的，却没有庾信写得自然。在写于抗战期间的长篇小说《莫须有先生坐飞机以后》中，废名曾不惜篇幅阐释庾信《小园赋》中的一句"龟言此地之寒，鹤讶今年之雪"，称那只会说话的"龟""在地面，在水底，沉潜得很，它该如何地懂得此地，它不说话则已，它一说话我们便应该倾听了",我对废名在《莫须有先生坐飞机以后》中记录的作者历经战乱年代的不说则已的"垂泣之言"的"倾听",也正因为废名对《小园赋》中的这句诗的郑重其事的解读。

还有废名的"破天荒"的作品——长篇小说《桥》。《桥》虽然是小说,却充斥着谈诗的"诗话"。《桥》中不断地表现出废名对古典诗句的充满个人情趣的领悟。如《桥》一章中:"李义山咏牡丹诗有两句我很喜欢,'我是梦中传彩笔,欲书花叶寄朝云。'你想,红花绿叶,其实在夜里都布置好了——朝云一刹那见。"小说里的女主人公称许说"也只有牡丹恰称这个意,可以大笔一写"。在《梨花白》一章中,废名这样品评"黄莺弄不足,含入未央宫"这句诗:"一座大建筑,写这么一个花瓣,很称他的意。"这同样是颇具个人化特征的诠释。废名当年的友人鹤西甚至称"黄莺弄不足"中的一个"弄"字可以概括整部《桥》,正因为"弄"字表现了废名对语言文字表现力的个人化的玩味与打磨。鹤西还称《桥》是一种"创格",恐怕也包括了对古诗的个人化的阐释。

"黄莺弄不足,含入未央宫"经废名这样一解,使我联想到美国诗人史蒂文斯的名句"我在田纳西州放了一个坛子"以及中国当代诗人梁小斌的诗句"中国,我的钥匙丢了"，并在课堂上把这几句诗当成诗歌中"反讽"的例子讲给学生，同时想解说的是，废名对古典诗歌的此类别出机杼和目光独具的解读，其实构成的是在现代汉语开始占主导地位的历史环境中，思考怎样吸纳传统诗学的具体途径。废名对古典诗歌的诸般读解也是把古典意境重新纳入现代语境使之获得新的生命。在某种意义上废名进行的是重新阐释诗歌传统的工作，古典诗歌不仅是影响中国现代文学的一种迢遥的背景，同时在废名的创造性的引用和阐释中得以在现代文学的语境中重新生成，进而化为现代人的艺术感悟的有机的一部分。正是废名在使传统诗歌中的意味、意绪在现代语境中得以再生。在这个意义上说，废名是一个重新激活了传统"诗心"的现代作家。

我作为一个中国现代文学的研究者和从事文学教育的教师，对中国传统诗歌中的佳句、美感乃至潜藏的"诗心"的领悟，也深深地受惠于现代作家的眼光。

当年在高中课堂上学朱自清的《荷塘月色》时，文中引用的"采莲南塘秋，莲花过人头。低头弄莲子，莲子清如水"最早唤起我这个漠北之人对于杏花春雨"可采莲"的江南的想象和神往。

而学鲁迅的《纪念刘和珍君》，最后背下来的却是鲁迅引用的陶渊明《挽歌》中的那句"亲戚或余悲，他人亦已歌。死去何所道,托体同山阿",一时思索的都是这个"何所道"的"死"。

上大学后读郁达夫,则喜欢他酷爱的黄仲则的诗句"如此星辰非昨夜,为谁风露立中宵",脑海中一段时间里也一直浮起那个不知为谁而风露中宵、茕茕孑立的形象。

后来读冯至的散文,读到冯至说他喜欢纳兰性德的"谁念西风独自凉,萧萧黄叶闭疏窗。沉思往事立残阳。被酒莫惊春睡重,赌书消得泼茶香。当时只道是寻常",才逐渐体会到另一种历经天凉好个秋的境界之后依旧情有所钟的中年情怀。

读林庚,喜欢他阐释的"无边落木萧萧下"(杜甫)和"落木千山天远大"(黄庭坚),从中学习领会一种落木清秋特有的疏朗阔大的气息。沈启无说当年林庚"有一时期非常喜爱李贺的两句诗,'东家蝴蝶西家飞,白骑少年今日归'。故我曾戏呼之'白骑少年',殆谓其朝气十足也"。于是留在我脑海里的林庚先生就始终是一个白骑少年的形象,这一"白骑少年"也加深了我对林庚先生所命名的"盛唐气象"和"青春李白"的理解。

至于沈启无本人则喜欢贺铸的词"凌波不过横塘路,但目送、芳尘去,锦瑟华年谁与度?月桥花院,琐窗朱户,唯有春知处",称"这个春知处的句子真写得好,此幽独美人乃不觉在想望中也"。这个"幽独美人"由此与辛弃疾的"灯火阑珊处"的另一美人一道，一度也使我"不觉在想望中也"。

读卞之琳，喜欢他对苏曼殊《本事诗·春雨》的征引："春雨楼头尺八箫，何时归看浙江潮。芒鞋破钵无人识，踏过樱花第几桥。"卞之琳的《尺八》诗和他华美的散文《尺八夜》都由对这首"春雨楼头尺八箫"的童年记忆触发。我后来也在卞之琳当年夜听尺八的日本京都听闻尺八的吹奏，再次被苏曼殊这一"性灵之作"（林庚先生语）深深打动。

与卞之琳同为"汉园三诗人"组合的何其芳则颇起哀思于"胡马依北风，越鸟巢南枝"的比兴，从中生发出的是自己生命中难以追寻的家园感。一代"辽远的国土的怀念者"的孤独心迹正由这句古诗十九首反衬了出来。

读端木蕻良写于上世纪40年代的短篇小说《初吻》，则困惑于小说的题记"鸟何萃兮蘋中，罾何为兮木上"，觉得这称得上是屈原的"朦胧诗"，不若林庚所激赏的以及戴望舒曾在诗中化用过的那句"袅袅兮秋风，洞庭波兮木叶下"那般纯美。

同是《诗经》，张爱玲最喜欢的是"死生契阔，与子成说。执子之手，与子偕老"，称"它是一首悲哀的诗，然而它的人生态度又是何等肯定"。而周作人则偏爱"风雨如晦，鸡鸣不已"。大约鸡鸣风雨中也透露着知堂对一个山雨欲来风满楼的时代的深刻预感。

这些诗句当然无法囊括古典诗歌中的全部佳句，甚至也可能并不真正是古诗中最好的句子，尤其像废名这样的作家，对古典诗歌的体悟，恐怕更带有个人性。但现代作家们正是凭借这些令他们低回不已的诗句而思接千载。古代诗人的遥远的烛光，依然在点亮现代诗人们的诗心。而这些现代作家与古典诗心的深刻共鸣，也影响了我对中国几千年诗学传统的领悟。

与读小说不同，读诗在我看来更是对"文学性"的体味、对一种精神的怀想以及对一颗诗心的感悟过程。中国的上百年的新诗恐怕没有达到20世纪西方大诗人如瓦雷里、庞德那样的成就，也匮缺里尔克、艾略特那种深刻的思想，但是中国诗歌中的心灵和情感力量却始终慰藉着整个20世纪，也将会慰藉未来的中国读者。在充满艰辛和苦难的20世纪，如果没有这些诗歌，将会加重人们心灵的贫瘠与干涸。没有什么光亮能胜过诗歌带来的光耀，没有什么温暖能超过诗心给人的温暖，任何一种语言之美都集中表现在诗歌的语言之中。尽管一个世纪以来，中国诗歌也饱受"难懂""费解"的非议，但正像我在本书中引用过的王家新先生的一首诗中所写的那样：

> 令人费解的诗总比易读的诗强，
> 比如说杜甫晚年的诗，比如策兰的一些诗，
> 它们的"令人费解"正是它们的思想深度所在，
> 艺术难度所在；
> 它们是诗中的诗，石头中的石头；
> 它们是水中的火焰，
> 但也是火焰中不化的冰；
> 这样的诗就需要慢慢读，反复读，
> （最好是在洗衣机的嗡嗡声中读）
> 因为在这样的诗中，甚至在它的某一行中，
> 你会走过你的一生。

我所热爱的正是这种"诗中的诗，石头中的石头"。而其中"水中的火焰"以及"火焰中不化的冰"的表述则是我近年来读到的最有想象力的论诗佳句，道出了那些真正经得起细读和深思的诗歌文本的妙处。王家新所喜欢的杜甫"万里悲秋常作客"的诗句，也正是这种"诗中的诗"。在诗圣这样的佳构中，蕴藏着中国作为一个诗之国度的千载诗心，正像在冯至、林庚、戴望舒等诗人那里保有着中国人自己的 20 世纪的诗心一样。

辽远的国土

在中国现代诗歌众多的群落和流派中，我长久阅读的，是二十世纪三十年代以戴望舒、卞之琳、何其芳为代表的"现代派"诗人。尽管这一批诗人经常被视为最脱离现实的，最感伤颓废的，最远离大众的，但在我看来，他们的诗艺也是最成熟的。"现代派"的时代可以说是中国文学史上并不常有的专注于诗艺探索的时代，诗人们的创作中颇有一些值得反复涵泳的佳作，这些佳作中的典型意象、思绪、心态已经具有了艺术母题的特质。这使现代派的诗歌以其艺术形式内化了审美体验和文化内涵，从而把诗人所体验到的社会历史内容以及所构想的乌托邦远景通过审美的视角和形式的中介投射到诗歌语境中，使现代派诗人的历史主体性获得了文本审美性的有力支撑。

这一批年青诗人的群体形象首先可以概括为"边缘

人"的形象。在三十年代阶级对垒、阵营分化的社会背景下，诗人们大都选择了游离于政党与政治派别之外的政治姿态，同时，他们有相当一部分来自乡土，在都市中感受着传统和现代双重文明的挤压，又成为乡土和都市夹缝中的边缘人。在深受法国象征派诗人影响，濡染了波德莱尔式的对现代都市的疏离陌生感以及魏尔伦式的世纪末颓废情绪的同时，五四的退潮和大革命的失败更是摧毁了他们纯真的信念，于是诗作中普遍流露出一种超越现实的意向，充斥于文本的，是对"辽远的东西"的憧憬与怀想：

> 辽远的国土的怀念者，
> 我，我是寂寞的生物。
> ——戴望舒《我的素描》

戴望舒在诗中把"辽远的国土的怀念者"塑造成了一幅自画像，恰像诗人自我形塑的另一个形象——"单恋者"：

> 我觉得我是在单恋着，
> 但是我不知道是恋着谁：
> 是一个在迷茫的烟水中的国土吗，
> 是一支在静默中零落的花吗，

> 是一位我记不起的陌路丽人吗?
>
> ——戴望舒《单恋者》

无论是"烟水中的国土""静默中零落的花",还是"记不起的陌路丽人",都给人以一种辽远而不可及之感,成为"单恋者"心目中美好事物的具象性表达。而"辽远"的意象更是成为现代派诗中复现率极高的意象:"我想呼唤/我想呼唤遥远的国土"(辛笛 RHAPSODY);"迢遥的牧女的羊铃,/摇落了轻的树叶"(戴望舒《秋天的梦》);"想一些辽远的日子,/辽远的,/砂上的足音"(李广田《流星》);"说是寂寞的秋的悒郁,/说是辽远的海的怀念"(戴望舒《烦忧》);"我倒是喜欢想象着一些辽远的东西,一些并不存在的人物,和一些在人类的地图上找不出名字的国土"(何其芳《画梦录》)……在这些诗句中,引人注目的正是"辽远"的意象,"辽远"的意象存在,本身就意味着一种乌托邦情境所不可缺少的时空距离,这种辽远的距离甚至比辽远的对象更能激发诗人们神往与怀想的激情,因为"辽远"意味着匮缺,意味着无法企及,而对于青春期的现代派诗人们来说,越是迢遥的可望而不可及的东西越能吸引他们长久的眷恋和执迷。正如何其芳在散文《炉边夜话》中所说:"辽远使我更加渴切了。"

这些"辽远"的事物正像巴赫金所概括的"远景的形象"，共同塑造了现代派诗人的乌托邦远景，只能诉诸于诗人的怀念和向往。当现实生活难以构成灵魂的依托，"生活在远方"的追求便使诗人们把目光投向更远的地方，投向只能借助于想象力才能到达的"辽远的国土"。

出自戴望舒笔下的这一"辽远的国土"的意象由此便具有了形塑一代人集体心灵的母题意味。人们经常可以从一些并不缺少想象力的诗人笔下捕捉到令人倾心的华彩诗句或段落，但通常由于缺乏一个有力的象征物的支撑而成为细枝末节，无法建立起一个具有整体性的诗学王国。而戴望舒的"辽远的国土"或许正是这样一个象征物，它使诗人们笔下庞杂的远景形象一下子获得了一个总体指向而具有了归属感。作为一个象征物，"辽远的国土"使诗人们编织的想象文本很轻易地转化为象征文本，进而超越了每个个体诗人的"私立意象"，而成为一个公设的群体性象征意象，象征着现代派诗人灵魂的归宿地，一个虚拟的乌托邦，一个与现实构成参照的乐园，一个梦中的理想世界。也正是在这个意义上，作为现代派领袖人物的戴望舒把年青的诗人群命名为"寻梦者"。

一代"寻梦者"对"辽远"的执着的眷恋也决定了现代派诗歌在总体诗学风格上的"缅想"特征。"缅想"成为诗人们的主导姿态,并从文字表层超升出来,笼罩了整个诗歌语境,规定着文本的总体氛围。在诗人笔下,这种"缅想"的姿态甚至比"远方"本身指涉着更丰富的内涵。英国诗人威廉·布莱克把艺术视为"与天堂交谈的一种手段","寻梦者"对"辽远的国土"的缅想也应该看作是与理想王国的晤谈。但这并不是说诗人们借此就可以完成对不圆满的现实世界的超逸。事实上,诗人们对远方的缅想背后往往映衬着一个现实的背景,恰恰是这个现实的存在构成了诗歌意绪的真正底色和出发点。这使得诗人们的心灵常常要出入于现实与想象的双重情境之间,在两者的彼此参照之中获得诗歌的内在张力。譬如李广田的这首《灯下》:

望青山而垂泪,
可惜已是岁晚了,
大漠中有倦行的骆驼
哀咽,空想像潭影而昂首。

乃自慰于一壁灯光之温柔,
要求卜于一册古老的卷帙,
想有人在远海的岛上
伫立,正仰叹一天星斗。

这首诗交织了现实与想象两种情境。岁晚的灯下求卜于一册古老的卷帙构成了现实中的情境，同时诗人又展开对大漠中倦行的骆驼以及远海岛上伫立之人的冥想。诗人"望青山而垂泪"，进而试图寻求自我慰藉，对古老的卷帙的求卜以及对远岛的遥想都是找寻安慰的途径。但诗人是否获得了这种"自慰"呢？大漠中空想潭影的疲惫的骆驼以及远方伫立之人的慨叹只能加深诗人在现实处境中的失落，构成的是诗人遥远的镜像。因此，仅从诗人的落寞的现实体验出发，或者只看到诗人对远方物象的怀想，都可能无法准确捕捉这首诗的总体意绪。文本的意蕴其实正生成于现实与远景两个世界的彼此参照之中。

这种现实与想象两个世界的彼此渗透和互为参照不仅会制约诗歌意蕴的生成，甚至也可能决定诗人联想的具体脉络以及诗歌的结构形式。试读林庚的《细雨》：

> 风是雨中的消息
> 夹在风中的细雨拍在窗板上吗
> 夜深的窗前有着陌生的声音
> 但今夜有着熟悉的梦寐
> 而梦是迢遥或许是冷清的
> 或许是独立在大海边呢

但风声是徘徊在夜雨的窗前的

说着林中木莓的故事

忆恋遂成一条小河了

流过每个多草的地方

是谁知道这许多地方呢

且有着昔日的心欲留恋的

林中多了泽沼的湿地

有着败叶的香与苔类的香

但细雨是只流下家家的屋檐

渐绿了阶下的蔓生草

这是现代派诗歌中难得的美妙之作。借助于这首诗，我们可以考察一种内在的乌托邦视景如何制约着诗歌中物景呈现的距离感。诗中交替呈现"远景的形象"与切近的物像。窗前关于风声雨声的近距离的观照总是与对远方的联想互为间隔，远与近的搭配与组接构成了诗歌的具体形式。诗人由近处窗前"陌生的声音"联想到梦的迢遥以至"大海边"，但迅速又把联想拉回到"夜雨的窗前"；从风声述说的"林中木莓的故事"，联想到"忆恋"的小河流过许多无人知道的地方，再联想到"昔日的心"的留恋，但马上又转移到对"流下家家的屋檐"的近距离的细雨的描述，整个结构仿佛是电影中现实与回忆、黑白与彩色两组镜头的切换与组接，给读者一种奇异的视觉感受。诗人的思绪时时被雨中的风声牵引到远方的忆恋世界，又不时地被拍打在窗板上的雨声重新唤回到现实中来。远与近的切换其实体现的是诗人联想的更迭，这正是联想与忆恋的心理逻辑。《细雨》的结构形式其实是联想与追忆的诗学形态在具体诗歌文本中的体现和落实。《细雨》由此别出机杼地获得了对乌托邦视景的另一种呈现方式。遥远与切近的两组意象之间形成了一种内在的张力和秩序，构成了想象和现实彼此交叠映照的两个视界，从而使乌托邦视景真正化为现实生存的内在背景。

卡夫卡曾经有句名言：生活是由最近的以及最远的两种形态的东西构成的。这两个世界不是截然二分的，它们互为交织与渗透，共同塑造着具体的生活型范。对林庚所属的现代派诗人来说，切近的现实与辽远的世界之间的彼此参照塑造了他们边缘人的总体心态。辽远的国土是他们难以企及的，"梦寐"也因为迢遥而显得冷清，"独立在大海边"凸显的更是茕茕孑立。而身边行进中的现实生活又是他们难以融入的，他们以超逸现实的缅想的方式徘徊于现实与理想的边缘地带，文本的意象网络中往往拖着这两个世界叠印在一起的影子。由此似乎可以说，现代派诗中的"远景的形象"尚缺乏一种自足性,诗人们越是沉迷于对远方的怀想,越能透露他们在现实中所体验到的缺失感。"辽远的国土"的母题最终昭示的,正是现实中诗人们普遍的失落情绪。因为对"辽远的国土"的怀念,毕竟是一种对乌托邦的怀念。一代诗人不可避免地要经受乐园梦的破灭,这就是对"辽远的国土"追寻的潜在危机。步入诗坛伊始的何其芳曾"温柔而多感"地迷恋英国十九世纪女诗人克里斯蒂娜·罗塞蒂的诗句:"呵,梦是多么甜蜜,太甜蜜,太带有苦味的甜蜜,/它的醒来应该是在乐园里……"然而从梦中醒来的诗人发觉自己并没有在乐园中,而依旧身处"沙漠似的干涸"的衰颓的北方旧都。"当我从一次出游回到这北方大城,天空在我的眼里变了颜色,它再不能引起我想像一些辽远的温柔的东西。我垂下了翅膀。"(何其芳《梦中道路》)诗人的带有浪漫气息的乐园梦幻并没有长久持续,而是迅速"从蓬勃,快乐又带着一点忧郁的歌唱变成彷徨在'荒地'里的'绝望的姿势,绝望的叫喊'",诗人"企图遁入纯粹的幻想国土里而终于在那里找到了一片空虚,一片沉默"(何其芳《刻意集》序)。何其芳经历的这种心灵历程在追寻"辽远的国土"的一代诗人中颇具代表性。与其遥相呼应的是南国的戴望舒。他的《乐园鸟》更典型地体现了失乐园的心态:

> 是从乐园里来的呢?
>
> 还是到乐园里去的?
>
> 华羽的乐园鸟,
>
> 在茫茫的青空中
>
> 也觉得你的路途寂寞吗?
>
> 假使你是从乐园里来的
>
> 可以对我们说吗,
>
> 华羽的乐园鸟,
>
> 自从亚当、夏娃被逐后,
>
> 那天上的花园已荒芜到怎样了?

自从亚当、夏娃被逐出乐园后,对乐园的向往与追求就成了人类永恒的热望。这首《乐园鸟》创意的新奇处,就在于拟想了一个往返于天上的伊甸乐园的使者——乐园鸟的形象,借此表达了对失去的乐园的眷恋。乐园鸟的形象正是这种追求的热望的一个象征,从而寄托了诗人对乌托邦的渴念和求索。这是现代派诗歌中最好的收获之一。"华羽的乐园鸟"也构成了一代诗人的自我写照,而对天上的花园的荒芜的追问则象征了诗人们"乐园梦"的破灭,"荒芜"中也拖着 T.S. 艾略特的长诗《荒原》的影子。

乐园梦的失落根源于乐园本身的虚拟性和幻象性。尽管"辽远的国土"构成了诗人们的心理寄托和精神归宿，具有"准信仰"的意味，但一种真正的信仰不仅需要背后的目的论和价值论的支撑，同时还必须在信徒的日常行为中获得具体化的落实，否则便如沙上之塔，终将倾覆。对"辽远的国土"的憧憬很难在现实中找到具体对应，现实是诗人们企图游离甚至逃逸的世界，这使他们无法把远方的视景引入到日常生活秩序中，无法像基督徒那样在日常的祷告、礼拜以及圣餐仪式中具体地感知天堂的存在。在诗人们笔下，天上的花园只是一个无定型的幻影，一个镜花水月，无法直面严峻的现实。一块细小的石子都会轻易地击破这个虽然纯美却十分脆弱的世界。

乌托邦主义和虚无主义是一把利剑的双刃。在辽远的国土失落的过程中，一代诗人所强化的，正是潜伏在心底的虚无主义情绪。杜衡曾这样剖析戴望舒《乐园鸟》时期"虚无的色彩"的时代根源："本来，像我们这年岁的稍稍敏感的人，差不多谁都感到时代底重压在自己底肩仔上，因而呐喊，或是因而幻灭，分析到最后，也无非是同一个根源，我们谁都是一样的，我们底心里谁都有一些虚无主义的种子；而望舒，他底独特的环境和遭遇，却正给予了这种子以极适当的栽培。"这颗"虚无主义的种子"终不免在三十年代的社会历史情境中破土。孙作云在1935年创作的《论"现代派"诗》一文中这样描述现代派的群体特征:"横亘在每一个作家的诗里的是深痛的失望和绝望的悲叹。他们怀疑了传统的意识形态,但新的意识并未建树起来。他们便进而怀疑了人生,否定了自我,而深叹于旧世界及人类之溃灭。这是一个无底的深洞,忧郁地,悲惨地,在每一个作家的诗里呈露着。"由此我们不难理解何其芳的"郁结与颓丧",也不难理解卞之琳的"喜悦里还包含惆怅、无可奈何的命定感",更不难理解李广田的"我有深绿色的悲哀,是那么广漠而又那么沉郁"。现代派诗人们在拟构了辽远的国土的同时,也埋下了失乐园的因子,这就是乐园梦的双重属性。

诗人们并非没有对乐园梦的这种脆弱属性的体认与觉察。在感受着"辽远的国土"的虚无缥缈的同时,诗人们也在动荡的现实中寻求"乐园"的替代物,这就是现代派诗人所习用的另一个原型意象——"异乡"。

相较于并不真实存在的"辽远的国土","异乡"提供的是诗人们在现实生活中所能企及的异己的生存际遇。诗人们在异乡的行迹实践着海明威的名言:"一个人是需要移植自身的。"这种"移植自身"的过程,是个体生命不断获得再生的过程,而"异乡"的体验,则时时为他们的生命灌注新鲜的滋养。譬如徐迟的这首诗："在异乡，/ 在时代中，灌溉我的心的田园的，/ 是热闹的，高速度的，自由的肥料。/ 我的心原是一片田园，/ 但在异乡中，才适合了我自己。"（《故乡》）李广田和林庚都曾写过同题诗作《异乡》，传达了异乡客所普泛具有的共通体验，反映了诗人一种纸面上的漂泊感。这些羁旅异乡的游子，或者像徐迟，故乡虽有"木舟在碧云碧水里栖止的林子"的绮丽风景，但却"曾使我的恋爱失落在旧道德的规律里"，"又到处是流长飞短的我的恋情的叱责"；或者像何其芳，山之国的故居"屋前屋后都是山，装饰得童年的天地非常狭小"，心灵的翅膀"永远飞不过那些岭嶂"；又或者像戴望舒，魂牵梦绕于"一个在迷茫的烟水中的国土"，而一任"家园寂寞的花自开自落"。或许可以说，"异乡"是由"辽远的国土"所衍生的一个次母题，是诗人们漂泊生涯的具体化，是诗人们在现实生活中所能达到的一个"远方"，也是"辽远的国土"在现实中一个并不圆满的替代物。

"在异乡"既是一种人生境遇，一种心理体验，同时也是诗歌文本中一种具体的观照角度。林庚的《异乡》体现出的即是这样一种特殊的视角。

异乡的情调像静夜

吹拂过窗前夜来的风

异乡的女子我遇见了

在清晨的长篱笆旁

黄昏的小船在水面流去

赶过两岸路上的人了

前面是樱桃再前面是柳树

再前面又是路上的人

在树下彳亍的走着

异乡的情调像静夜

落散在窗前夜来的雨点

南方的芭蕉我遇见了

在清晨的长篱笆那边

黄昏的小船在水面流去

赶过两旁路上的人了

前面是樱桃再前面是柳树

再前面又是路上的人

在树下彳亍的走着

异乡的情调像静夜

吹落在窗前夜来的风雨

这首诗描绘的当是诗人一次江南之行的所见，它的奇特处在于变化中的重复与重复中的变化,从而在整体上给人一种既回环往复又变幻常新之感。这种复沓与回环传达了一种"行行复行行"的效果。从视点上说,这是由作为异乡客的诗人的观照角度决定的。诗人仿佛是坐在一只小船上顺水漂流,一路上遇见了长篱笆旁的异乡女子和芭蕉,赶过了两岸彳亍行走的路人,又超过了岸边的樱桃和柳树,如此的景象一再地重复下去,从清晨直至黄昏。诗作在形式上的复沓与诗人旅行中固有的视点的移动是吻合的,但这种复沓却不让人感到腻烦,重复中使人获得的是新奇的体验。这种体验正来自诗人作为异乡人的旅行视角。但最终决定着这种变幻感和新奇感的却不是移动着的视角,而是视角背后观照者陌生的异乡之旅本身,以及诗人身处异乡的漂泊经历在读者心头唤起的一种普遍的羁旅体验。因而,在诗的最后,诗人眼中的一切异乡景象都随着小船的漂流而消失在身后,"在异乡"的"情调"本身逐渐扩展开来并弥漫了整首诗的语境。

如果说从前引林庚的那首《细雨》中可以感受到一种内在的乌托邦视景如何制约了诗歌中物景的呈现,那么《异乡》则有助于我们考察诗中"异乡人"的自我形象如何决定了诗歌的视点和景物的呈现方式。同时,耐人寻味之处还在于《异乡》表现了羁旅者一种审美化的静观心态。这种审美心态对于体味着"人在旅途"的孤独感,承受着"生之行役"(李广田《生风尼》)的负荷感的现代派诗人来说是难得一见,也是弥足珍视的。

但当诗人们真正处于羁旅异乡的现实处境之中的时候,这种羁旅生涯却派生出了另一种恒常的情绪,这就是郁结在游子心头的乡愁。鲁迅曾把二十年代乡土小说家群称为"侨寓文学的作者"。从"在异乡"的角度看,三十年代的现代派诗人也堪称是一批"侨寓诗人",一批瞿秋白在《鲁迅杂感选集》序言中所概括的"薄海民"(Bohemian,即波西米亚人,瞿秋白称之为"小资产阶级的流浪人的智识青年")。在远离家乡的异乡生涯中,故园之恋常常在他们心头潜滋暗长,这使现代派诗歌总是笼罩着一种时代性的怀乡病情绪。

乡愁是记忆的一种特殊的形式,一种无定型的弥漫的形式,它构成了异乡客心头一种惯常的底色。年青的诗人们无须刻意地提醒自己思乡,屡见不鲜的情形是,一件小小的物什,一片与内心相契的风景,一段当年听习惯了的音乐,甚至一缕谙熟的气味,都会蓦然唤起故乡之忆。值得从诗学意义上关注的,正是乡愁的表现形式。如同一切泛泛意义上的记忆形式的具体性,乡愁在羁旅诗人笔下的表现方式也有具体性的特征。如李广田的这首《乡愁》:

在这座古城的静夜里，

听到了在故乡听过的明笛，

虽说是千山万水的相隔罢，

却也有同样忧伤的歌吹。

偶然间忆到了心头的，

却并非久别的父和母，

只是故园旁边的小池塘，

萧风中，池塘两岸的芦与荻。

诗人在静夜中捕捉到的是类似故乡明笛的吹奏，"同样忧伤的歌吹"构成了唤醒诗人乡愁的具体契机。而更值得留意的，是这首诗的下半段：偶然间浮上诗人心头的，只是故园的池塘、萧风、芦荻。记忆中复现的这些故园图景似乎有一种偶发性与随意性，诗人自己也没有料到忆到心头的只是那座小池塘。但这恰恰是乡愁的法则，"小池塘"的出现，并非是诗人刻意选择的结果，并不意味着萧风中涌浪般的芦荻给诗人留下了更刻骨铭心的记忆，也不意味着远行人对小池塘的眷恋超过了故园的亲人或其他的风土人物。不妨设想诗人以故乡的任何其他事物来置换"小池塘"的意象，诗意效果仍是相同的。这里更重要的是，诗人偶然间所忆恰恰暗示了故园记忆的弥漫性，暗示了乡愁无所不在的普适性。理解了这一点再回头品味整首诗，乡愁的氛围愈加弥漫起来，把故乡的明笛、家园旁的池塘、岸边的芦与荻都笼罩在其中。这说明具体回忆起什么并不是诗人关注的重心，诗人所关注的是具体化的记忆所传达的无所不在的乡愁本身。由此，状写故园之恋诗篇中的一切具象之物，都最终指向乡愁的弥漫性与普适性。

弥漫性的乡愁在表现诗人们对故乡的忆恋的同时，更提示着诗人们在异乡的当下心境。乡愁构成了异乡生活的情绪底色，标志着游子在体验异乡的新鲜感的同时，也体验着与异乡无法彻底融洽的疏离感。诗人们时刻准备着从遥远的异乡启程奔赴更遥远的异乡。旅居北方的何其芳，便常常萌生"一种奇异的悒郁的渴望，那每当我在一个环境里住得稍稍熟习后便欲有新的迁徙的渴望"。诗人不禁追问："是什么在驱策着我？是什么使我在稍稍安定的生活里便感到十分悒郁？"或许可以说，驱策着诗人的，正是渴望从异乡到异乡不断迁徙漂泊的生命形态本身。更多的诗人们在对异乡的追逐之中迷恋的只是漂泊的人生历程，正如三十年代的小说家艾芜说的那样："我自己，由四川到缅甸，就全用赤脚，走那些难行的云南的山道……但如今一提到漂泊，却仍旧心神向往，觉得那是人生最销魂的事呵。"(《想到漂泊》)从而对生命的移植过程的眷恋逐渐衍化为一种目的。现代派诗人的群体形象由此也堪称是一代漂泊者,他们大都是诗人辛笛所谓"永远居无定所的人"。他们视野的远方"有时时变更颜色的群山",进入耳鼓的人语,常常是"充满异地声调的"(辛笛《寄意》),他们目睹过高原上的孤城落日,也领略过燕市人的慷慨悲歌(禾金《一意象》);在"栈石星饭的岁月,骤山骤水的行程"(戴望舒《旅思》)之中,一代漂泊的异乡客更深切地体验到了青春内在的激情以及生命本能的冲动,正像何其芳在《树荫下的默想》一文中所写那样:"我将完全独自地带着热情和勇敢到那陌生地方去,像一个被放逐的人……仍然不关心我的归宿将在何处,仍然不依恋我的乡土。未必有什么新大陆在遥遥地期待我,但我却甘愿冒着风涛,带着渴望,独自在无涯的海上航行。"这种独自奔赴陌生地方,"像一个被放逐的人"的体验无疑具有典型性。戴望舒即自称是一个"寂寞的夜行人",林庚也如穆木天评价的那样,有一种"流浪人化"的特征。"他们在异乡所发现的新生命恰好是一面真实的明镜,把他们的本来面目照得清清楚楚",所谓的本来面目是身后的故园永无归期的自我放逐,是时时处在人生的道程之中的无栖止感,是生命个体独自面对陌生世界的苍凉体验。何其芳"独自在无涯的海上航行"的渴望昭示了一代异乡人孤立无援的心理处境,它强化了诗人们的孤独感受,更强化了诗人们对自我的确证,激发了孤独体验中的自我崇高感,这就是现代派诗人"在异乡"的母题中更富心灵史价值的蕴含。

无论是"辽远的国土",还是"在异乡"都构成了现代派诗人的原型母题。分析这些母题,有助于我们考察诗人的主体性以及诗人的审美心理是如何在诗歌形式层面以及在诗歌文本语境中具体生成和凝聚的,同时也有助于我们考察意识形态以及社会历史因素在诗歌文本中的内在折射,进而在积淀了审美和心理的双重体验的艺术母题中寻找一种心灵与艺术的对应模式。在任何具有成熟诗艺的文本类型中,相对恒定的符号秩序都意味着同样恒定的心理内容在形式上的生成。我们试图把握的,是现代派诗人的心灵状态以及对世界的认知究竟如何借助于意象的中介具体转化为对世界进行艺术观察的方式,以及如何具体转化为构筑诗歌艺术母题的原则。正如巴赫金所说:这些原则是"作为具体地构筑文学作品的原则,而不是作为抽象的世界观中的宗教伦理原则,对文艺学家才有重要意义"

因而我们最后关注的是:现代派诗人的漂泊感、边缘体验、乌托邦图景以及他们的审美心态究竟是如何转化为对世界进行艺术观察的具体诗学原则。尽管"辽远的国土"和"在异乡"的意象构成了现代派诗歌中的原型母题,尽管每个个体诗人的诗歌意绪都会受到这种具有普遍性的时代情绪的影响,但另一方面,作为个体的诗人又不是以艺术的说教方式去呼应群体和时代,而是把体验到的社会历史内容化成自己独特的审美视角和诗歌结构,在汇入现代派普遍诗学法则和原型艺术母题的同时,也创造了自己独特的艺术形式。

江南的小楼多是临水的

"明月照高楼,流光正徘徊"(曹植),"细雨梦回鸡塞远,小楼吹彻玉笙寒"(李璟),"昨夜西风凋碧树,独上高楼,望尽天涯路"(晏殊)……一提起"楼",古典诗词中浩繁的"楼"的意象便自然而然地浮出我们记忆的地表。这使"楼"已经成为一个时刻会涌上我们心头的漂浮着的图案,一个心象,一种心理性的存在,一个纯粹的无需在现实世界中寻找真实对应物的艺术符号。

在 20 世纪 30 年代以戴望舒、卞之琳为代表的现代派诗人笔下,"楼"也是一个含义丰富而幽微的意象。它既是一个"躲进小楼成一统"式的自足的空间,一座艺术的象牙之塔,一个遗世独立的审美世界,又是一处自我囚禁和自我封闭的孤独角隅,一幢高处不胜寒的琼楼玉宇。

诗人们在文本中精心构筑的"楼",很大程度上正是

一种心理和记忆的存在物。诗人在现实生活中未必真的居住在一座小楼上,但这并不妨碍诗人在想象中建筑一座小楼:

> 我独处在我的楼上。
>
> 我的楼上?——我可曾真正有过一座楼吗?连我自己也不敢断言,因为我自己是时常觉得独处楼上的。西北有高楼,上与浮云齐,这个我很爱,这也就是我的楼上了。
>
> ——李广田《绿》

真的存在这么一座楼吗?连作者自己也不敢肯定。他只是时常"觉得"独处楼上。这是一种感觉的真实,一种心理的真实,一种想象化的"独处楼上"的处境:

> 我的楼上非常空落,没有陈设,没有壁饰,寂静,昏暗,仿佛时间从来不打这儿经过,我好像无声地自语道:"我的楼吗?这简直是我的灵魂的寝室啊!我独处在楼上,而我的楼却又住在我的心里。"
>
> ——李广田《绿》

这是一个超时空的存在，它住在作者的心里，构成的是诗人灵魂的居所，"灵魂的寝室"一语披露了这座楼的心理属性。它是作者的一种心灵的符号，代表的是心灵的世界。

现代派诗人所精心拟构的更值得人们回味与激赏的情境是"临水的小楼"。

> 半岛是大陆的纤手，
> 遥指海上的三神山。
> 小楼已有了三面水
> 可看而不可饮的。
> 一脉泉乃涌到庭心，
> 人迹仍描到门前。
> 昨夜里一点宝石
> 你望见的就是这里。
> 用窗帘藏却大海吧
> 怕来客又遥望出帆。
>
> ——卞之琳《半岛》

诗中的小楼建筑在一座半岛之上，因此它三面环水。"可看而不可饮"暗示的是楼的主人以一种非功利的审美方式凭栏俯瞰小楼周遭的三面水。这座临水独立的楼阁极富一种视觉上的观赏性,有一种遗世独立超尘脱俗的出世美。可以说正是这三面环水赋予了小楼以一种灵动的美感,从而也赋予了诗境以一种摇曳多姿的情趣。

可以想见卞之琳是多么珍视这座三面临水的小楼。在与《半岛》差不多同时写出的另一首诗《白螺壳》中,诗人再度描绘了一座更富拟想性的小楼:

> 请看这一湖烟雨
> 水一样把我浸透,
> 像浸透一片鸟羽。
> 我仿佛一所小楼
> 风穿过,柳絮穿过,
> 燕子穿过像穿梭,
> 楼中也许有珍本,
> 书叶给银鱼穿织,
> 从爱字通到哀字——
> 出脱空华不就成!

诗人由"水一样把我浸透"的一湖烟雨,触发了"一所小楼"的譬喻。这是现代派诗人笔下最具有幻美色彩的譬喻之一。诗人想象这是一座浸透于一湖烟雨的小楼,它四面环水，一任风、柳絮与燕子从中穿过。而银鱼穿织书叶"从爱字通到哀字"则不仅是空间的层递，也隐喻着一种时间过程和因果逻辑。尽管由"爱"及"哀"包含着某种诗人自谓的"无可奈何的命定感""色空观念"，传达的是诗人在爱情体验中的无奈感，但这段诗最终完成的，仍是一座临水小楼的情境。它出脱空华，又无法彻底超脱遗世，它不拘泥于物象，却又难以完全空灵。它象征着现代派诗人倾心追慕的一个幻美的世界，同时又隐含着追求与无法企及的理想之间的矛盾。

如果说卞之琳的临水的小楼是诗人精心拟设的想象的存在，那么李白凤的《小楼》则是江南特有的风景的写照：

> 山寺的长檐有好的磬声
>
> 江南的小楼多是临水的
>
> 水面的浮萍被晚风拂去
>
> 蓝天从水底跃出
>
> 小笛如一阵轻风
>
> 家家临水的楼窗开了
>
> 妻在点染着晚妆
>
> 眉间尽是春色

这是一幅典型的江南水乡图景:山寺的长檐的磬声,如一阵轻风的小笛,家家临水的楼窗,点染晚妆的女子……勾勒的是向晚的江南独具的美感。江南水乡的主题出现了,临水的小楼构成了水乡风韵独特的点缀。与卞之琳笔下的小楼相比,李白凤营造的情境更是随手拈来的,无须刻意的点染,有如水乡风景本身一般自然。也许人们会设想这种司空见惯了的临水小楼的风景当使诗人感到习以为常,然而这种特有的临水的情境的缺乏在另一位出身江南的诗人徐迟那里,引起的则是一种失落的叹息:"为什么你的家园不临着水呢?昨夜,月满,我划着小艇,来到了你家的外面的滨口,我用小洋号吹完了一阕门德尔松(Mendelssohn)的《仲夏夜之梦》,又冷静地划入了月的银光下,回家。为什么你不在一条河岸上,一座楼,一扇窗子里望下水上仰视你的我呢?"(《4 Love Letters》)[①]一切相悦的恋人们所该具备的浪漫情境在这里都有了:月的银光,门德尔松的小夜曲,还有罗密欧期盼朱丽叶式的瞩望……唯独匮缺一座临水的小楼。令诗人感到一丝怅惘的自然不是建筑学意义上的缺陷,唯美化的诗人真正执迷的,是临水的小楼之中蕴含着的富于美感内容的人生境遇。

---

① 徐迟:《徐迟文集 卷1》,长江文艺出版社,1993,第59页。

邂逅的美感

卞之琳在 20 世纪 30 年代翻译的英国散文家马丁（E.M.Martin）的《道旁的智慧》一书中有一段文字阐发的是所罗门（Solomon）的一句箴言：

> "好比照水，面对面影，人应人心"，第一个说的一定是仆仆风尘的倦行人，傍着一个邂逅的旅伴，休息在一块雄岩的荫下，在饱饮了一顿被炎日所忘掉而不曾被晒干的潭水后；因为到这种意外恬适的难得的境界，人就会对陌生人托出真心，说出心底里的思想。

这段话描述的是人在旅途特有的一种境遇："邂逅。"在这种偶遇的情境中，孤寂的长旅中的倦行人突然有一种敞开心扉的欲望，或许是在孤旅中沉默得太久了，或许是邂逅的伴侣让他有倾盖如故的信任感，于是倦行人便"对陌生人托出真心，说出心底里的思想"。

卞之琳自己的诗《道旁》拟想的便是这种邂逅的人生情境：

> 家驮在身上像一只蜗牛，
> 弓了背，弓了手杖，弓了腿，
> 倦行人挨近来问树下人
> （闲看流水里流云的）：
> "请教北安村打哪儿走？"
>
> 骄傲于被问路于自己，
> 异乡人懂得水里的微笑，
> 又后悔不曾开倦行人的话匣
> 像家里的小弟弟检查
> 远方归来的哥哥的行箧。

这首诗在语言上简单得近乎稚拙，但却包藏着很耐咀嚼的况味。它的况味既来自于倦行人的形象，也来自有些自以为是的异乡人，但更来自于两个人的邂逅这一情境本身。

"家驮在身上"的倦行人在20世纪30年代的现代派诗中是一种原型,三个"弓"字已是非写实性的夸张了,但无疑生动了这一形象。比倦行人更为生动的却是树下的异乡人。他的"闲看"构成了与仆仆风尘的倦行人的鲜明对照。这不仅是两个形象的对比,而且是两种人生形式的对比,单是这种对比性本身就有一种丰富的含义。但诗人并未止步于此,他试图挖掘这种情境中更隐微的寓意。于是在诗的下半部分,视角彻底转换到树下人身上。读者也借助这个树下的异乡人的眼光来打量倦行人。"水里的微笑"自是倦行人映在水中的,它使人想到马丁《道旁的智慧》中的"面对面影,人应人心",它暗示着一种心与心的暗自的默契与交流。树下的异乡人究竟从水里的微笑中看到了什么呢?倦行人飘蓬般的生涯么?微笑中的达观与自信么?抑或是笑容也掩不住的一丝沧桑与无奈?这些联想大概都是邂逅这一情境中的应有之义,但写到这里,诗人笔锋陡转:"又后悔不曾开倦行人的话匣。"原来邂逅中的交流只是作为一种可能性而存在着,默契只产生于树下人的假想。真实的情境中倦行人又挂着手杖弓着脊背开始上路了。树下人只能望着倦行人慢慢远去,深深后悔自己没能留他坐一会儿并打开他的话匣子。

这是一次失之交臂的晤谈。诗人描绘的,其实是一次未能如愿的交流,一个错过的情境。它越发烘托了倦行人(也许还有树下人)的一种内心的寂寥,而在这默默的长旅中,一个人的心灵本来"是多么容易对人间的东西开放"(何其芳《私塾师》)。树下人的"后悔"也许并不是因为错过了聆听倦行人羁旅生涯中的传奇故事(或许他根本就没有称得上传奇的故事),而更是后悔错过了两颗邂逅的心灵在向世界敞开之中的交流,错过了两个生命形态的碰撞。因此,《道旁》所设计的错过的情境暗示着在两个人的心灵深处对于交流的渴求,对于生命融汇的热望。可以想见那远去的倦行人的身影留给树下人的,定是一丝淡淡的怅惘。

邂逅的情境中由此蕴含着一种特殊的美感。一切具有偶然性、短暂性和一次性的美好事物都具有一种令人常想返身眷顾的美学成分,甚至一种令人黯然神伤的美感。邂逅无疑正是这样一种人生境遇。日本画家东山魁夷在散文《一片树叶》中曾这样写道:"无论何时,偶遇美景只会有一次。……如果樱花常开,我们的生命常在,那么两相邂逅就不会动人情怀了。花用自己的凋落闪现出的生的光辉,花是美的,人类在心灵的深处珍惜自己的生命,也热爱自己的生命。人和花的生存,在世界上都是短暂的,可他们萍水相逢了,不知不觉中我们会感到一种欣喜。"我们从《道旁》那"水里的微笑"中感受到的或许正是这种欣喜,同时由于邂逅的短暂性,最终反衬出的却是萍水相逢留给人的迷惘。

与卞之琳同为"汉园三诗人"之一的李广田也写过与马丁同题的散文《道旁的智慧》,他同样执迷于道旁邂逅的情境。他的《野店》描述的便是倦行人在路旁的小店相逢邂逅又匆匆分手的情景:

> 于是一伙路人,又各自拾起了各人的路,各向不同的方向跋涉去了。"几时再见呢?""谁知道?一切都没准儿呢!"有人这样说。也许还有人多谈几句,也许还听到几声叹息,也许说:我们这些浪荡货,一夕相聚又散了。散了,永不再见了,话谈得真投心,真投心呢!

真是的,在这些场合中,纵然一个老江湖,也不能不有些惘然之情吧。更有趣的是在这样野店的土墙上,偶尔你也会读到用小刀或瓦砾写下来的句子,如某县某村某人在此一宿之类。有时,也会读到些诗样的韵语,虽然都鄙俚不堪,而这些陌路人在一个偶然的机遇里,陌路的相遇又相知，他们一时高兴了，忘情一切了，或是想起一切了，便会毫不计较地把真情流露出来，于是你就会感到一种特别的人间味。就如古人所歌咏的：

> 君乘车，我戴笠，
> 他日相逢下车揖；
> 君担簦，我跨马，
> 他日相逢为君下。

这样的歌子，大概也是在这样的情形下产生的吧。

李广田在《野店》中其实复制的是前引马丁《道旁的智慧》中的情境。卞之琳《道旁》中未竟的交流在李广田笔下的野店里实现了。但其中"惘然之情"依旧，也许更深切了。旅店的邂逅，是长旅者逆旅生涯中难得的心理慰藉，使倦行人在大荒孤游之中偶尔体味一种"人间味"。但同时它又昭示了生命的偶然性和短暂性，并且正是这种偶然性和短暂性本身规定着邂逅这一情境中所固有的令人怅惘的美感。

老人

在中国现代作家中，同为"汉园三诗人"的李广田与何其芳都堪称是状写乡间老人的圣手。当他们离开故乡回溯自己在乡土度过的童年生涯的时候，经常浮现在记忆里的形象，正是乡间老人的形象。

于是，在李广田的笔下出现了在嗡嗡作响的纺车声中说故事、唱村歌的老祖母（《悲哀的玩具》），喜欢一个人徘徊在荒道上、墓田间，寻找着野生花草的舅爷（《花鸟舅爷》），有着琐碎的昔日的记忆，永不会忘情于过去好年月的"两个老头子"（《上马石》），还有那瞌睡似的伏在横琴上，慢慢地拨弄琴弦，发出如苍蝇的营营声的外祖父（《回声》）……

于是，在何其芳的笔下，出现了有着满脸的皱纹和发亮的白胡须的长乐老爹（《炉边夜话》），坚忍地过着衰微日子的算命老人（《弦》），在一个静静的日午向少女讲述自己年轻时的故事的柏老太太（《静静的日午》），被岁月压弯了背，老得不喜欢走动说话的发蒙先生（《私塾师》），还有那虔诚地在所有神龛前的香炉中插上一炷香，然后敲响圆圆的碗形钟磬的老仆人（《老人》）……

老人是乡土真正的标识，在他们身上凝聚着乡土社会的文化记忆，代表着老中国千百年来恒定不变的部分，同时也意味着使沉浸在回忆中的漂泊游子们在经历了动荡和陌生的都市体验后感到安定和熟识的心理依托，正像40年代初客居香港的萧红在对长眠在故乡呼兰河的祖父的缅怀过程中，才暂时超越了战时的现实处境一样。在"何其芳们"关于自己故乡童年生涯的记忆中，最为熟悉的也许莫过于这些老人的形象，老人们不仅仅构成了诗人们笔下雕塑般的形象长廊，而且还潜移默化地塑造着一代青年人的主体心灵世界。

文学艺术创作中常常有这样的情形：当一个艺术家执迷于某种创作对象的时候，他自己也往往自觉或非自觉地携带上这一对象的某些特征。以戴望舒、何其芳为代表的现代派诗人在屡屡状写"老人"的形象的同时，他们也就获得了与"老人"固有的某种精神属性的认同。这是一个对象与主体互为呈示的过程。因而，诗人们的笔端屡次复现"老人"的意象，还不仅仅因为老人身上积淀着诗人关于乡土的记忆，也不仅仅因为老人是他们更为熟悉的人物形象，而更取决于老人形象之中凝聚着诗人试图揭示的自身的心灵征象。

譬如戴望舒，他为自己确立的一个自画像便是"年轻的老人"：

> 是呵，年轻是有点靠不住，
> 说我是有一点老了吧！
> 你只看我拿手杖的姿态，
> 它会告诉你一切，而我的眼睛亦然。
>
> 老实说，我是一个年轻的老人了：
> 对于秋草秋风是太年轻了，
> 而对于春月春花却又太老。
>
> ——《过时》

一般说来，老人拥有的是人生的阅历和经验，年轻人禀赋的是青春的朝气和激情，那么，一个"年轻的老人"似乎应该两者兼而有之了，然而在戴望舒这里，"年轻的老人"意味着双重的缺失与匮乏："对于秋草秋风是太年轻了,而对于春月春花却又太老。"这无疑是令诗人感到悲哀的形象,既丧失了青春期的浪漫与激情,又不具备老人的沧桑与阅历。这一双重的匮乏的形象由此构成了戴望舒对于自我的一种写照:

> 假若把我自己描画出来,
> 那是一幅单纯的静物写生。
>
> 我是青春和衰老的集合体,
> 我有健康的身体和病的心。
> ——《我的素描》
>
> 是簪花的老人呢,
> 灰暗的篱笆披着茑萝;
>
> 结客寻欢都成了后悔,
> 还要学少年的行蹊吗?
> ——《少年行》

正像希腊神话中的那耳喀索斯临鉴于溪水,终至枯萎憔悴一样,年青的诗人也终于发现他的镜中影像在渐渐地衰老，不觉之中已生出华鬓。在前引的戴望舒的《过时》中，诗人从姿态到目光都呈现出一种老态。这种老态自然有夸大其词的成分，但更重要的是它暗示了一种精神上的衰老，一种心理体验上的衰老。诚如诗人陈江帆写的那样："我遂有暗然的恋了，载着十年的心和老的心。"（《百合桥》）这里"老的心"连同戴望舒的"病的心"，都标志着一种衰老的心态，这种心态甚至可以泛化到诗人对外界事物的观照之中："乌鸦作老者之音，人失落了岁月的青春。"（禾金《一意象》）诗人从乌鸦的叫声里听出了"老者之音"，其实是丧失了青春岁月的心理感受在对象上的投射。这"老者之音"中，积沉了对诗人们来说太过于沉重的生命体验，尽管年轻的诗人以老者自况多少有点像何其芳说的那样，体现出"青春的骄矜，或者夸张"（何其芳《弦》），但仍然是一代诗人真实心迹的表露。

在何其芳那里，"老人"意指着一个令诗人倾心向往的人生境界：

最后我看见自己是一个老人了，孤独地，平静地，像一棵冬天的树隐遁在乡间。我研究着植物学或者园艺学。我和那些谦卑的菜蔬，那些高大的果树，那些开着美丽的花的草木一块儿生活着。我和它们一样顺从着自然的季候。常在我手中的是锄头,借着它我亲密地接近泥土。或者我还要在有阳光的檐下养一桶蜜蜂。人生太苦了,让我们在茶里放一点糖吧。在睡眠减少的长长的夜里,在荧荧的油灯下,我迟缓地,详细地回忆着而且写着我自己的一生的故事……

——何其芳《老人》

这种想象中的老人的生活,是顺从自然,接近泥土的乡间隐遁生活,具有老人的境界与乡土的生涯的双重诱惑,距离诗人的现实生存已跨越了一段青春到中年的生命历程。想象中的老人的境界,意味着一切都已逝去,一切都已有了着落。这种对自己老年阶段的过早的想象,其实是诗人逃避现实渴望乐土的心态的反映。

对于大多数刚过弱冠之年,涉世未深的青年人来说,老人的形象的自认,隐含着对自己病态的心灵和性格的反省。它揭示的是一代诗人耽于想象、拙于行动的本性,以及无力直面惨淡人生的软弱性格特征。这里不乏遭逢乱世以及漂泊际遇所形成的忧郁而颓废的时代情绪对于诗人个体感受的濡染。而从更深的文化传统的意义上说,老人的体验背后浓缩着汉民族趋向衰老的农业文明的深刻背景。在现代作家眼里,相对于所谓"正常的儿童"的希腊文化,华夏文明是一种早熟的文明,当它经过数千年的发展和积淀,在面对西方现代文明强烈冲击的 20 世纪无疑已显得有些老态龙钟了。现代派诗人笔下的老人的形象,正是乡土中国濒临衰老的历史状态在诗人个体身上的表现。"老人"固然意味着经验与成熟,但更意味着衰弱与惰性。而一代青年频频回首老人的形象,则标志着他们在心态上仍未真正走出古老的乡土文明,他们毕竟是"老中国"塑造的儿女。老人的形象,最终昭示着乡土世界的广延性在现代派诗人心灵深处的反映。

中国人从猫的眼睛里看时间

小时候东北家乡农村有在猫的眼睛里看时间的习俗。我因此也经常抱起家里养的一只瘸猫——因为冬天怕冷,在炉子边烤火,把腿烤瘸了——看猫的眼睛的瞳孔在一天里的变化,大体可以分辨出时间是正午还是黄昏,不过与实际时间误差经常太大,不似一位邻居老人可以把误差控制在一个小时以内。

上大学后读到卞之琳一首题为《还乡》的诗,里面写到祖父也喜欢在猫眼里看时间:"好孩子,抱起你的小猫来,让我瞧瞧他的眼睛吧——是什么时候了?"一时间特别有亲切感,也就顺便喜欢上了卞之琳。这首诗堪称是乡土时间意识的忠实写真,同时证明了在猫眼里看时间是普覆江南塞北整个乡土世界的习惯。波德莱尔在《巴黎的忧郁》的《钟表》篇里开头即说"中国人从猫的眼睛里看时间",

也间接透露出法国人似无此习惯。

一直没有发现有关都市人从猫的眼睛里看时间的材料，或许这种习俗的确具有乡土性。而在卞之琳走出乡土的20世纪30年代，大都市中开始流行的已经是"夜明表"，亦称"夜光表"，在夜里也能看到表的指针。刘振典有诗云：

> 夜明表成了时间的说谎人，
> 烦怨地絮语着永恒的灵魂。

为什么夜明表成了时间的说谎人？确乎费解。如果强作解人，可以说夜明表似乎在絮絮地述说着时间的永恒性，但其实它的秒针的每一下轻响都诉诸瞬间性，所以永恒只是一种幻觉。夜明表在本质上昭示的是时间的相对性和时间的流逝性本身，从而构成了现代人焦虑的根源。或许正因如此，卞之琳在《圆宝盒》一诗中发出忠告："别上什么钟表店/听你的青春被蚕食。"而现在大学生的手腕上早就没有了手表的影子，纷纷改看手机了，大概手机可以有效地避免时间流逝带给人的焦虑。但是手机的形式感比起手表来可是差多了。我父亲那一代40后，在20世纪60年代的最大愿望就是攒钱买上海牌手表，戴着一块上海牌手表比今天的80后买到苹果五代还值得炫耀，看表的动作也夸张异常,意图吸引女同志的目光,在那个时代不啻今天开了一辆宝马。

或许正因为这种形式感,"表"的意象也成为卞之琳的最爱。对于喜欢玄思的卞之琳来说,"表"是他的奇思妙想的最好载体。如《航海》:

> 轮船向东方直航了一夜,
> 大摇大摆地拖着一条尾巴,
> 骄傲地请旅客对一对表——
> "时间落后了,差一刻。"
> 说话的茶房大约是好胜的,
> 他也许还记得童心的失望——
> 从前院到后院和月亮赛跑。
> 这时候睡眼朦胧的多思者
> 想起在家乡认一夜的长度
> 于窗槛上一段蜗牛的银迹——
> "可是这一夜却有二百里?"

诗人拟想的是航海中可能发生的情境:茶房懂得一夜航行带来的时差知识,因而骄傲地让旅客对表。乘船的"多思者"——可以看成是卞之琳自己的写照——在睡眼蒙眬中想起自己在家乡是从蜗牛爬过的一段痕迹来辨认一夜的跨度的，正像乡土居民从猫眼里看时间一样。而同样的一夜间，海船却走了二百海里。《航海》由此表达出一种时空的相对性。骄傲而好胜的茶房让旅客对表的行为因其炫耀而多少有点可笑，但航海生涯毕竟给他带来了严格时间感，这种关于时差的知识在茶房从前院跑到后院和月亮赛跑的童年时代是不可想象的。最终，《航海》的情境中体现出的是现代与乡土两种时间观念的对比，而在时间意识背后，则是两种生活形态的对比。

卞之琳的另一首诗《寂寞》中则写到"夜明表"：

> 乡下的孩子怕寂寞，
> 枕头边养一只蝈蝈；
> 长大了在城里操劳
> 他买了一个夜明表。
> 小时候他常常羡艳
> 墓草做蝈蝈的家园；
> 如今他死了三小时，
> 夜明表还不曾休止。

这首诗特出的地方尚不在于对时间、空间或者说城市文明和乡土文明的反思，而在于卞之琳借助于"蝈蝈"和"夜明表"的意象，使乡下和城里两个时空形象地并置在一起，反映了两种文明方式的对比性，背后则隐含着两种价值判断和取向。而中国在从古老的乡土文明向新世纪的都市文明转型期的丰富而驳杂的图景，在《航海》和《寂寞》对时间的辩证思考中，获得了一个具体而微的呈现。

《航海》和《寂寞》也表征着20世纪中国的都市和乡土之间彼此参照以及互相依存的关系。即使在今天，都市和乡土也是不可分割的存在。你在都市里吃的东西，大都产出于乡土；你在都市打拼，你的子女可能还在乡土留守。每年春节非常壮观的人口大流动，被称为地球上规模最大的"候鸟迁徙"，大都是在城市和乡土中间往返奔波。乡土与都市的关系，在21世纪获得了新的繁复内涵，值得从社会学甚至人类学的角度重新审视和研究。

而在手表和手机如此普及的今天，猫的眼睛偶尔也还会发挥表征时间的作用。从校园网的BBS（网络论坛）上读到一个段子：一个美眉上课晚到，情急之下声称是在燕园流浪猫的眼睛里看时间，结果造成半个小时的误差。读罢段子，童年那只瘸猫再度浮现在自己的脑海里，细细的瞳孔仿若一条线，竟是如此清晰。

现代诗人笔下的外滩海关钟

第一次去上海，下了火车后直奔外滩，首先瞻仰的就是外滩海关钟楼上的大钟。

对海关钟的兴趣来自于我的文学记忆。读 20 世纪 30 年代的中国现代派诗，发现不少诗作都写到大上海的"海关钟"的意象。海关钟成了 30 年代都市摩登的最具形象性的象征物，就像新中国文学歌颂新兴的共和国首都经常写到北京站每到整点就高奏《东方红》的广场大钟一样。

上海海关钟楼落成于 1927 年 12 月，曾是上海外滩最高的标志性建筑物。钟楼上的海关钟则位列亚洲第一，世界第三，仅次于英国伦敦钟楼大本钟（Big Ben）和俄罗斯莫斯科钟楼大钟。外滩的海关钟与位于伦敦威斯敏斯特广场国会大厦顶上的大本钟出自同一家工厂，结构也一模一样。更有名的当然也是这座伦敦的大本钟。"大本钟"

一词都进入了电脑里的中文输入法。连第一时间得到2012年伦敦奥运会入场券的中国女排队员接受采访时也激动地说："我们就要去和大本钟合影了。"以伦敦为外景地的电影中就更免不了出现大本钟的场景。英国片《三十九级台阶》最惊心动魄的桥段就是罗伯特·鲍威尔扮演的男主人公悬挂在大本钟的五米长的分针上,阻止定时炸弹爆炸。至今还记得自己在中学时代观看1978年版的这部重拍片时,看到世界上竟有如此大的大钟所感到的震撼。

英国现代女作家伍尔夫的小说《达罗威夫人》一开始的场景就写到了大本钟的音响:"听!钟声隆隆地响了。开始是预报,音调悦耳;随即报时,千准万确;沉重的音波在空中渐次消逝。"在伦敦听这座建于1859年的大钟的报时已经成为伦敦人日常生活中不可或缺的一部分。而在中国的现代派诗人这里,外滩的海关钟则与文学中的现代时间感受和都市体验紧密相联。如陈江帆的《海关钟》:"当太阳爬过子午线,/海关钟是有一切人的疲倦的;/它沉长的声音向空中喷吐,/而入港的小汽船为它按奏拍节。"今天都市白领们应该很容易理解海关钟的"疲倦感"。海关钟不仅仅是都市代表性场景,同时奏响的是某种都市的内在节律,它把无形无踪的时间视觉化、节奏化,变成一个似乎可以捉住的有形的东西。而在徐迟的笔下,海关钟

则成了永不会残缺的"都会的满月":

> 写着罗马字的
> Ⅰ Ⅱ Ⅲ Ⅳ Ⅴ Ⅵ Ⅶ Ⅷ Ⅸ Ⅹ Ⅺ Ⅻ
> 代表的十二个星;
> 绕着一圈齿轮。
>
> 夜夜的满月,立体的平面的机件。
> 贴在摩天楼的塔上的满月。
> 另一座摩天楼低俯下的都会的满月。
>
> 短针一样的人,
> 长针一样的影子,
> 偶或望一望都会的满月的表面。
>
> 知道了都会的满月的浮载的哲理,
> 知道了时刻之分,
> 明月与灯与钟的兼有了。
> ——徐迟《都会的满月》

诗人把海关钟比喻为"贴在摩天楼的塔上的满月",

这"夜夜的满月,立体的平面的机件"使抽象的时间变得具体可感了。同时海关钟建立了时间与视觉性、空间性的联系,这就是"明月与灯与钟的兼有"的复合型都市景观。时间与空间在海关钟上得到统一。

海关钟在一些诗人眼里也是现代文明的奇迹,比如刘振典的《表》,写海关钟的"铁手在宇宙的哑弦上/弹出了没有声音的声音"。时间本来是没有声音的,但海关钟的指针仿若铁手,替宇宙发出关于时间的声音。刘振典还表达了对海关钟的惊奇,称这种惊奇"想我们的远祖怕也未曾梦见,/沉默的时间会发出声音,语言,/且还可分辨出它的脚迹跫然"。但是诗人们恐怕也没有想到,一旦人类在空寂的宇宙间创造出了具有声音和动感的时间,使时间留下可分辨出的跫然的"脚迹",这种机械的节奏便会不依赖于人类的意志而自动地嘀嗒下去,最后会异化为人类的一种机械的秩序和铁律。当年看卓别林的电影《摩登时代》,印象最深刻的是卓别林饰演的工人在机床上快速操作的双手与时钟的指针叠加在一起的镜头,隐喻着一个大工业的机械时代的来临。那些每天打卡上班的白领们应该更容易理解这种机械的时间秩序。这就是所谓的现代时间。1990年诺贝尔文学奖的获得者,墨西哥诗人帕斯认为恰恰是这种现代时间,已经使我们成了流浪者,无休止地被驱逐出自身。时间意味着动荡和漂泊，意味着一切不安定因素的根源。这种不安定感是随着"现代"的字眼同时出现的，或者说，正是"现代"使时间的意识空前强化。所以西方哲学家说"有时间性"是现代人的视界。而海关钟的指针，这时间的铁手，正是现代性和都市体验的具象化表征。

海关钟表征的机械时间所带来的不安定感在20世纪30年代的诗人那里早已经被充分体验与传达了。如辛笛在《对照》一诗中对外滩海关钟的描写：

> 罗马字的指针不曾静止
> 螺旋旋不尽刻板的轮回
> 昨夜卖夜报的街头
> 休息了的马达仍须响破这晨爽
> 在时间的跳板上
> 灵魂战栗了

灵魂为什么会战栗？当然是被机械的时间闹的。因为海关钟所象征的都市时间是"不曾静止"的，不像前现代的乡土时间给人以止水一般的安宁感，而是带给人们一种战栗感。这里灵魂的战栗颇具启示性，说明外在于人类的时间以及自在的时空是不存在的,时间和空间只存在于人的感受之中。

第一次膜拜外滩的海关钟是在20世纪80年代末,以后每次再去上海,都可以发现一些簇新的地标性建筑直入云霄,尤其是浦东拔地而起的高楼群,每次从外滩隔江瞩望,都仿佛是海市蜃楼般的幻景。较之于当年的30年代,如今外滩的海关钟似乎不再那么巍峨醒目了。但确乎只有这座历经过沧桑的海关钟镌刻着上海在大半个世纪中时间的流逝,隐映着丰富而驳杂的都市图景,并封存着现代中国人曾经有过的焦虑与梦想。

20世纪中国诗人的江南想象

林庚在20世纪30年代曾经有过一次足迹遍布杭沪宁的江南之旅。从林庚留下的诗中可以捕捉到诗人羁旅江南的过程中时时萦绕的是一种"在异乡"的心迹。这种"在异乡"既是一种人生境遇，一种心理体验，同时也是诗歌文本中一种具体的观照角度。林庚的《异乡》体现出的即是这样一种特殊的视角：

  异乡的情调像静夜
  吹拂过窗前夜来的风
  异乡的女子我遇见了
  在清晨的长篱笆旁
  黄昏的小船在水面流去
  赶过两岸路上的人了

>   前面是樱桃再前面是柳树
>
>   再前面又是路上的人
>
>   在树下彳亍的走着
>
>   异乡的情调像静夜
>
>   落散在窗前夜来的雨点
>
>   南方的芭蕉我遇见了
>
>   在清晨的长篱笆那边
>
>   黄昏的小船在水面流去
>
>   赶过两旁路上的人了
>
>   前面是樱桃再前面是柳树
>
>   再前面又是路上的人
>
>   在树下彳亍的走着
>
>   异乡的情调像静夜
>
>   吹落在窗前夜来的风雨

这首诗描绘的是诗人江南行之所见，它的奇特处在于变化中的重复与重复中的变化，从而在整体上给人一种既回环往复又变幻常新之感。这种复沓与回环传达了一种"行行复行行"的效果。从视点上说，这是由作为异乡客的诗人的观照角度决定的。诗人仿佛是坐在一只小船上顺水漂流，一路上遇见了长篱笆旁的异乡女子和芭蕉，赶过了两岸的路人，又赶过了岸边的樱桃和柳树，如此的景象一再地重复下去，从清晨直至黄昏。这首诗在形式上的复沓与诗人旅行中视角的移动是吻合的，因此这种复沓并不让人感到腻烦，重复中使人获得的是新奇的体验。但最终决定着这种变幻感和新奇感的却并不是移动着的视角，而是视角背后观照者陌生的异乡之旅本身，以及诗人身处异乡的漂泊经历在读者心头唤起的一种普遍的羁旅体验。这种体验正来自诗人作为异乡人的旅行视角。而这种"在异乡"的体验也决定了林庚对江南的感受有一种局外人的特征。林庚写于江南的另一首诗《沪之雨夜》也传达了这种局外人的体验："来在沪上的雨夜里 / 听街上汽车逝过 / 檐间的雨漏乃如高山流水 / 打着柄杭州的雨伞出去吧 / 雨水湿了一片柏油路 / 巷中楼上有人拉南胡 / 是一曲似不关心的幽怨 / 孟姜女寻夫到长城。"南胡声中那"似不关心"的幽怨昭示的正是诗人与江南的距离感与陌生感。

1954 年，台湾诗人郑愁予写下了《错误》：

> 我打江南走过
> 那等在季节里的容颜如莲花的开落
> 东风不来，三月的柳絮不飞
> 你的心如小小的寂寞的城

> 恰若青石的街道向晚
>
> 跫音不响,三月的春帷不揭
>
> 你的心是小小的窗扉紧掩
>
> 我达达的马蹄是美丽的错误
>
> 我不是归人,是个过客……

诗一写出,有评论家说整个台湾都响彻了"达达"的马蹄声。我们不妨设想:一个江南女子倦守空闺,苦苦等候出远门的意中人,中间几个比喻暗示出女主人公的形象,描绘了一颗深闺中闭锁的心灵。这时候,一个游子打江南小城走过,他可能恰巧邂逅了这个女子,也可能暗恋上了她,抑或两个人还发生了爱恋的故事。但一切不过是"美丽的错误",最终"我"只是一个江南的匆匆过客,在"达达"前行的马蹄声中,一个哀婉而又有几分感伤的美丽故事就这样结束了。然而诗人营造的江南想象却刚刚开始,这是一个诗化的江南,一个有着等在季节里如莲花开落的美丽容颜的浪漫的江南,同时也是一个具有古典美的江南,一个多少携有几分神秘色彩的江南。

在另一个台湾诗人余光中那里,江南则是一个多重时空与多重文化的存在:

春天,遂想起

江南,唐诗里的江南,九岁时

采桑叶于其中,捉蜻蜓于其中

(可以从基隆港回去的)

江南

小杜的江南

苏小小的江南

遂想起多莲的湖,多菱的湖

多螃蟹的湖,多湖的江南

吴王和越王的小战场

(那场战争是够美的)

逃了西施

失踪了范蠡

失踪在酒旗招展的

(从松山飞三个小时就到的)

乾隆皇帝的江南

春天,遂想起遍地垂柳

的江南,想起

太湖滨一渔港,想起

那么多的表妹，走在柳堤

（我只能娶其中的一朵！）

走过柳堤，那许多的表妹

就那么任伊老了

任伊老了，在江南

（喷射云三小时的江南）

这首题为《春天，遂想起》的诗，在第一节就并置了多重江南时空：书本中的"唐诗"、童年的"九岁时采桑叶于其中，捉蜻蜓于其中"、现实的"可以从基隆港回去的"、历史的"小杜"，即诗人杜牧和浪漫的"苏小小"。第二节则从西施、范蠡联想到乾隆，轻描淡写中完成了巨大的历史时空跨度。江南因此是一个具有巨大的文化和历史涵容的存在，既有吴越争霸的古战场，也有诗酒风流的古典遗韵，既是埋葬着诗人母亲的伤心地，也是生活着诗人众多表妹们的故乡。这首诗写于1962年，在当时冷战对峙的历史条件下，大陆的江南是诗人"想回也回不去的"，因此，江南就只能存活在诗人的想象中。这一想象中的江南却比现实中的江南更加广阔和深远，它活在唐诗里，活在诗人儿时的记忆里。因此，诗人运用了多重时空穿插重叠、现实与历史浑然一体的写作技法，类似于电影中一个个蒙太奇镜头,把不同时间和空间的场景组接在一起。诗歌中呈现出的江南场景也就具有一种意念化的随机性。这正是诗歌中的江南想象所具有的真正的艺术逻辑。

《异乡》《错误》和《春天,遂想起》在我本人的南方想象中占有非常重要的地位。对于我这个塞外之人来说,去江南之前都因为古典诗文和现代创作而对江南有了自己的想象图景,一闭上眼睛,脑海里就有个江南的形象,就像余光中的江南也存在于唐诗中一样。我特别喜欢的是辛弃疾的词"落日楼头,断鸿声里,江南游子。把吴钩看了,栏杆拍遍,无人会,登临意",它把江南想象、游子情怀和落寞心绪融为一体,体现的是江南想象的极致。我在大三结束的暑假正是吟诵着这句"落日楼头,断鸿声里"孤身在江南周游,可以说见识到了真正的江南。但奇怪的是,回来以后再看到"江南"的意象,再提起"江南"二字,脑海里浮现的仍是我从前想象中的那个图景,与现实中的江南似没有一点关系。以前大脑硬盘中的江南无法格式化了,所以这种出自文学与想象中的第一义的江南文化图景,其实是很顽固地盘踞在一个人的记忆和心理结构中的。这就是文化想象的力量。

印证了这种关于江南的文化想象的还有1991年自尽的诗人戈麦。这是他的诗歌《南方》:

像是从前某个夜晚遗落的微雨
我来到南方的小站
檐下那只翠绿的雌鸟
我来到你妊娠着李花的故乡

我在北方的书籍中想象过你的音容
四处是亭台的摆设和越女的清唱
漫长的中古,南方的衰微
一只杜鹃委婉地走在清晨

诗中的南方同样是一个想象中的南方。它存在于诗人关于中古的想象中,"亭台的摆设和越女的清唱"都不是现实中的存在物。即使"一只杜鹃委婉地走在清晨"也未必是南方的真实景象,我后来经常有机会见识南方,顺便关注有没有戈麦诗中"杜鹃委婉地走在清晨"的景象,但从来没有见过,始终觉得这是一种戈麦想象中的江南杜鹃的艺术姿态。戈麦显然是一位更喜欢生活在自己的想象世界中的诗人,他在一篇自述中曾这样状写自己:"戈麦寓于北京,但喜欢南方的都市生活。他觉得在那些曲折回旋的小巷深处,在那些雨水从街面上流到室内,从屋顶上漏至铺上的诡秘的生活中,一定发生了许多绝而又绝的故事。"真正生活在现实中的江南的人们,也许不会觉得自己的生活是"诡秘"的。这种诡秘的南方,正是想象中的南方。而戈麦的南方想象正存在于文本之中,存在于古典诗词中,存在于郑愁予的《错误》等20世纪前辈诗人的创作中,所以更是诗人的南方想象,与真实的南方可能无关。

从某种意义上说,江南只存在于诗人的想象中。

大都市的局外人

20世纪30年代的现代派诗中有相当一部分是以现代都市社会作为抒怀写意的题材的。而考察这一部分诗作对于我们剖析诗人们对待都市的态度有着重要的心灵史价值。一个相当明显的倾向是：尽管诗人们对都市生活不乏倾心与投入，但更多的却表现出一种疏离、陌生甚至拒斥。譬如宗植的这首《初到都市》：

比漠野的沙风更无实感的，
都市底大厦下的烟雾哟：

低压着生活之流动的烟雾，
也免不了梦的泡沫之气息；

溶化在第二十一层房顶上的
秋叶之天空,
在透露着青苔的幽郁。

也会遇见熟识的眼吗?
街灯之行列,
沉落在淆乱空间观念的,
纵的与横的综错里了。

落叶也该有其萧瑟的,
然而行道树之秋,
谢绝了浪游者的寄情。

嚣骚,嚣骚,嚣骚,
嚣骚里的生疏的寂寞哟。

诗人是一个都市中的"浪游者"的形象,他眼中的都市,是一个"无实感"的存在,泛着梦的泡沫的气息。"空间"的淆乱与综错也转化为"观念"的综错,这意味着都市的空间场景在诗人主观意识领域的投射,带给诗人的是一种难以适应的错杂感受。"无实感"的都市体验昭示了诗人在都市的"生活之流动"中无法把握到实实在在的给予生命以具体确证的东西，连萧瑟的落叶也"谢绝了浪游者的寄情"，初到都市的诗人只能在喧嚣声中感到"生疏的寂寞"。

现代派诗人大多是这种都市中的陌生人，他们从眼花缭乱的都市表象中最初获得的是"震惊"的体验。强烈地刺激他们的诸种感官的，是爵士乐的"颤栗的旋律"、"霓虹灯"的扑朔迷离、舞厅中女人的"肉味的檀色"，以及绅士们的烟斗和"黑色的晚服"（子铨《都市的夜》）。诗人们应接不暇的，正是这视与听的感官印象，借助这些感官印象，诗人得以合成都市的外在表征。而内心深处，则是无法投入的疏离感。这使诗人宛若波德莱尔笔下的巴黎街头的张看者，以一双冷眼有距离地睇视琳琅满目的都市世界，思绪却从纷纭的都市表象中游离到不可知的远方。也正是这种心态上的游离，为这些都市诗人提供了更为超然的视角，从而使他们穿透都市的外表获得了那些沉迷于灯红酒绿的作为消费阶层的中产阶级无法意识到的关于都市文明的更本质的东西。正如本雅明说的那样，"大城市并不在那些由它造就的人群中的人身上得到表现，相反，却是在那些穿过城市，迷失在自己的思绪中的人那里被揭示出来"。

林庚正是这种"迷失在自己的思绪中的人",他的描写上海的《沪之雨夜》被同为现代派诗人的废名誉为"一篇神品,也写得最完全"。这是一首只有八行的诗:

> 来在沪上的雨夜里
> 听街上汽车逝过
> 檐间的雨漏乃如高山流水
> 打着柄杭州的油伞出去吧
>
> 雨水湿了一片柏油路
> 巷中楼上有人拉南胡
> 是一曲似不关心的幽怨
> 孟姜女寻夫到长城

这首诗的奇特处或许在于诗人感受都市的方式。大概因为是在雨夜,诗人并没有呈现十里洋场光怪陆离的视觉性表象,而是以听觉去感知。诗人听街上汽车驶过,并从檐间的雨滴的声响中获得近乎于知音般的会心和启悟,于是打着柄杭州的油伞出去了。读到这里,读者也许期望到了街上的诗人该使我们"看"一些什么,然而诗人的感受焦点仍集中在听觉上,抓住他注意力的是南胡的曲子,从中联想到孟姜女寻夫到长城的传说。

值得深入挖掘的是诗中表现出的一种"诗性关注"。废名在他的《新诗讲稿》里解释说:"上海街上的汽车对于沙漠上的来客一点也不显得它的现代势力了,只仿佛是夜里想象的急驰的声音,故高山流水乃在檐间的雨滴,那么'打着柄杭州的油伞出去吧'也无异于到了杭州,西湖的雨景必已给诗人的想象撑开了。"这堪称是一个独特的品评。在林庚的描写中,上海作为现代大都会的色彩已经被他淡化了,或者说诗人关注的本就不在"现代势力"这一层面。尤其在后半首诗中,"诗性关注"的焦点竟是一首他人也许并不关心留意的南胡曲,并从中把联想延伸到遥远的北方抑或遥远的古代。如果我们不是看到"沪上"的字眼,很难相信这首诗写的是作为大都会代表的上海。

诗人感受的方式本身标志了一种选择性。林庚之所以选择了檐间的雨滴、杭州的油伞以及一首幽怨的南胡曲,说明诗人更感兴趣的正是这些事物。这种"诗性关注"的重心所在尤其能够提示诗人的感受习惯甚至审美习惯。夸张一点说,隐藏在这种感受和审美习惯背后的,是一种文化心理。在《沪之雨夜》的意象层面的深处,我们可以隐约捕捉到林庚对上海代表的"现代势力"的某种文化态度。

在废名看来,林庚的《沪之雨夜》虽然写在上海,写的是上海的雨夜，但却"目中无现代的上海"。"高山流水"的感怀与孟姜女寻夫到长城的本事都使这首诗超越了现代都市的时空而向古典文学世界的纵深里回溯。这种倾向不仅《沪之雨夜》独然，废名认为"林庚到江南去的诗都是'满天空阔照着古人的心'的诗"。似乎可以说，林庚是以一颗古人的心去感受现代都会的。这使他一方面很难在心理上融入大都市的生活形态，另一方面却也获得了一种超脱感和历史感，从而以历史的兴衰际遇为镜子，在现实中鉴照出更深沉的历史感兴。不妨再看林庚的另一首也写在江南的《风狂的春夜》：

> 风狂的春夜
> 记得一件什么最醉人的事
> 只好独抽一支烟卷了
> 窗外的佛手香
> 与南方特有的竹子香
> 才想起自己是新来自远方的
> 无限的惊异
> 北地的胭脂
> 流入长江的碧涛中了
> 风狂而且十分寂静的

拿什么来换悲哀呢

惊醒了广漠的荒凉梦。

在南方特有的竹子香中,诗人突然又起"北地"之思。在"北地的胭脂"一句之后,诗人自己加了一个小注:"《匈奴歌》:'失我焉支山,令我妇女无颜色;失我祁连山,使我六畜不蕃息。'焉支即胭脂,原产北方,故有'南朝金粉,北地胭脂'之语。这时北平已如边塞那样荒凉,而到了南京上海一带却还犹如南朝的繁华;这局面又能维持多久呢!"昔日"金粉"与"胭脂"的并置,到如今已衍化为繁华与荒凉的对比。林庚以南朝的繁华来比拟现代南方都会,在锦衣玉食、歌舞升平的表象背后,是一种难以为继的隐忧。在这首诗中,"古人之心"的感受方式同样给林庚带来了冷静而警醒的观照姿态。这或许正是作为大都市的局外人的视角对现代都会的一种更为清醒的揭示。

永远的绝响

海子之死

1989年3月26日,年仅25岁的诗人海子,留下将近两百万字的诗稿,在山海关卧轨自杀。

我听到这个消息时已是4月初。当挚友蔡恒平把这个惊人的噩耗告诉我的时候,我一下子惊呆了,半天说不出话。心里仿佛被堵上了一块沉重而巨大的石头。我长久地想象诗人海子临终前携带着四本书:《新旧约全书》、梭罗的《瓦尔登湖》、海涯达尔的《孤筏重洋》和《康拉德小说选》,在山海关徘徊的情景。海子死于黄昏时分,我想象着当天边浮上第一抹晚霞的时候,海子终于领悟到来自冥冥天界的暗示,毅然弃绝了一切尘世间的意念,卧轨于山海关至龙家营之间的一段火车慢行道上。鲜血一瞬间染遍了西天的晚霞。

1989年4月初的一个上午，海子自杀的消息传到了他的母校北京大学。三角地响起了喜多郎梦幻般的音乐。音乐声中，海子的北大诗友为他募捐。出身于燕园的几位诗人西川、臧棣、麦芒和郁文等人默默地伫立在募捐箱旁，向每个募助者点头致谢。中午，在燕园内的民主科学雕塑下举行了海子的悼念活动，雕塑周围的空地上挤满燕园学子。我也挤在人群中，倾听未名湖畔成长起来的一代年青的诗人又一次朗诵起海子的诗作《亚洲铜》和《太阳》。春日正午的阳光下是一张张年轻而悲伤的面孔。

海子，1964年生，是"第三代"诗歌运动中最出色的诗人之一，有"诗坛怪杰"之誉。海子的倾慕者和崇拜者有很多，其中也包括我这个并不写诗的燕园的后来者。

我和海子并无私交，只是在燕园的两次诗歌朗诵会上听过他朗诵自己的诗作《亚洲铜》。印象中海子是一个沉静、内向而略有些腼腆的人，思绪总是沉浸于远方一个不属于现世的未知王国之中。这种感受后来被海子的几位诗友的回忆证实了。海子是一个拙于现实生活而耽于想象世界之中的诗人。他的生活简单、贫瘠而孤独。他所居住的一间陋室中甚至没有录音机、收音机这一类生活必需品。除了与几位挚友的交往外，写作构成了海子生活的全部内容，构成了海子生命的支撑。海子遗留下来的近两百万字的作品，其中的大部分都是在这种孤寂的生命形态中写成的。海子在一篇自述中这样说：

> 我的诗歌理想是在中国成就一种伟大的集体的诗。我不想成为一个抒情诗人，或一位戏剧诗人，甚至不想成为一名史诗诗人，我只想融合中国的行动成就一种民族和人类结合，诗和真理合一的大诗。

这种成就"大诗"的宏阔理想已经部分地在他的诗作中得以实现了。然而，"正当那把人引向生活的高峰的东西刚刚显露出意义时"，死亡却降临到了海子的头上。

海子—戈麦现象

在当代中国自杀的诗人之中，海子并不是第一人，也不是最后一人。

1987年3月，一个笔名叫"蝌蚪"的33岁的女诗人，用一把小小的手术刀割断了自己大腿上的静脉，在床上安详地死去了。

我对蝌蚪所知甚少，只知道她原名陈泮，与丈夫江河同为"新诗潮"的诗人，在写诗之余也研究佛学，还写小说。

当年我在《上海文学》上谈到她的遗作《家·夜·太阳》时，蝌蚪的名字周围已经加上了黑框。我记得当时我的反应只是：一个诗人死了。

没料到蝌蚪的自杀竟成为中国当代诗坛的一个具有魔力一般的预言。

两年后，也在3月，海子在山海关卧轨；1990年10月，浙江淳安的一个叫方向的年轻诗人决然服毒，把自己的生命带到了另一个世界；又过了一年，1991年的9月，诗人戈麦，弃绝了他所挚爱的诗歌生涯，遗留下两百多首诗稿，自沉于清华园内的一条小河，时年24岁。

短短的四年间，四位青年诗人相继自杀了。

方向是我的一位从未谋面的友人。早在1987年，我读过他托人送来的一篇文章《论北岛的忧患意识》，随后彼此通过一封信，信中交流过对北岛诗歌和中国"新诗潮"的意见。从方向的来信中，我感到他是一个诚挚的诗人。此后便音信杳无。谁料如今与他永远无法谋面了。

自杀的四位诗人中，我最熟悉的是戈麦。戈麦原名褚福军，生于1967年，黑龙江萝北县人。1989年7月毕业于北京大学中文系，就职于外文局《中国文学》杂志社。我和戈麦几乎同时就读于北大中文系，曾多次在一起"侃山"。戈麦是一个性格极其内向的人，很少有人能窥进他的内心城池。平时少言寡语，唯有当话题转移到诗歌上时，他的话才多了起来。我们曾一起谈过北岛、海子，也谈布罗茨基和博尔赫斯。从聊天中我感到戈麦对诗歌有着奉若神明般的热爱，我还感到戈麦是一位有着自己的执着信念的人。但是除了诗歌和文学之外，我很少知道他还在想着别的什么事情，我隐隐地觉察到他内心深处有着很沉重的内容，但这一部分内容甚至连他最好的诗友西渡也所知甚少。记得与戈麦的最后一面是1991年7月，戈麦匆匆赶来约我写一篇关于沈从文的稿子，随后顺便说起了他的庞大的阅读计划，便又匆匆告别了。这一别便是永诀。

戈麦的死已经使我不再仅仅从孤立的个体生命的消殒这一狭窄的角度来考虑诗人之死的问题了。与死去的诗人生活在同一时代的人都有责任去深思这一现象。

诗人的自杀引起了巨大而持久的反响。1989年4月，燕园内举办了海子的诗歌座谈会，1990年的夏天，诗人蔡恒平和西川相继在北大讲堂举办海子诗歌的讲座，能够容纳300人的阶梯教室挤满了听众。海子生前挚友骆一禾和西川为海子遗作的出版募集资金。由燕园出身的几位诗人创办的诗歌刊物《倾向》，为海子出版了纪念专号。《花城》《十月》《作家》等刊物陆续发表了海子的组诗。到了1991年，南京的一家出版社正式出版了海子的纪念专集。春风文艺出版社也出版了海子的长诗《土地》。

诗人戈麦的弃世，激起了同样的冲击波。戈麦的母校北大举办了两次戈麦的悼念活动。中文系系刊《启明星》刊出了戈麦的诗歌遗作，同时登载了戈麦的生前好友西渡的纪念文章《戈麦的里程》。1992年11月，由北大五四文学社主办的"戈麦生涯"的座谈会在北大文化活动中心举行，与会者提出了"海子—戈麦现象"，把诗人之死提升到了一种中国诗坛的重要的文化现象这一角度来进行讨论。

与此同时，山东济南的诗人胥弋也在致力于整理、出版已故诗人方向的遗作。如今，把诗人自杀视为一种群体现象，这已经成为当代诗坛的一种共识了，这便是"海子—戈麦现象"。

从超越个体的角度去思考"海子—戈麦现象"背后的文化内蕴，这堪称是20世纪留给中国诗坛的一项课题。

死亡诗章：自杀之谜

加缪在《西西弗的神话》一开头就说："真正严肃的哲学问题只有一个：自杀。判断生活是否值得经历，这本身就是在回答哲学的根本问题。"一个人"自杀的行动是在内心默默酝酿着的，犹如酝酿一部伟大的作品。但这个人本身并不觉察。"加缪的后一段话对于海子而言只说对了一半。从海子的遗作《太阳》中，可以分明地感受到，海子对自己最终走上自杀的道路并不是没有觉察，而是极端自觉的。对于海子，自杀似乎是一个必然的宿命。他一定很早就萌动并酝酿着自杀的意念，正像他酝酿诗剧《太阳》一样。当他对于死亡的沉思终于趋向一个极致，当他承载着关于死亡冥想的长诗《太阳》一旦问世，海子便迎来了一个契机。于是诗人死了，诗人以自杀实践了他在诗剧中的预言。《太阳》是海子遗留下来的诗剧中的一幕，它使海子的诗歌在力度和质感方面达到了巅峰状态，它思索的是人的形而上存在的痛苦与绝望，以及在灭绝的气氛中的挣扎与毁灭。诗人为诗剧悬拟的时间是："今天。或五千年前或五千年后一个痛苦，灭绝的日子。"实际上，这种时间的设定是超时间的。它带有鲜明的末日审判的意味。可以说，当这部诗剧的大幕尚未拉开，诗人已经为这部诗剧奠定了死亡的总体情绪背景。

诗的开端是盲诗人的独白：

我走到了人类的尽头
也有人类的气味——
在幽暗的日子中闪现

> 也染上了这只猿的气味
>
> 和嘴脸。我走到了人类的尽头

诗人一再咏叹"我走到了人类尽头",整部诗剧,也正在诗人把人类置于行将灭绝的境地而产生的绝望的歌吟。这是一种直面死亡的体验和震撼。

海子《太阳》中对死亡的歌咏和体验固然不能完全等同于海子自己的真实意图,但《太阳》中的死亡意识却分明启示给我以一个海子自杀的契机。或许可以说,海子自尽的念头已经在他心中酝酿很久了。

《死亡诗章》是诗人戈麦写于1989年末的一首诗,诗中也是冥想死亡:

> 从死亡到死亡
>
> 一只鼬鼠和一列小火车相撞
>
> 在这残酷的一瞬
>
> 你还能说什么

在另一首《誓言》中,诗人也表达了一种弃绝一切的意念:

> 所以，还要进行第二次判决
> 瞄准遗物中我堆砌的最软弱的部位
> 判决——我不需要剩下的一切

从这种义无反顾的誓言中，我似乎可以隐隐理解了戈麦最后的弃绝并非是偶然的。也许死亡的欲念中有一种近乎"鬼打墙"的魔力，一旦走进这个迷宫，非大智大慧者很少有人再度走出。

许多人都试图想象自杀的诗人死前的心境，是什么促使死的渴念战胜了生之欲望，但自杀永远是一个谜。它的谜底已经由逝者永远地带到另一个世界中了，我们只能凭借遗作去揣摩死者的心理动因。这无疑是一项艰难的工作。似乎可以断言，他们的自杀的深层动机根源于一种深刻的心理与文化危机。这或许可以使我们的思索转向时代与文化层面。

想写一首诗

诗人方向死后安葬于千岛湖畔，一片美丽的风景将会常年慰藉着这颗孤寂中飘然远逝的灵魂。在方向的墓碑上刻着他遗书中的最后一句话："想写一首诗。"这是一句令人潸然泪下的墓志铭。

方向在临死之际流露出的是对诗歌事业的挚爱，对生命的无限留恋。

我想起戈麦，想起他聊天时对诗歌所表露出来的赤子般的执迷，想起他对中外文学巨著中的成就的无限景仰以及他所构想的庞大的创作与阅读计划。

我又想起海子，想起了他挂在他的陋室中的仅有的一幅装饰画：梵高的油画《阿尔疗养院的庭院》。我想起了海子生前写的一篇文章《我热爱的诗人——荷尔德林》。可以说，梵高和荷尔德林是海子最景仰的两个人。海子把抒情诗人分为两类，第一种诗人热爱生命，"但他热爱的是生命中的自我，他认为生命可能只是自我官能的抽搐和分泌。而另一类诗人，虽然只热爱风景，热爱景色。热爱冬天的朝霞和晚霞，但他所热爱的是景色中的灵魂，是风景中大生命的呼吸。梵高和荷尔德林就是后一类诗人。他们流着泪迎接朝霞。他们光着脑袋画天空和石头，让太阳做洗礼。这是一些把宇宙当庙堂的诗人"。

海子正是这样一个诗人，他的全部生命哲学可以归纳为"热爱"。这种"热爱"的哲学构成了海子诗歌的真正底色。正像他在《我热爱的诗人——荷尔德林》中所说："这诗歌的全部意思是什么？要热爱生命不要热爱自我，要热爱风景而不要仅仅热爱自己的眼睛。做一个热爱'人类秘密'的诗人。这秘密既包括人兽之间的秘密,也包括人神、天地之间的秘密,在神圣的黑夜中走遍大地,热爱人类的痛苦和幸福,忍受那些必须忍受的,歌唱那些应该歌唱的。"

但似乎无法理解的是,海子,这位热爱生命,热爱"人类秘密"的诗人,却放弃了生前的权利,选择的是与生命截然相反的另一条道路,这使我联想起里尔克的一句话:"只有从死这一方面——如果不是把死看做绝灭,而是想象为一个彻底的无与伦比的强度——那么,我们只有从死这一方面才可能彻底判断爱。"或许可以说,海子的死构成了他对生命之爱的最富于强度的完成。

这样我们可以理解了为什么方向在临死前的最后一句话是"想写一首诗",为什么海子有生之年充满激情地表述了对生命,对"人类秘密"的挚爱。爱与死,这生命的两大主题就这样似乎矛盾地统一在自杀的诗人身上。以死为参照的爱充满了生命的激情与力度,而以爱为背景的死才更加显得耀眼与辉煌。

我一直坚信,死去的诗人们是怀着对生命的巨大的热爱远逝的。作为幸存者的我们,能够从这一点得到什么样的启示呢?

我想起了诗人欧阳江河悼念埃兹拉·庞德的一首诗《公开的独白》:

> 他死了，我们还活着。
> 我们不认识他就像从不认识世界。
> 他祝福过的每一棵苹果，
> 都长成秋天，结出更多的苹果和饥饿。
> 我们看见的每一只飞鸟都是他的灵魂。
> 他布下的阴影比一切光明更热烈，
> 没有他的歌，我们不会有嘴唇。
> 但我们唱过并且继续唱下去的，
> 不是歌，而是无边的寂静。

在这"无边的寂静"之声中，回荡在我的耳际的，是自杀的诗人们留下的永远的绝响。

对乌托邦远景的召唤

柯熙的诗中令人着迷的是那些关于大海的句子。"向太阳索取蜜/向大海索取波的蓝色,这最惊心的澄澈"(《海光——献给洞头的 103 个岛屿》)。蓝色的"澄澈"之所以"惊心",是因为在诗人的想象力的图景中,大海是隶属于彼岸世界的。

由此,"海"在柯熙的诗中是乌托邦幻景,是远景形象。

柯熙的诗中分明有海子影响的痕迹。他的最出色的诗篇之一也是写给海子的:"幸福的一天/鸟儿飞过杏气的花楸林/我们开始修筑家园//幸福的一天/这只是一双黑眼睛的渴望/你安眠在灵魂的麦地"(《怀念——给海子》)。

曾经独属于海子的这"麦地"的意象也顺理成章地出现在柯熙的诗中。

当海子发现了"麦子"和"麦地"的时候,他就给自己找到了想象力的源泉，同时找到了乡土与民间资源。这种资源也同样属于柯熙。但是，只有当柯熙找到了独属于自己的意象资源——"大海"的时候，他才真正发现了自己。

用柯熙的话说，则是"大海发现了我"。

>湛蓝的南风中三个诗人生长着
>在蓝天上抒写一句句透明的诗行
>介于晶莹的梦与蔚蓝的海之间的诗行
>他们的背景是大海
>他们的十四行抒情天空，苦难中永不沉沦的心灵
>南风中，他们自由而高贵地抒情
>一生都投入歌唱
>一生都进入航行
>他们是海的后裔，一群天空的梦想者
>　　　　——《湛蓝的南风中三个诗人生长着》

大海构成了诗人背景。柯熙的海，是想象力的世界，是乌托邦的远景，是一种自由而高贵的文学资源。它并不是现实中的海，正像诗人说的那样，"在故乡现实的大海里，是无法用蔚蓝来虚拟的，它其实是一个东海入口处的混杂着肮脏漂浮物与各种泡沫包围中的海岛"。从某种意义上

说，柯熙的大海更创生于"诗歌的洋流"，是诗人在外国诗歌的海洋中畅游的产物："在荷马的爱琴海里发现战争与情人、祭颂与橄榄绿；在塞弗里斯的海湾发现断崖与海底历史的对话；埃利蒂斯的大海则是诗性的澄澈与蓝色的"（柯熙《神秘的断流》，见《辽阔的暗》后记）。诗人发现了荷马、塞弗里斯、埃利蒂斯的"一生都进入航行"的"诗歌的洋流"，也就寻找到了值得自己"一生都投入歌唱"的诗性。

作为诗性的负荷体的柯熙的海，还有着另外的背景。它不仅只有蓝色的澄澈，不仅是自由与高贵的象征，它还具有驳杂性和包容性。而当诗人发现了这种驳杂与包容，发现了海也聚合着各种混杂的元素的时候，诗人也就发现了现代诗性的更本真的特征，发现了诗性"除了抒情的成分也要有它的物质部分"，"比如被遮蔽的母语特质、断裂的文明等"。而这些与晶莹而澄澈的质地相异质的物质成分，更是夸西莫多的西西里岛、聂鲁达的智利海岸、圣-琼·佩斯远东的大海、沃尔科特的岛屿、毕肖普的渔村以及希尼的乡村沼泽地带给他的。柯熙从中洞见了更复杂的诗的质地和肌理，从而也使自己对诗性的理解，更趋于复杂化，而这种复杂，才更适于现代诗人，也更属于现代诗性。正像T.S.艾略特在《玄学派诗人》一文中说过的一段

著名的评论:

> 就我们文明目前的状况而言,诗人很可能不得不变得艰涩。我们的文明涵容着如此巨大的多样性和复杂性,而这种多样性和复杂性,作用于精细的感受力,必然会产生多样而复杂的结果。诗人必然会变得越来越具涵容性,暗示性和间接性,以便强使——如果需要可以打乱——语言以适应自己的意思。

我喜欢柯熙诗集的名字——"辽阔的暗",正像科勒律治在其诗歌《忽必烈》中所写:"那无法度量的国度,/汇入没有阳光的海洋。"借用科勒律治的诗句,可以说,柯熙所"一生都投入歌唱"的诗性的国度以及乌托邦的彼岸,在诗性质素日渐消泯的今天,也同样正在"汇入没有阳光的海洋"。这是不是诗人用"辽阔的暗"来命名自己诗集的真正用意?

> 一只青鸟经过了天空
> 运走陆地和大海的暗
> 却在它的额头的亮处留下惩罚的徽章

> 它的尾部伸向沉睡的大海时
>
> 我们的荷马必将醒来
>
> 手握万卷海水
>
> ——《海光——献给洞头的103个岛屿》

"必将醒来"的荷马,正是我们已经在丧失之中的诗性传统,同时也是乌托邦传统的象征。然而在今天,我们尚不知他何时醒来。而诗性和乌托邦的远景,也仍然处在"陆地和大海的暗"之中,处在诗人遥远的召唤之中。我们所知道的是,只有穿透这没有阳光的海洋,穿透这"辽阔的暗",我们才有抵达诗性以及乌托邦彼岸的微暗的希望。柯熙的意义也正在这种召唤与穿透之中。

第四辑

与文学经典对话

19世纪之前的西方文学是产生了一个个文学巨人的时代。当关汉卿、曹雪芹、蒲松龄创作了值得世代中国人引以为傲的不朽名著的时候,西方的文学家莎士比亚、塞万提斯、雨果们也在创造着同样辉煌的篇章。这是人类心灵史上星光璀璨的时代,也是文学大师们为后人缔造了文学经典的时代,那一部部脍炙人口的文学经典必将穿越今后的无数世纪,始终照彻人类历史的夜空。

那么,究竟哪些作品可以称得上是文学经典呢?正如那些文学史上获得公认的不朽名著所昭示的那样:所谓的文学经典是那些最能反映人类历史和社会生活的丰富图景,反映人类生存的普遍境遇和重大精神命题,最能反映人类的困扰、绝望、焦虑与梦想的创作,是了解一个时代最应该阅读的作品,正像了解中世纪的意大利必须读但丁,了解文艺复兴时代的英国必须读莎士比亚，了解19世纪的法国必须阅读巴尔扎克和雨果一样。恩格斯就曾经称赞巴尔扎克的《人间喜剧》写出了贵族阶级的没落和资产阶级的上升，提供了社会各个领域无比丰富的生动细节和形象化的历史材料，"甚至在经济的细节方面（如革命以后动产和不动产的重新分配），我学到的东西也要比从当时所有职业历史学家、经济学院和统计学家那里学到的全部东西还要多"（《恩格斯致玛·哈克奈斯》）。在这个意义上说，巴尔扎克穷尽的是人类生存的社会历史的外部图景。另一方面，西方文学的历史，也是思想家层出不穷的时代。一个个思想的巨人在作品中提供着人类堪称最深刻与最博大的思想，探究了人类生存的处境，追问着存在的基本问题。无论是卢梭对人性"回归自然"的表达，还是帕斯卡尔把人界定为"一根能思想的芦苇"；无论是莎士比亚借助丹麦王子哈姆雷特思考生存或者灭亡（to be or not to be），还是歌德通过浮士德把自己的灵魂抵押给魔鬼去探询极限的生命……都为我们淋漓尽致地展示着文学经典中的思想魅力。而雨果的诗歌和小说则更致力于人类心灵的剖析，并充分印证了他广为人知的一句名言："世界上最浩瀚的是海洋，比海洋更浩瀚的是天空，比天空还要浩瀚的是人的心灵。"这一切，都为我们诠释着什么是文学经典的定义。

阿根廷作家博尔赫斯则这样界定什么是"经典":

> 经典是一个民族或几个民族长期以来决定阅读的书籍,是世世代代的人出于不同的理由,以先期的热情和神秘的忠诚阅读的书。

这是从读者阅读的角度提供对经典的界定。博尔赫斯启迪我们,所谓经典不是浩繁的图书馆中那些蒙着厚厚的灰尘让人望而生畏的大部头,而是那些与我们读者的种种需求息息相关的鲜活的文学话语。每当我们在现实生活中遭遇困扰和危机从而需要去祖先那里寻求帮助和解答的时候,经典就会焕发出应有的活力。"世世代代的人"之所以对经典具有一种"先期的热情和神秘的忠诚",正是因为它是后来者与人类那些伟大的先行者进行对话的途径。

就我对西方文学经典的阅读而言,塞万提斯的《堂·吉诃德》、马克·吐温的《哈克贝利·芬历险记》、雨果的《悲惨世界》、梭罗的《瓦尔登湖》、卢梭《一个孤独漫步者的遐想》……都为我们与文学大师笔下的不朽思想和经典人物进行心灵对话提供了范例。

首先向我们走来的人物是堂·吉诃德。这个看上去疯疯癫癫竟与风车进行搏斗的小丑般的形象，即使在问世多年之后的俄罗斯作家屠格涅夫（1818—1883）所处的历史时代，也曾经"是与荒唐、愚蠢这几个字意义相等的"（屠格涅夫《哈姆雷特与堂·吉诃德》）。倘若我们对课文中堂·吉诃德那句"不过我希望您能觉察出，我并不像一眼看上去那么疯癫愚鲁"的道白没有像堂·吉诃德所期望的那样予以觉察，恐怕会同样把这一不朽人物等同于荒唐、愚蠢的代名词，从而忽略堂·吉诃德身上所具有的丰富的典型意义。但是，文学经典之所以是经典，也因为它们造就了无数经典的阐释者。多少年来，文学史家一直津津乐道着下面这个不乏神奇色彩的史实，这就是屠格涅夫在《哈姆雷特与堂·吉诃德》（1860）一文中曾经指出过的，世界文学史上堪称最伟大的两部经典著作：莎士比亚的不朽悲剧《哈姆雷特》的第一版与塞万提斯的传世小说《堂·吉诃德》的上集"是同一年出现的，同是在十七世纪初叶"[①]。这个偶然的时间巧合在屠格涅夫那里被赋予了特殊的文学意义：

> 我感到《堂·吉诃德》与《哈姆雷特》的同时出

---

① 屠格涅夫著《哈姆雷特与堂·吉诃德》，尹锡康译，载《莎士比亚评论汇编》，中国社会科学出版社，1997。

现是值得注意的。我觉得,这两个典型体现着人类天性中的两个根本对立的特性,就是人类天性赖以旋转的轴的两极。我觉得,所有的人或多或少地属于这两个典型中的一个,我们几乎每一个人或者接近堂·吉诃德,或者接近哈姆雷特。

屠格涅夫的观点既揭示了哈姆雷特与堂·吉诃德这两个文学典型对人类理解自己的天性的意义,同时也启发我们去进一步理解什么是文学经典所应该具有的魅力和品质。一个反映着人性的基本层面的文学经典形象,其重要特征是多重阐释性,这取决于人物本身的丰富性。堂·吉诃德这一形象之所以经得起后代评论家的一再阐释,正是人物本身内涵的丰富性所决定的。在无数评论者汗牛充栋的评论中,至今最好的阐释也许仍旧是屠格涅夫在1860年所作出的:

> 堂·吉诃德本身表现了什么呢?首先是表现了信仰,对某种永恒的不可动摇的事物的信仰,对真理的信仰,简言之,对超出个别人物之外的真理的信仰,这真理不能轻易获得,它要求虔诚的皈依和牺牲,但经由永恒的皈依和牺牲的力量是能够获得的。……他

的坚强的道德观念（请注意，这位疯狂的游侠骑士是世界上最道德的人）使他的种种见解和言论以及他整个人具有特殊的力量和威严，尽管他无休止地陷于滑稽可笑的、屈辱的境况之中……堂·吉诃德是一位热情者，一位效忠思想的人，因而他闪耀着思想的光辉。

与堂·吉诃德相对，屠格涅夫用"自我分析和利己主义"概括哈姆雷特，称他为一个"怀疑主义者"。在某种意义上，这种热情的信仰和理性的怀疑构成的正是人性彼此参照和不断对话的两极。而《哈姆雷特》和《堂·吉诃德》这两部经典的漫长的阐释过程，其实正是两个文学典型之间从未间断的对话过程，同时也是人类不断与先驱的思想者进行对话的过程。我们今天面对文学经典，重要的不是对经典的顶礼膜拜，而恰恰是以平等的心态与人类思想的先行者及其阐释者进行对话。尽管这种对话过程注定是更艰难的，但是经典的意义也恰恰正在这里，它不会许诺给你轻松愉悦的阅读快感，但肯定会带给你艰辛的思索和思想的领悟。比如，当你读到屠格涅夫所谓"我们几乎每一个人或者接近堂·吉诃德，或者接近哈姆雷特""这两个典型体现着人类天性中的两个根本对立的特征"时，与先行者进行对话的初衷势必要求你做出自己的判断，正如有研究者指出的那样："你同意作者的观点吗？你的气质更接近谁？""这两种天性，各有什么价值，同时又可能预伏着怎样的问题，甚至危险？"[1]

而捷克小说家昆德拉则从"冒险"这一人类主题的角度去理解《堂·吉诃德》。在《小说的艺术》中，昆德拉曾把"冒险"称为"小说第一大主题"。可以说，每一代人都在重写一个冒险的故事，冒险的故事因此既是生命个体的故事，同时在总体上又构成了人类的故事。美国小说家马克·吐温的《哈克贝利·芬历险记》正可归入这一"冒险"的主题类型中。海明威曾经称"一切现代美国文学来自马克·吐温的一本书，叫作《哈克贝利·芬历险记》，这是我们最好的一本书，一切美国文学创作都从这本书来。在这以前没有什么东西，打它以后的东西没有这么好"。这部缔造了"一切现代美国文学"的名著，讲述的是美国内战以前白人少年哈克贝利·芬与黑奴吉姆沿密西西比河顺流而下逃亡历险的故事。这也堪称是一个马克·吐温向文学前辈塞万提斯致敬的故事，因为文学中关于"冒险"这一主题和故事原型的最著名的创造，正是塞万提斯笔下不朽的堂·吉诃德形象。

---

[1] 参见王尚文、吴福辉、王晓明主编《新语文读本》高中卷2，广西教育出版社，2001，第80页。

告别了堂·吉诃德,我们又遭遇了雨果笔下《悲惨世界》中的冉阿让。"改变一生的事件"是大多数雨果的读者对《悲惨世界》这部小说印象最深刻的一段。这一直抵灵魂的篇章,揭示了主人公冉阿让一生中最惊心动魄也最为关键的时刻,从而为我们继续与人物进行心灵对话提供了可能性。

如果你不太熟悉19世纪的西方批判现实主义小说,你会觉得《改变一生的事件》中对冉阿让心理的连篇累牍的分析或许是难以忍受的。但恰恰是这种长篇大论,构成了19世纪的小说特色,也提供着我们进入人物内心与人物进行思想交流和灵魂对话的路径。这种对心灵以及心理进行细致入微的刻画与剖析的小说风格,我们在巴尔扎克的《驴皮记》、托尔斯泰的《伊凡·伊里奇的死》以及欧·亨利的《警察与赞美诗》的结尾也同样可以看到,它更是以"拷问灵魂"著称的俄国小说家陀思妥耶夫斯基的最突出的特色。这些小说告诉我们:对人类灵魂的考掘与省察是19世纪文学的一个重要领地,由此文学也才称得上是人类心灵的教科书。我们选择的雨果的这段《悲惨世界》正是直抵灵魂的典型小说段落。正如我们在本文开头所指出的那样,19世纪的西方文学是产生了一个个思想家的时代,作家也习惯于在小说中对人物的思想进行连篇累牍的辨析。当然,如果你对这种心理分析和思想剖白的风格产生了自己的不同的见解,这也正是我们主张与经典进行对话的题中应有之义:比如《改变一生的事件》中的这些思想到底发生在人物冉阿让的心灵深处,还是作家赋予笔下人物的?这些思想剖析和心灵分析是不是必须的?在崇尚简捷和效率的今天,如何评价雨果(当然也包括巴尔扎克、托尔斯泰、屠格涅夫)的这种冗长的小说美学?这些疑问也同样困扰过当年的评论家,他们责备作者在小说中离开情节的插话太多:"大量的哲学议论拖延了故事情节的发展。"但是正如法国作家莫洛亚所指出的那样:"长篇巨著没有这些冗长的描写只怕难得丰满。延宕、暗示、停顿、时间,有时这些都是必要的。"①19世纪的小说独特的魅力恐怕正在这里,它以一种"延宕与暗示"的停顿空间为我们与经典对话提供了必要的时间,并要求着我们同样必要的耐心。

这种与经典对话的耐心,尤其是阅读梭罗的《瓦尔登湖》所必须的。正像该书第五章的标题所显示的那样:"寂寞"构成了作者在瓦尔登湖畔独居体验的主导心境,而我们读者只有抱持一种同样寂寞的心绪,才能真正接近梭罗的内心的角隅。缔造这种寂寞的心绪,是作家所选择的一

---

① 莫洛亚著《伟大的叛逆者——雨果》,陈伉译,世界知识出版社,1986。

种"单独"的生存状态。就像哲学家伽达默尔所说的那样,"单独"是人类个体生存的基本方式之一。

> 所谓的寻求单独,真正寻求的并不是单独,而是想长时间地思考某些问题而不受其他人的干扰。……单独对于人的灵魂有一种魅力,它几乎能唤醒一种醉意,这种醉意使人避开一切可能干扰这种亲近状况的事物。对单独的寻求其含义总是想固执于某种东西。[1]

因此,我们也就能理解梭罗在《寂寞》中的话:"我爱孤独。我没有碰到比寂寞更好的同伴了。到国外去厕身于人群之中,大概比独处室内,格外寂寞。一个在思想着工作着的人总是单独的。"

从《寂寞》中,我们还可以认识到:梭罗之所以并不真正感到寂寞,还因为他一直处在对话的状态之中,与大自然对话,与自己的内心对话。而惟其"单独",才更能捕捉到喧嚣尘世中无法聆听的天籁,更容易抵达自己心灵的深处。梭罗所选择的离群索居的生存方式也许是全球化时代的今天,人们难以企及的,同时也可能是不值得提倡

---

[1] 伽达默尔著《赞美理论——伽达默尔选集》,夏镇平译,上海三联书店,1988,第124页。

的，但是那种在寂寞中求索自己内心的状况，与真实的自我亲近，与自己的本心对话的生存体验，却是值得我们萦怀的。

如果试图寻找梭罗的先行者，或许就是伟大的法国思想家卢梭。卢梭最后留给我们的经典是著名的《一个孤独漫步者的遐想》。与梭罗的《瓦尔登湖》一样，《一个孤独漫步者的遐想》也提供了一个孤独的隐居者在与大自然晤谈的过程中同时与心灵对话的忠实记录。这些对话，不仅慰藉了此后一代代的孤独者，同时启迪的是我们每个人都应该具有的交流的能力——与大自然，与我们的同类以及与我们每个人自己。而我们与文学经典的对话，最终学到的，正是这样一种人类正在逐渐丧失的能力。

真实与虚构

刚刚过去的 20 世纪堪称是人类有史以来最复杂的一个世纪。与此相适应的,是 20 世纪的小说也走上了一条艰涩而复杂的道路。阅读这些小说也同样成为困难的事情。但这也许恰恰说明 20 世纪人类的生存和境遇本身更困难,更复杂,更难以索解和把握。小说的复杂是与世界的复杂相一致的。也正是日渐复杂的现代小说才真正传达了 20 世纪的困境,传达了这个世纪人类经验的内在与外在图景。这也正是为什么从形式到内容都趋于复杂的现代主义文学在 20 世纪占据了主潮地位的重要原因。

20 世纪现代主义小说的复杂化还根源于小说家世界观的变化。与 19 世纪的现实主义小说对比可以发现 20 世纪小说观的根本性改变。文学史家一般把 19 世纪现实主义小说观称为反映论,这种反映论认为小说可以如实地反映生活真实。读者在小说中最终看到的正是现实世界本身的所谓波澜壮阔的图景。马克思就称赞巴尔扎克的百部人间喜剧是资本主义社会的百科全书,所依据的正是反映论。反映论有一种自明的哲学依据,认为生活背后有一种本质和规律,而伟大的小说恰恰反映和揭示了这种本质和规律。学校里的文学教育也通常遵循这种观念模式。老师总要为每篇课文概括中心思想,基本定式总是这篇课文通过什么什么,反映了什么什么,揭示了什么什么。而20世纪现代主义小说观则不同,小说家大都认为生活是无序的,没有本质,没有什么中心思想,甚至是荒诞的。现代主义小说观甚至把小说看成一种虚构,是小说家人为的想象和叙述的产物。可以说,20世纪那些最优秀的现代主义小说家凭借卓越的想象力营造的正是一个个虚构的文学世界。

弗兰茨·卡夫卡堪称是现代主义小说的奠基者。英国大诗人奥登在1941年曾说:"就作家与其所处时代的关系而论,当代能与但丁、莎士比亚和歌德相提并论的第一人是卡夫卡……卡夫卡对我们至关重要,因为他的困境就是现代人的困境。"卡夫卡是最早感受到时代的复杂和痛苦,并揭示了人类异化的处境和现实的作家,也是最早传达出20世纪人类精神的作家。在这个意义上说,他是20世纪文学的先知、时代的先知与人类的先知。所以从文学的角度理解20世纪，卡夫卡是第一个无法绕过去的作家。

卡夫卡也是一个虚构大师，他的代表作《变形记》一开头写的就是主人公格里高尔·萨姆沙一天早晨醒来后发现自己躺在床上变成了一只大甲虫。这一描写具有一种预言性，标志着现代主义小说从此与虚构和幻想结下了不解之缘。卡夫卡的文学世界中就充满了这种再造现实的虚构性的幻象，《饥饿艺术家》也正是这样一部小说：卡夫卡把对饥饿的忍受当成一门艺术来描写，表演饥饿的艺术家竟可以连续40天不需也不肯进食，这自然不是对现实生活的如实描摹，而是典型的艺术虚构。但问题是，卡夫卡为什么要虚构这样一个现实生活中不可能出现的人物和情境？显然在卡夫卡这里虚构不是小说的创作目的，作者不是为了故弄玄虚才去创造这样一个违背常识的饥饿艺术家形象。卡夫卡自己曾经对"虚构"有过这样一个定义："虚构是浓缩，转变为本质。"因此，"虚构"看似与"真实"无缘，其实它往往表现的是更高的真实，一种堪称是本质的真实。

那么，我们要继续追问的是：在这样一部小说中，卡夫卡究竟想要表达的是什么样的题旨呢？困难于是就来了。对我们读者甚至是文学评论家都构成挑战的，正是小说中作者真实创作意图的无从把握。在某种意义上说，试图对《饥饿艺术家》这类现代主义小说的主题给出一个确切的概括几乎是不可能的。近一个世纪以来，卡夫卡的评论者对《饥饿艺术家》有过许多种解释，有评论家认为：小说表现的是一个艺术家对艺术生命和信仰的执着，饥饿构成的是饥饿艺术家的荣誉，甚至是他的生存目的和信仰，他是一个为饥饿而生存的人，所以当表演结束，没有人再关心他的时候，艺术家却仍在独立坚持，直到最后饿死。也有评论家认为：

> 我们不能把卡夫卡的意思局限于一个思想范围内。绝食艺人在笼中的困境代表了艺术家在现代世界中的困境：与生活在其中的社会格格不入。从这个角度来阅读，《饥饿艺术家》是一个社会寓言。但是我们也可以把绝食艺人看作一个神秘主义的代表者，一个圣人，或者一个神父。从这个角度来读的话，故事便以历史的观点讽喻了宗教的困境。第三种可能的解释把我们带进一个形而上学的寓言：绝食艺人代表精神，作为精神存在的人；豹相应地代表物质，人的动物性。要是把这个故事用形而上学的术语来表示，就

是精神和物质的分离……①

在以上解释中，饥饿艺术家大体上是一个与世俗、庸众以及商品化时代进行对抗的正面形象。但是，也有评论家发现了饥饿艺术家的"展览是骗局这样一个关键事实"，"因为饥饿艺术家在弥留之际公开告知世界，说他是不值得受到赞赏的。他只是自然的玩物，一个畸形人，找不到能使他满意的食物，因此除了忍饥挨饿，别无他法。如果他找到合胃口的食物，他也会像别人一样地吃东西，过一种绝对平凡的生活"。因此，"艺术和欺骗在他这儿是不可分的，因为他只是由于搞了骗局才成为艺术家的"（瓦尔特·H·索克尔《弗兰茨·卡夫卡》）。这一见解看似牵强，但是我们却在卡夫卡本人的一句话中找到了佐证："有些苦行僧是贪得无厌者，他们在生活的所有领域都绝食，想以此达到以下目的……"在这种解释中，饥饿艺术家确乎又成为作者投射了批判意图的对象。

上述解释不乏晦涩，普通读者不必深究。同时诸种解释之间的矛盾性和复杂性本身就说明，想给类似《饥饿艺术家》这样的现代主义小说一种"标答"是不可能的。但

---

① 斯托尔曼著《饥饿艺术家》，钱满素译，载叶庭芳编《论卡夫卡》，中国社会科学出版社，1988，第162-163页。

另一方面，很难说上述哪一种解释是错误的，它们都具有从小说文本分析出发的合理性。换句话说，正是卡夫卡所拟设的虚构情境为评论家以及我们读者理解小说中可以多重释义的可能性现实提供了保证。

《饥饿艺术家》表现出卡夫卡虚拟一个可能性世界的高超本领。所谓可能性的世界，即在生活中并非真实存在，但是又有逻辑上的存在可能性的情境。譬如《变形记》就状写了人的某种可能性。格里高尔变成大甲虫就是卡夫卡对人的可能性的一种悬想。在现实中人当然是不会变成甲虫的，但是，变成甲虫却是人的存在的某种终极可能性的象征。同样，《饥饿艺术家》中的饥饿表演也塑造了一种悬想性的情境，是未必发生却可能发生的。所以试图进入卡夫卡的小说世界，是无法诉诸于现实主义传统中的真实性命题的。他的小说展示的是一种"存在"的可能性，正如昆德拉在《小说的艺术》中对卡夫卡所评价的那样：

> 小说不研究现实，而是研究存在。存在并不是已经发生的，存在是人的可能的场所，是一切人可以成为的，一切人所能够的。小说家发现人们这种或那种可能，画出"存在的图"。……卡夫卡的世界与任何人的所经历的世界都不像，它是人的世界的一个极端

的未实现的可能。

昆德拉正是从"可能性"的角度来理解卡夫卡的。卡夫卡小说中虚构的世界传达的是20世纪人类想象在可能性限度上的极致。而其背后，则是对20世纪人类的某种生存现实的复杂性的传达，想在小说中捕捉单一的主题已经是不可能完成的任务，因为虚拟的小说情境本身就拒斥单一主题的得出。

单一的主题之所以并不存在，还因为卡夫卡把生活理解为一种荒诞的梦魇。而人类的梦境本身恰恰是缺乏完整清晰的逻辑的。因此德国大作家托马斯·曼才会这样评价卡夫卡："他是一个梦幻者，他起草完成的作品都带着梦的性质，它们模仿梦——生活奇妙的影子戏——的不合逻辑、惴惴不安的愚蠢，叫人好笑。"卡夫卡小说的虚构的艺术想象力正表现为一种处理梦一般的拟想世界的能力，并往往借助于荒诞、变形、陌生化、抽象化等艺术手段来实现。譬如其中"变形"的手段就是通过打破生活的固有形态，以对现实生活中的事物加以夸张与扭曲的方式来凸显生活以及人的存在本质的一种艺术手法，在卡夫卡那里，是"变形"化地对现代人的意识和存在的深层本质的超前反映。就像卡夫卡曾经表述过的那样：一次，卡夫卡和一个朋友参观一个画展，当朋友说到毕加索是一个故意的扭曲者的时候，卡夫卡说："我不这么认为。他只不过是将尚未进入我们意识中的畸形记录下来。艺术是一面镜子，它有时像一个走得快的钟，走在前面。"对于卡夫卡和他的时代的关系而言，他正是这样一个走在前面的，既反映时代，又超越时代的文学的先知。

阿根廷小说家博尔赫斯则是另一个先知型的虚构大师，评论界常常用"幻想小说"概括博尔赫斯的创作。同时博尔赫斯也是个具有玄学气质的小说家，他的幻想更像一些玄想，有些接近于中国的庄子，有非常鲜明的哲理意味。这就与他毕生的经历和渊博的知识有关。他终生都在布宜诺斯艾利斯的图书馆工作，曾担任阿根廷的国立图书馆馆长。所以美国学者史景迁就称博尔赫斯是一部活的大百科全书或一座活的图书馆。博尔赫斯是一位大百科全书式的作家，他的小说中也一次次地出现大百科全书的意象，这个大百科全书往往代表着世界的一个总体图式，象征着对宇宙的整合。美国学者杰姆逊指出现代主义小说家"是想写出宇宙之书，即包含一切的一本书"，博尔赫斯笔下的大百科全书正是这种"宇宙之书"的象征。《沙之书》就反映了博尔赫斯的这种追求。那是既占据一本书一般大小的有限空间，又能够无限繁衍像恒河中的细沙一般无法计数的魔书，以其有限性的存在预示的却是无限。而以有限包孕无限正是博尔赫斯小说观念的重要组成部分。他的另一篇公认的代表作《阿莱夫》中所写的"阿莱夫"则堪称是博尔赫斯小说中最奇幻的事物，它是直径仅仅只有两三厘米的一个小小的明亮的圆球，"然而宇宙的空间却在其中，一点没有缩小它的体积"，它是汇合了世上所有地方的地方。小说的叙事者"我"从圆球中可以看到地球上、宇宙间任何想看到的东西。

> 我看到了稠密的海洋；看到了黎明和黄昏；看到了亚美利加洲的人群；看到了黑色金字塔中心的一个银丝蜘蛛网；看到了一个损毁的迷宫（那就是伦敦）；看到了就近不计其数的眼睛在细察着我，仿佛镜子里那样……看到了葡萄串、雪花、烟草、金属的矿脉、水的蒸汽；看到了赤道的中央鼓起的沙漠，以及沙漠里的每一粒沙子……它就是：不可思议的宇宙。

这显然与"沙之书"一样是一个虚构的幻想之物，然而，只有借助这种不存在的"阿莱夫"与"沙之书"，才能传达博尔赫斯整合宇宙的宏大设想。

但有意思的是，博尔赫斯又不是单纯的幻想家。在某种意义上说，纯粹幻想性的小说是更容易写的，它的惟一的难度在于怎样使幻想更离奇，就像我们经常在好莱坞的科幻大片里看到的那样。而博尔赫斯还追求怎样处理好幻想和真实的边际关系。他不想放弃真实感这个维度，在更多的情况下，博尔赫斯其实是有着写实主义的热情的。写实往往比幻想更难，就像中国古代画论中所说"画鬼容易画人难"一样。而博尔赫斯的幻想之物也常常是镶嵌在他所营造的"真实"语境之中。在这种时刻，博尔赫斯每每表现出高超的本领。譬如"阿莱夫"当然是一个读者一旦读完了小说就随之消失的幻想之物，但博尔赫斯却企图制造出一种阿莱夫真实存在过的幻觉。他是怎样处理的呢？

"当我把阿莱夫作为一种幻想的东西考虑的时候，我就把它安置在一个我能够想象的最微不足道的环境中：那是一个小小的地下室，位于布宜诺斯艾利斯一个曾经很时髦的街区一幢难以描述的住宅里。在《一千零一夜》的世界中，丢掉神灯或戒指之类的东西，谁也不会去注意；在我们这个多疑的世界上，我们却必须放好任何一件使人惊叹的东西，或者把它弃而不顾。所以在《阿莱夫》的末尾，必须把房子毁掉，连同那个发光的圆面。"[1]

---

[1] 博尔赫斯:《作家们的作家》，倪华迪译，云南人民出版社，1995，第190页。

博尔赫斯对"最微不足道的环境"的设计以及最终把房子毁掉，都在刻意营造一个真实的情境。而在《沙之书》中，作者同样强调这种真实性，小说甚至一开始就说："我的这一个故事，就是真实的。"所以那本无限的沙之书最后被"我"放在有90万册藏书的国立图书馆最幽深的一个角落里，仿佛在将来的某一天，它又会被某个图书管理员再度翻出来。

真实感其实也是卡夫卡的追求。《变形记》中人变甲虫无疑是具有荒诞色彩的构思，但是卡夫卡通过精细的描写却使这一荒诞的情节显得真实可信。这取决于卡夫卡的细部的写实原则和艺术手法。《变形记》表现了卡夫卡小说的一种具有代表性的特征，即总体的荒诞性和细节的真实性。卡夫卡的本领正在于他的小说图象在总体上呈现的是一个超现实的世界，一个虚构的梦幻的世界，一个在现实中并不存在的荒诞的世界；然而，他的细节描写又是极其现实主义的，有着非常精细入微的描写，小说场景的处埋也极其生活化。作为虚构产物的《饥饿艺术家》也同样表现出细节描写的逼真性，仿佛卡夫卡写的就是他在生活中亲眼所见的一个真实发生过的事情。而另一方面，这种细节描写与传统现实主义又具有本质上的区别。在以巴尔扎克为代表的传统现实主义小说中，细节的存在是为了更形象逼真地再现社会生活,烘托人物形象,凸显典型环境;而在卡夫卡的一系列虚构小说中,真实细腻的细节最终是为了反衬人类整体生存处境的荒诞和神秘。

而真正把真实和虚构驾轻就熟、天衣无缝地结合在一起,却给人以"像真的一样"的阅读感受的,则是拉美"魔幻现实主义"的另一个代表作家马尔克斯。

美国一学者指出:"加西亚·马尔克斯一个手法就是把现实与幻想纯熟地融合起来,由于使用这种手法,他的小说给人的印象是:这是一个纯粹虚构的世界。在这个世界里,任何事都是可能的,每件事都是真实的。"这段论述揭示的是《百年孤独》中幻想和现实、虚构与写实融为一体难以分割的特征。正像瑞典文学院在诺贝尔奖颁奖词中所评价的那样:马尔克斯"创造了一个独特的天地,那个由他虚构出来的小镇。从五十年代末,他的小说就把我们引进了这个奇特的地方,那里汇聚了不可思议的奇迹和最纯粹的现实生活。作者的想象力在驰骋翱翔:荒诞不经的传说、具体的村镇生活、比拟与影射、细腻的景物描写,都像新闻报道一样准确地再现出来。"这种真实与虚构浑然天成的魅力,恐怕最终得益于把现实与魔幻熔铸在一起的拉丁美洲大陆独特的思维方式吧。

文学与乡土

乡土和都市的对峙构成了中国社会的重要图景。20世纪中国的历史进程在很大程度上呈现为乡土与都市这两极的互动与冲突。而在这两极中，更具有主导性的堪称是乡土世界。社会学家费孝通在创作于40年代的《乡土中国》一书中即揭示了中国社会的这种乡土性特征。

在《乡土中国》第一节的《乡土本色》中，费孝通开宗明义地说："从基层上看去，中国社会是乡土性的。"这不仅仅指中国是一个具有广袤的乡土面积的国度，也不仅仅指中国的农业人口占据国民总人口的绝大多数，同时也意指乡土生活形态的广延性和覆盖性。就是说，乡土性对中国的社会生活以及中国人的生存方式的影响是基本的乃至全局性的，乡土形态不仅仅局限于农村地区，甚至也波及和覆盖了都市。中国的许多内陆城市也堪称是乡土文化的延伸,譬如,当20世纪30年代的上海已经成为所谓的"东方的巴黎",成为"冒险家的乐园"的同时,北京仍被看作传统农业文明的故乡,被研究者们称为"一座扩大了的乡土的城"。作家师陀在40年代曾做过一个有趣的分类:"中国的一切城市,不管因它本身所处的地位关系,方在繁盛或业已衰落,你总能将它们归入两类:一种是它居民的老家;另外一种——一个大旅馆。"(《〈马兰〉小引》)在师陀眼里,上海就是这样一个大旅馆,是漂泊动荡人生如寄的象征;而北京(北平)则是"居民的老家",是心灵的故乡,是温馨的乡土。尤其在土生土长的作家老舍的眼里,北京是魂牵梦绕的永远的乡土,是"家"与"母亲"的象征。30年代的老舍,在游历了欧洲几大"历史的都城"之后,写了一篇有名的散文《想北平》:

> 就伦敦、巴黎、罗马来说,巴黎更近似北平,不过,假使让我"家住巴黎",我一定会和没有家一样的感到寂苦。巴黎,据我看,还太热闹。自然,那里也有空旷静寂的地方,可是又未免太旷,不像北平那样既复杂而又有个边际,使我能摸着——那长着红酸枣的老城墙!面向着积水潭,背后是城墙,坐在石上看水中的小蝌蚪或苇叶上的嫩蜻蜓,我可以快乐的坐

一天，心中完全安适，无所求也无可怕，像小儿安睡在摇篮里。

老舍道出的正是北京的乡土特征：一是静寂安闲，有"小儿睡在摇篮里"般家的感受，不像上海这类大都市有高速的节奏，而可以一整天坐在石上背靠城墙看风景，生活相对轻松。二是接近自然、田园与农村，有"采菊东篱下"的隐居情境，其中包含着田园牧歌般的文化价值底蕴。这些都昭示了在20世纪工业文明日渐进逼的过程中，北京的乡土背景依然可以构成文人们的心灵支撑与价值依托的基础。它是"最高贵的乡土城"，是乡土中国的一个缩影。

以沈从文、废名、师陀、汪曾祺所代表的京派文学就是诞生在北京这样一个"最高贵的乡土城"中。这些现代中国文学的大师们生活在北京，魂牵于乡土，他们在文学中塑造的京派文化在某种意义上说正是乡土文化的经典性象征。沈从文的湘西世界（《边城》），师陀的果园城（《果园城记·邮差先生》），废名的黄梅故乡（《桃园》），汪曾祺的故土高邮（《戴车匠》）都是20世纪乡土文化的典型缩影。从《边城》到《戴车匠》，既代表着20世纪中国文学的最优秀的那一部分，同时也在文学中忠实地映现着中国文化的乡土性。

理解了中国文化的这种乡土性，理解了费孝通先生所谓的"从基层上看去，中国社会是乡土性的"这句著名而经典的论断，你也就多少理解了为什么在20世纪的历史进程中，中国文学创作会与乡土世界结下不解之缘。

在20世纪中国文学中，关于乡土题材的创作大体上呈现出两条情感和观念的路向。

其一是对乡土的细致入微的刻画，刻骨铭心的怀恋，以及对乡土的田园牧歌的传统生存形态的描述和向往。

《呼兰河传》就是一部追忆童年故乡生活的回忆体小说。这部小说是萧红在40年代香港沦陷时期抱病写就的。在萧红的缅想中，呼兰城是一个记忆之城。它是困厄之际的作者的生命归依之地。尤其是只属于作者和她的祖父的"后花园"，更是生命中一块原生的本真的乐土。因此，《呼兰河传》倾情讲述的是个体生命与出发地之间血缘般的维系，以及作者挥别故土的失落感受，我们从萧红生命深处发出的低回隽永的吟唱中，捕捉到的是一阕挽歌的旋律。

小说令半个世纪之后的读者感叹不已的是作者萧红对乡土生活细节如此逼真的摹写，是对童年生活原初场景的细致入微的勾勒。很少有作家能像萧红这样把童年生活细节还原到如此细微的地步，其创作心理根源自然要追溯到作者对乡土的刻骨铭心的怀恋。这一点也同样适用于汪曾祺的《戴车匠》和周立波的《山那边人家》，我们从中读到的是对行将消逝的乡土手工艺以及婚嫁习俗的不厌其烦的复写，你会感到，中国乡土生活的原生态原来如此完好和细腻地封存在作家的生命记忆以及文本世界之中。

萧红和汪曾祺回忆中的故乡都是小城世界。小城在"乡土中国"的总体生存格局中有一种独特的地位，甚至可以说是传统中国的象征。因此，师陀自称在《果园城记》里"有意把这小城写成中国一切小城的代表，它在我心目中有生命，有性格，有思想，有见解，有感情，有寿命，像一个活的人"。"果园城"也因此成为中国现代文学中一个著名的小城。它和萧红的呼兰城、沈从文的边城一起，讲述着传统中国的乡土性逐渐失落的故事。

自称"乡下人"的沈从文在《边城》中精心构建了一个湘西世界的神话，讲述的是一个传统意义上的牧歌式的乐园故事。沈从文的文学成就也正集中表现在他的乡土地域叙事。在21世纪的全球化浪潮中，当我们回眸寻找20世纪有中国本土特色的文明方式时，肯定一下子就找到了沈从文。他笔下的湘西是最有本土气息和地域经验的文学世界。创作伊始，沈从文就意识到只有向内地的文明人展览自己的故乡，才有出路，所以他疯狂利用湘西的生活资源，利用家乡的那条沅水。沅水带给了沈从文经验、灵感和智慧，也给沈从文的创作带来乡土和地域色彩。也正是通过这条河水，沈从文把自己的创作与屈原代表的楚文化联系在一起。两千年前，屈原曾在这条河边写下神奇瑰丽的《九歌》，沅水流域也是楚文化保留得最多的一个地区。沈从文的创作，正是生动复现了楚地的民俗、民风，写出了具有鲜明地域特色的乡土风貌。于是，在他的笔下出现了剽悍的水手、靠做水手生意谋生的吊脚楼的妓女、携带农家女私奔的兵士、开小客店的老板娘、终生漂泊的行脚人……这些底层人民的生活图景，为我们展示了一个色彩斑斓的湘西世界。湘西作为苗族和土家族世代聚居的地区，是一块尚未被外来文化彻底同化的土地，衡量这片土地上的生民的生存方式，也自有另一套价值规范和准则。沈从文的独特处正在于力图以湘西本真和原初的眼光去呈现那个世界，在外人眼里，不免是新鲜而陌生的，而在沈从文的笔下，却保留了它的自在性和自足性。他以带有几分固执的"乡下人"姿态创造了神奇的乡土地域景观，正如美国汉学家金介甫所说："不管将来发展成什么局面，湘西旧社会的面貌与声音，恐惧和希望，总算在沈从文的乡土文学作品中保存了下来，别的地区却很少有这种福气。"因此，他笔下的湘西世界构成了乡土地域文化的一个范本，"帮助我们懂得，地区特征是中国历史中的一股社会力量"。

当20世纪中国文学不可避免地走向世界文学的一体化进程的时候，沈从文为我们保留了本土文化的最后的背影。

沈从文的湘西世界之所以成为"最后的背影"，还表现在：表面上疑似世外桃源的湘西，在现代历史的时间洪流中，却最终蜕变为一个"失乐园"。小说中多次出现的"白塔"意象值得留意，它可以说是边城世界的一个标识："碧溪岨的白塔，人人都认为和茶峒的风水大有关系。"但从沈从文的创作意图上分析，这座白塔显然不仅仅局限于风土与民俗的价值，它关涉的是小说的总体性主导动机。在《边城》的结尾，白塔在祖父死去的那个暴风雨的晚上轰然坍圮，它象征了一个关于湘西的世外桃源的神话的必然性终结，正像翠翠的祖父躲不过生老病死的自然选择一样。从白塔的轰然倒塌中，我们分明能够体验到一种挽歌的情调。

挽歌情怀可以说贯穿于20世纪乡土文学的始终。之所以产生这种情怀，是因为19世纪后期以还，中国的乡土世界面临的是一个更强有力的力量，这种力量即是"现代性"。在西方现代性的强大冲击之下，本土的固有传统、乡土的价值体系以及古旧的文化美感正无可挽回地在一点点丧失。由此，中国作家也表现了面对现代性的冲击，乡土世界主动以及被动的历史转型，以及由此带来的田园牧歌的自足性的打破。茅盾的《春蚕》即展示了外来的资本主义大机器生产带给本土丝织业的冲击。半个世纪之后,在铁凝的《哦,香雪》中,那穿越偏僻的山村的两条铁轨,也正是现代性的具体象征。一方面,火车唤醒了香雪们对山外面的大千世界的憧憬和渴望,今天遍布都市大街小巷的亿万农民工正是走出了乡土的香雪;而另一方面,香雪们的以往的那种终老故土恒久不变的生存方式也必然被走出大山之后城市生活的喧嚣动荡以及不可预知性所替代。

与上述对乡土的温馨的怀念不同,20世纪关于乡土题材创作的另一个情感和观念路向则是肇始于五四新文化运动的对乡土落后和愚昧的一面的批判。

五四新文学最初创生的文学类型之一即是在鲁迅影响下诞生的乡土文学。所谓"乡土文学"指五四时期从广大乡村流浪到北京的青年作家以乡土为主要题材的创作潮流。鲁迅在《〈中国新文学大系〉小说二集·序》中说:"凡在北京用笔写出他的胸臆来的人们,无论他自称为用主观或客观,其实往往是乡土文学。"乡土小说的主体作家,是五四运动直接熏陶出来的鲁迅一代之后的第二代新文学作家,他们大部分出生于19、20世纪之交,生活在边远地区,有乡土童年的生活背景。他们受五四的感召离开故土进入都市,一方面接受了现代文明的影响,另一方面也与乡土保持着观照距离，再回过头来以现代意识反观乡土，就有了终老乡土不曾有的感受和发现。乡土小说家由此发现了故乡的原始习俗的落后愚昧以及反人性的野蛮残酷。对这种愚昧和落后的批判构成了乡土小说的重要主题，使乡土文学最终纳入了以鲁迅为代表的五四"改造国民性"的文学总主题之中。

这种批评意识我们也可以在费孝通的《乡土中国》中略见一斑。《乡土本色》既描述了中国农人"安土重迁"的千载延续的生活习性，也指出"从乡土社会进入现代社会的过程中，我们在乡土社会中所养成的生活方式处处产生了流弊"。这种批判的视角有助于我们对中国社会的乡土性保持正反两方面的审视眼光。

而纵观20世纪的中国历史，堪称最具有悲剧性的一页的，则是乡土田园牧歌世界的日渐流失。

对于温馨而宁静的田园世界的这种损毁，沈从文在30年代即有过无奈的叹惋."时代的演变，国内混战的继续，维持在旧有生产关系下而存在的使人憧憬的世界，皆在为新的日子所消灭。农村所保持的和平静穆，在天灾人祸贫穷变乱中，慢慢的也全毁去了。"这与20年代的鲁迅在小说《故乡》中更早传递的信息遥相呼应："苍黄的天底下，远近横着几个萧索的荒村，没有一些活气。我的心禁不住悲凉起来了。"这种萧索荒凉的气息即使在21世纪的今天依旧笼罩在中国的土地上,甚至有愈演愈烈的迹象。早逝的少女作家飞花创作的《卖米》,即揭示了21世纪当下乡土生活的贫穷和困窘,当大批的农民舍弃土地和故乡到远方的都市去寻找乐土的时候,中国相当一部分农村正面临一种新的贫瘠化的历史命运。飞花以她朴实无华的写作促使我们思考农民脱贫以及21世纪新农村建设这类事关国计民生和乡土未来生存图景的三农(农村、农业、农民)问题。

乡土的失落使20世纪相当一部分中国文人失却了生命最原初的出发地,同时也意味着失落了心灵的故乡,从而成为瞿秋白在《鲁迅杂感选集》序言中所概括的"薄海民"(Bohemian)。在瞿秋白眼里,以郭沫若为代表的在中国城市里迅速积聚着的各种"薄海民",由于丧失了与农村和土地的联系,也就丧失了生命的栖息地。正如诗人何其芳在30年代创作的一首题为《柏林》的诗中对昔日故乡"乐土"之失却的喟叹:

> 我昔自以为有一片乐土,
> 藏之记忆里最幽暗的角隅。
> 从此始感到一种成人的寂寞,

更喜欢梦中道路的迷离。

所谓"成人的寂寞"即是丧失了童年乐土的寂寞,从此,"梦中道路"替代了昔日的田园,而以何其芳、戴望舒为代表的30年代一批都市"现代派"青年诗人,也由此成为一代永远"在路上"的寻梦者。

新世纪今天的中国文坛在制造全球化时代都市消费神话的泡沫的同时,也在大面积地流失纯然的本土体验,其中,乡土经验是流失得最多的一个部分。可以说,亿万乡土农人的生活,在当今的文学视野中很大程度上已经边缘化。今日的文坛也许不乏农村题材作品的问世,但匮乏的是原生态的乡土景观和原生的乡土经验,匮乏的是从农村土生土长出来的原生的故事以及原生的乡土视角。这种原生化的乡土经验和乡土叙述,构成的其实是20世纪中国世纪经验和世纪故事的弥足珍贵的一部分,我们曾经在五四乡土文学以及沈从文、赵树理、周立波的笔下真切地领略过。这份乡土文学的世纪经验,提醒着20世纪中国广大的乡土生活的背景,提醒着在现代都市的四野,有着广袤的乡村,有着普通平凡的乡土日常生活,有着亿万农人的喜怒与哀乐、梦想与失落。或许可以说,当21世纪中国文学不可避免地走向世界文学一体化进程的时候,中国的以乡土文学为题材的作家们，勾勒了一幅文学家和乡土之间互相依存的文学图景，并为我们保留了本土经验的正在消逝的背影。

再读经典

现代人命运的侧影
——郁达夫和他的《沉沦》

郁达夫（1896—1945）故乡的那条著名的富春江曾经长久占据了他的生命记忆。在郁达夫的小说代表作《沉沦》中，郁达夫曾经这样倾情描述过富春江："这一条江水，发源安徽，贯流全浙，江形曲折，风景常新，唐朝有一个诗人赞这条江水说'一川如画'。"郁达夫称自己身上有二重精神要素，"对于大自然的迷恋，向空远的渴望，远游之情"，并把这三要素视为写作的"主要动机"，其中对于大自然的毕生的迷恋之情就与童年故乡的那条秀丽绝伦的江水密切相关。

自然在郁达夫的创作中既是风景形态，更是观念视野。

返归自然也构成了郁达夫的居于核心地位的观念,既是对大自然的回归,也是对自然人性的生命形式的归返。这种自然观受到了法国思想家卢梭以及德国浪漫主义文学的影响,构成了郁达夫文学思想的精髓部分。《沉沦》既以风景描写名世,也以回归自然的思想著称。这篇小说创作于作者日本留学时期,1921年10月,连同《银灰色的死》《南迁》,以《沉沦》为题结集出版。这是中国现代文学史上第一部白话短篇小说集,也是现代文学史上最早的留学生小说集,以其"惊人的取材、大胆的描写"以及惊世骇俗的自我暴露引起文坛前所未有的震动,使郁达夫成为20年代中国现代文学史上仅次于鲁迅的最重要的小说家。《沉沦》也标志着郁达夫创造了"自叙传"抒情小说,尤其是贡献了"零余者"的小说人物形象。

所谓"零余者",即是被挤出时代的没有力量把握自己命运的多余人的形象。这一形象来自俄罗斯小说家屠格涅夫的《多余人日记》,代表人物是屠格涅夫《罗亭》中的同名男主人公。郁达夫说他曾经三次阅读《多余人日记》,并把"多余人"翻译成"零余者",从这一形象中获得深刻的共鸣。如果说郭沫若的《女神》中的抒情主人公是时代的创造者和破坏者的强者形象,那么郁达夫小说描绘的则是找不到时代位置的"零余"的弱者形象。他自己也塑造了一系列的"零余者",这些形象在五四历史背景下渗透着作者自身的气质和性格特征:多愁善感,有五四时代特有的理想,同时经常体验追求而不得的痛苦;在政治上是老中国的儿女,经常感叹祖国的衰弱与贫困;经济上则是经常受失业威胁的下层知识分子;个性软弱,精神消沉,意志力薄弱,常常不能克制自己;一方面有高举远慕的追求,另一方面则是地位的低下以及性格的羸弱,最终导致人物自伤自怜的心理乃至自虐的性格。而这一切给人以深切的震撼的原因,还在于郁达夫勇于自我暴露和自我忏悔的精神。无论是作者本人,还是他笔下的人物,都给读者一个"真人"的率真印象。读郁达夫的小说常常令人心动,正是这种率真的情感、气质和性格综合冲击读者感官和阅读体验的结果。这种真率与真诚,既是郁达夫追求的理想的人性,也可以看成是一种文学观。而其背后,则是一种生命和哲学思想。

正是在这个意义上,郁达夫的"自叙传"小说形式显示出更深刻的文学价值。他对"自我"的大力张扬的背后,是对现代主体性的艰难探索。郁达夫因此是现代小说史上第一个全力倡导"自我"和探索个人主体性的小说家,也是"作者的自我"与小说中的主人公融为一体的作家。读郁达夫的小说,你会有一种幻觉:作者和主人公无法分开。

读者读的虽然是作品中的人物，但联想到的形象往往是作者本人。小说中的人物形象——于质夫，连名字都是根据作者本人的名字起的。作者、叙事者、人物三者的合一，构成了郁达夫"自叙传"小说叙述形式的最主导的特征，也同时决定着郁达夫对文学本质的理解，正像他所说的那样："我觉得'文学作品，都是作家的自叙传'。"正是在他这里，中国现代"自叙传"的小说形式走向成熟。

也正是《沉沦》最早透露了郁达夫的感伤情怀，同时反映出一种传统的阴柔气质。不妨说，更深刻地塑造了郁达夫的其实是中国传统文化，尤其是士大夫情趣。他的颓废和感伤具有一种中国传统的特征，其清高和放浪形骸也有古代文人的影子。他的精神资源要到竹林七贤、扬州八怪那里去寻找。真正使郁达夫醉心的是中国古典美、感伤美，他笔下的风景也常带一种肃杀的秋意，他更喜欢处理的也是我们在古代文学那里已经熟悉了的传统题材：悲秋、离别、怀远、伤悼……有一种萎靡不振的阴柔气息。在《沉沦》自序中，郁达夫称："《沉沦》是描写着一个病的青年的心理，也可以说是青年抑郁病（Hypochondria）的解剖，里边也带叙着现代人的苦闷，——便是性的要求与灵肉的冲突。"这既是从病理学的意义上解析男主人公，也从精神苦闷和灵肉冲突的角度来审视现代人：《沉沦》表征着中国现代小说从创生伊始讲述的就是一个现代人的生存困境的故事。郁达夫笔下"零余者"的命运,在某种意义上,正是现代人的命运的侧影。

《骆驼祥子》:乡土中国的最后回眸

20世纪40年代社会学家费孝通的《乡土中国》一书揭示了中国社会的乡土性。这种乡土特征具有地域和文化上的广延性,不仅涵盖广大农村,甚至也覆盖了都市文化。许多内陆城市堪称是乡土的延伸。当上海已成为东方的巴黎,成为冒险家的乐园的同时,北京仍是传统农业文明的故乡,被文学史家称为"最高贵的乡土城"。而在北京土生土长的作家老舍的笔下,北京则被塑造成"居民的老家",是心灵的故园,是温暖的乡土,是一个既"具城市之外形,而又富有乡村的景象之田园城市"。

因此,它使从农村走来的祥子很容易就产生了一种情感上的亲近,继而这个进城拉洋车的"民工"又萌生了在皇城根儿下安身立命的纯真梦想。他靠自己的力气拉车吃饭,并冀望获得自尊和财富,但最终在那个没有给底层贫民以公道的大城里仍丧失了自由与生路,直至堕落潦倒。

《骆驼祥子》集中刻画的就是人力车夫祥子的遭际和命运。祥子是贫民形象的典型代表,尚未脱去农民的烙印,有淳朴的天性和坚忍的性格。老舍格外赞赏他身上所体现出的原始生命力的一面，尤其是关于他拉车的描写，光彩四射，"简直成了青春、健康和劳动的赞歌"。他立志买一辆车自己拉，做一个独立的劳动者。经过三年的辛苦劳作，他终于换来了一辆洋车，但却在军阀战乱中被兵匪抢走；接着又被侦探诈去了他仅有的积蓄。小说还用相当一部分篇幅写了祥子和虎妞的纠葛。泼辣丑陋的老姑娘虎妞是车厂主人的女儿，她对幸福的渴望和追求令人同情，但她富家小姐颐指气使的派头又引人厌憎。她设计使并不爱她的祥子与她结合，却葬送了祥子最后一份对爱情和家庭的梦想。连续不断的打击使祥子的愿望"像个鬼影，永远抓不牢，而空受那些辛苦与委屈"，而他所喜爱的小福子的自杀，则使祥子对生活的希望完全破灭，最终在都市中彻底堕落。"他吃，他喝，他嫖，他赌，他懒，他狡猾"，小说结束时，祥子已经沦为一具行尸走肉，一个"个人主义的末路鬼"。

在老舍看来，祥子的悲剧在于现代城市文明对人性的伤害，对心灵的腐蚀，老舍自称小说试图"由车夫的内心状态观察地狱是什么样子"。北京作为首善之区与文化之都的反面，却是一个现代文明的地狱，构成了祥子悲剧命运的深层原因，正像小说中写的那样："人把自己从野兽中提拔出，可是到现在人还把自己的同类驱到野兽里去。祥子还在那文化之城，可是变成了走兽。一点也不是他自己的过错。"

在祥子的身上，因此体现着老舍从人性以及现代性的角度对城市文明病的敏锐体察与反思，体现了作者对三十年代中国都市发展形态和文明现状的深刻认识。《骆驼祥子》标志着老舍的批判具有深入人性的深度，同时也从制度上进入对现代性的反思。老舍借祥子的命运描绘了人性从淳朴到污浊的沉沦历程，揭示了现代都市在资本主义渗透过程中所染上的文明病。从中读者可以领略到老舍的一抹无奈的苍凉感：他的浓缩着传统中国的精粹与温馨的北京正在一去不复返，老北京高贵的乡土诗意已经开始被洗刷、冲蚀甚至被吞没。这使老舍所代表的具有难以割舍的乡土情结的知识分子深深感到，他们不仅失落了传统的文化与美感，同时也失落了自己精神的故乡。

创作于1936年的《骆驼祥子》因此构成了老舍对老北京乃至老中国的最后的回眸。

《传奇》：战争年代的苍凉手势

张爱玲（1920—1995）是走向式微的晚清士大夫文化的最后一个传人。她身上有着中国乐感文化的历史遗留，又由于生存于贵族文化的没落时期而携上了浓重的末世情调。这种末世情调，又与战争年代个体生存的危机意识以及对人类文明行将毁灭的预感交织在一起，从而造就了张爱玲的主导的心理和生命体验："荒凉"。正如她在《传奇》的再版序言中所写："时代是仓促的，已经在破坏中，还有更大的破坏要来。有一天我们的文明，不论是升华还是浮华，都要成为过去。如果我最常用的字眼是'荒凉'，那是因为思想背景里有这惘惘的威胁。"

"荒凉"如一张无形的网，笼罩在张爱玲出版于1944年的小说集《传奇》之上，构成了小说的总体氛围。其中的代表作《金锁记》就从"三十年前的上海，一个有月亮的晚上"讲起："隔着三十年的辛苦路往回看，再好的月亮也不免凄凉。"凄凉中有着辛酸的岁月的影子。这篇小说堪称是张爱玲的代表作，写的是女主人公曹七巧的渐近荒芜的一生。曹七巧的青春被冷漠的大家庭以及没有爱情的婚姻扭曲，变成"玻璃匣子里的蝴蝶标本，鲜艳而凄楚"，支撑生命的只剩下对金钱的欲望。这种被压抑的生命在中年以后则蜕变成邪恶的暴力，又去戕害自己的女儿长安。所以有评论者称《金锁记》是一个关于被杀与杀人的故事。晚年的曹七巧则被张爱玲处理得充满了鬼气："门口背着光立着一个小身材的老太太，脸看不清楚……门外日色昏黄，楼梯上铺着湖绿花格子漆布地衣，一级一级上去，通入没有光的所在。"张爱玲用四个字状写此时的曹七巧给人的感受："毛骨悚然。"这是典型的张爱玲的小说氛围：凄凉、阴冷，甚至有些可怖。另一篇小说《沉香屑：第一炉香》写年青的女主人公在香港逛新春市场："在这灯与人与货之外，有那凄清的天与海——无边的荒凉，无边的恐惧。"在人山人海中能逛出"无边的荒凉，无边的恐惧"，恐怕是唯有张爱玲笔下的女性才会产生的感受。这种荒凉和恐惧感，恐怕不尽是小说人物的心理，而更渗透了作者的主观意绪。张爱玲的散文中更是每每传达类似的体验，如《烬余录》中写香港的电车："一辆空电车停在街心，电车外面，淡淡的太阳，电车里面，也是太阳——单只这电车便有一种原始的荒凉。"

这种"原始的荒凉"把张爱玲的体验与历史时空连接了起来，从而具有了一种神话中的洪荒意味，或者用张爱玲的另一小说名篇《倾城之恋》中的话说，是一种"地老天荒"。《沉香屑：第二炉香》就这样写主人公罗杰的体验："他关上灯，黑暗，从小屋暗起，一直暗到宇宙的尽头，太古的洪荒——人的幻想，神的影子也没有留过踪迹的地方，浩浩荡荡的和平和寂灭。"这种太古洪荒的背后，其实是作者对战争时代人类文明行将荒芜的感受，类似T.S.艾略特的长诗《荒原》所反映的一战之后西方一代人的文明幻灭感。丹尼尔·贝尔在《资本主义文化矛盾》一书中则认为《荒原》反映的已不是西方文明的衰落,而是一切文明的终结,即一种末日与末世的体验。在这个意义上,我们也可以把张爱玲的荒凉感看成一种末世启示录。正如她的名言:"我不喜欢壮烈,我喜欢悲壮,更喜欢苍凉",因为"苍凉""有更深长的回味",是"一种启示"。

由此,我们也理解了张爱玲的讲故事的方式。她喜欢营造一种悠长的,有时空跨度和距离的、回溯性的故事空间和叙述框架。譬如《倾城之恋》的结尾:"胡琴咿咿哑哑拉着,在万盏灯的夜晚,拉过来又拉过去,说不尽的苍凉的故事——不问也罢!"《倾城之恋》中所讲的故事只不过是说不尽的苍凉的故事中的一个而已,拉过来又拉过去的胡琴声就有了一种街头巷尾以卖唱为生的盲艺人歌唱久远故事的感觉。《金锁记》既从"三十年前的上海,一个有月亮的晚上"讲起,使曹七巧扭曲、疯狂的一生在这回溯性的时间跨度中因此携上了一种近乎原型的意味;结尾则就有了如下的呼应:"三十年前的月亮早已沉了下去,三十年前的人也死了,然而三十年前的故事还没完——完不了。"这种完不了的故事随着时间跨度在读者阅读行为中的延伸,而愈发氤氲着回荡于历史深处的一抹荒凉。

这种"荒凉",既是一个孤独女性对时代特征的总体领悟,也是对生存于其中的艰难岁月的深刻感受。张爱玲的这本以沪港两地的女性生活为主要题材的《传奇》,由此定格为一个战争年代的"苍凉的手势"。

中国文坛的"乡下人"神话
——沈从文和他的《边城》

很有可能,未来的文学史会把沈从文描述为"20世纪继鲁迅之后的中国第二大作家"。1999年《亚洲周刊》邀请全球知名的华人学者评选20世纪中国小说百部经典,沈从文的《边城》就在鲁迅的《呐喊》之后赫然位列第二。美国汉学家金介甫在他的《沈从文传》中则给予了沈从文更高的评价:"非西方国家的评论家包括中国在内,总有一天会把沈从文、福楼拜、斯特恩、普鲁斯特看成成就相等的作家。"恐怕不会有比这再高的赞誉了。

沈从文的故乡湘西凤凰地处湘、川、鄂、黔四省交界,地理偏僻,文化落后,因此,成名后的沈从文常自称"乡下人"。他出身行伍,五四运动后接触到了新文学,开始憧憬外面的世界,1921年脱离了军队到北京闯荡,进大学未果便开始练习写作,1923年起发表作品。从此便一发不可收拾,共写了四十余本书,成为现代史上最多产的作家,创造了中国文坛一个"乡下人"的神话。

沈从文有着丰富的"乡下"经验。当兵的几年中辗转于沅水流域，谙熟于湘西的风土民情，见识过上千人的集体杀戮。这使边地生活和民间文化构成了他的创作最重要的源泉。尤其是沅水，在沈从文创作生涯中扮演了举足轻重的角色。在《我的写作和水的关系》一文中，沈从文这样谈到故乡的河流："我在那条河流边住下的日子约五年。这一大堆日子中我差不多无日不与河水发生关系。走长路皆得住宿到桥边与渡头，值得回忆的哀乐人事常是湿的。""我虽然离开了那条河流，我所写的故事，却多数是水边的故事。故事中我所最满意的文章，常用船上水上作为背景，我故事中人物的性格，全为我在水边船上所见到的人物性格。我文字中一点忧郁气氛，便因为被过去十五年前南方的阴雨天气影响而来。"正因如此，小说家汪曾祺说："沈从文在一条长达千里的沅水上生活了一辈子。二十岁以前生活在沅水边的土地上，二十岁以后生活在对这片土地的印象里。"

1934年《边城》的问世，标志着"湘西"已上升为一个具有人类学价值的文学世界，一个由高超想象力建构的王国。《边城》的自足性表现在，它营造了一个关于老中国的田园图式，抒发了一种令人伤感的挽歌情怀。

《边城》的基本情节是二男一女的小儿女的爱情框架。掌管码头的团总的两个儿子天保和傩送同时爱上了渡船老人的孙女翠翠，最终兄弟俩却一个身亡，一个出走，老人也在一个暴风雨之夜死去。这是一个具有传奇因素的悲剧故事。但沈从文没有把它单纯地处理成爱情悲剧。除了小儿女的爱情框架之外，使小说的情节容量得以拓展的还有少女和老人的故事以及翠翠的已逝母亲的故事，小说的母题也正是在这几个原型故事中得以延伸，最终容纳了现在和过去、生存和死亡、恒久与变动、天意与人为等诸种命题。此外，小说还精心设计了主要情节发生的时节——端午和中秋，充分营造了具有地域色彩的民俗环境和背景。这一切的构想最终生成了一个完整而自足的湘西世界。

笼罩在整部小说之上的是一种无奈的命运感。小说中的人物都具有淳朴、善良、美好的天性，悲剧的具体的起因似乎是一连串的误解。沈从文没有试图挖掘其深层的原因，他更倾向于把根源归为一种人事无法左右的天意，这里分明有古希腊命运悲剧的影子。但如果我们从沈从文笔下的湘西世界的总体的大叙事的角度考察《边城》，则不难发现他的真正的命意在于建构一个诗意的田园牧歌世界，支撑其底蕴的是一种美好而自然的人性。他把《边城》看作供奉着人性的"希腊小庙"，而翠翠便是这种自然人性的化身,是沈从文的理想人物。在这些理想人物的身上,闪耀着一种神性之光,既体现着人性中庄严、健康、美丽、虔诚的一面,也同时反映了沈从文身上的浪漫主义和古典主义情怀。因此,沈从文自称是"最后一个浪漫派"。

沈从文同时又是具有现代意识的作家,他习用的语汇是"常"与"变"。这使他在思索湘西世界常态的一面的同时,又在反思变动的一面。他一方面试图在文本中挽留湘西的神话,另一方面已经预见到湘西世界的无法挽回的历史命运。从这个意义上说,《边城》其实是一个"失乐园"。小说结尾写到作为小城标志的白塔在渡船老人死去的那个夜晚轰然圮坍。白塔显然不仅关系着小城的风水,它已成为湘西世界的一个象征。塔的圮坍由此预示了一个田园牧歌神话的必然终结,这就是现代神话在本质上的虚构的属性。作家李锐说:"这个诗意神话的破灭虽无西方式的剧烈的戏剧性,但却有最地道的中国式的地久天长的悲凉",沈从文的湘西世界中"沉静深远的无言之美正越来越显出超拔的价值与魅力,正越来越显出一种难以被淹没被同化的对人类的贡献"。而到了他40年代初的长篇小说《长河》中,牧歌的优美与隽永的旋律中,已交织了沉重与忧郁的不和谐音,这就是现代文明投射到看似自足的湘西世界上的影子。这也正是整个乡土中国的必然命运,诚如沈从文自己所说："中国农村是崩溃了，毁灭了，为长期的混战，为土匪骚扰，为新的物质所侵入，可赞美的或可憎恶的，皆在渐渐失去了原来的型范。"当沈从文深入到湘西生活的内部，直面生存处境的时候，我们就看到了湘西世界更本真的一面，由此便"触摸到沈从文内心的沉忧隐痛"，以及"那处于现代文明包围中的少数民族的孤独感"。

《森林的沉默》：以想象构筑的传说世界

这首诗发表在由卞之琳、梁宗岱、戴望舒等人主编的《新诗》杂志1937年第2卷第3、4期上。诗人当时只有16岁，虽然聪颖早慧，但毕竟涉世未深，因此，想象力构成了吴兴华早期诗歌创作中最重要的一笔财富。

《森林的沉默》是一首八十行的无韵体长诗，它的最显著的体式和风格特征是它采用了拟传说的技法。传说作为一种体裁，通常在民间或历史上有所流传，而所谓的拟传说则指诗人仅仅采用了传说的体式，而诗中传说的内容则是诗人独立创造出来的。从这个意义上说，《森林的沉默》为中国现代诗歌史提供了一部难得的拟传说体式的文本。

诗的前两句"月亮圆时那森林是什么样子／呢，我要告诉你"一方面出现了传说体式中固有的叙事者的形象，从而使整首诗成为说故事人讲述出来的一个传说故事，一开始就奠定了一种传说的叙述调子；另一方面则拟定了一个月亮圆时的森林的规定性情境。于是，诗人接下来用了两段，近三十行的篇幅描述森林的环境与气氛。诗人着力营造的，是一种冷寂与"沉默"，这是一个"听不见生人的语声"的世界，只有"叶和叶悄悄私语，秋风在篁间／喑哑的歌唱"，取代了人迹的，是森林中"一队雪白的鹿"。"一队雪白的鹿投入了清泉"一句在诗中重复了四次，"雪白的鹿"似乎成为现时态中森林的主人。然而诗中真正的主角却是森林本身。在一切都成为传说之后，笼罩在森林之上的是一种亘古般的"沉默"，而雪白的鹿的形象只是加剧了这种沉默感。诗人在这种具有古典主义气氛的凄清的诗境中传达的是对于时间流逝，一切"永远归于静寂"的体验。在关于森林的传说的外壳下赋予诗歌的生命的，是一种时间意识。"永远归于静寂"一句使人联想起哈姆雷特的名言："余下的只是静寂。"这种"一切都消失了"之后的"沉默"的体验沟通了中国传统诗歌中"良辰难在"，"逝者如斯"的沧桑感与西方哈姆雷特式的对生命与存在的本体性追问。

这首诗的意蕴的复杂性还在于，现时态中的森林的亘古般"沉默"的情境是为了反衬"不知多少年"的"很久以前"曾经发生过的一个动人的传说故事：一个美女曾"曳着雪白的裙裾,摇着孔雀扇／跽在青溪芦苇边,清澈的歌唱",而每当月圆时分,那些溪中的仙女则"如落花一样聚在这片草场上",应和着铃声"携着灯在馨香的草场上游行",幸运的人还可以窥见到美女入浴的图画:"一只雪白的纤手从溪中伸出／浮萍掩映着她的雪白的身体……"然而,这一切都逝去了,"永远永远不复见",歌唱的女子如今已长眠在古墓中,只有生人会偶尔走过,在半夜为了讨火来敲古墓的冰冷的石门。"你要火?给你飞萤,给你月亮,星",这一细节既富浪漫的想象力,又有志异志怪般的奇诡神秘,强化了拟传说的体式和风格。然而,诗人的旨趣却并不在完整而精细地编织一个传说和故事。他执迷的是对一种生存体验和境遇的营造,是对时间和生命主题的传达,因此,诗中的传说除了诗人构想出的一个"歌唱的女子"的人物外,只有一些片断化的场景和细节,而细节的意义也只在烘托气氛,不具情节性和因果逻辑,换一个诗人也许会讲述一个惊心动魄、曲折离奇、缠绵悱恻的爱情故事,而吴兴华却更把氛围与情境看作诗学的重心。这使《森林的沉默》在我们所熟悉的叙事诗和抒情诗之外,提供了现代诗歌的新的诗学倾向以及诗歌写作的新的可能性。

《森林的沉默》在中国三十年代的诗歌背景下出现,

似乎有一种横空出世之感。不过，在T.S.艾略特的《荒原》已经译介进入中国诗坛的前提下，吴兴华的诗作又确乎是可以理解的。尽管我们没有《森林的沉默》受到艾略特影响的材料，但这并不妨碍我们考察诗学意义上的两者的共通处。如果说，《森林的沉默》中体现出的时间意识、静寂体验、境域营造还不足以与《荒原》比附的话，那么，吴兴华的诗作体现出的叙事技巧和人称的变化则具有一种《荒原》所独有的现代诗学特征。在传统的说书人式的叙事者总体叙述的统摄下，《森林的沉默》的局部却有着相当繁复的人称转换。如"你要火？给你飞萤，给你月亮，星/（她说她记得月亮是一个指环/不知是谁遗落在这座坟墓上/那是很久以前了）"，第一句是对墓中女子声音的直接引用，接下来的二、三句以括号的形式加入了叙事者的解释和补充性的话语，但却采用了第三人称间接引语的方式，以期达到客观引述的效果；而第四句则又重新回到了叙事者的口吻，四句诗的人称变化曲折繁复，但却灵活自如，一气呵成，显示了熟练的叙事驾驭技巧。再如"你会问我吗？那些美景哪去了"，叙事者虚拟了一个听众或读者的"你"，设置了一个"你"的提问的情境；而"那是以前了，我们能听见歌唱"，"据他们说在今天月圆的时候"等句式，则引入了复数人称，其中"我们能听见歌唱"

是对说书人式的"我"的一以贯之的叙述调子的打破,"我们"的群体属性使叙事者"我"把听众也仿佛带入了当年的情景中,一起去倾听美女的歌唱,使听众有一种身临其境的认同感。这些人称的转化,都冲击着传统意义上的说书人的角色的单一性,从更深的层次标志着诗歌的叙述情境的现代特征以及诗人主体的多重性。

读书短札

毛姆与中国之间的屏风
——读《在中国屏风上》

如果关注异域作家和学者对中国的描绘和想象问题，那么不可错过的一本书是毛姆的《在中国屏风上》。

毛姆的著作曾经伴随过我的阅读史，当年酷爱他的小说《月亮与六便士》《刀锋》，里面都反映了毛姆对异国情调和异域旅行的迷恋。正像在这本《在中国屏风上》的序言中毛姆所说："我喜欢旅行，因而周游列国。"此书即是毛姆在1920年游历中国的过程中写的"一组中国之行的叙事"。毛姆称"我希望这些文字可以给读者提供我所看到的中国的一幅真实而生动的图画，并有助于他们自己对中国的想象"。但读罢全书，始感到毛姆提供的图画虽不乏"生动",却无法称得上"真实",而更是"对中国的想象"。

与那些走马观花的异国风景游记迥异的是,毛姆的这本书不大关心中国大陆享誉海外的名山大川与名胜古迹。他更关注于无形的风土与无名的人物,力图进入的是20年代中国日常生活的内部与细部,更多呈现的是一幅幅普通的华人与驻华洋人的素描,并基本上是以一种群像的形态来刻画的,他们只有职业和身份:哲学家、传教士、船员、商人、苦力,等等。然而,中国对毛姆来说毕竟是一个新鲜而陌生的"异"的国度,地理的空间感以及历史的时间感的匮乏,使毛姆对人物的勾勒越具体与细微,在中国读者看来就越感到神秘与陌生,仿佛这些人物并非只生存在中国的土地上,而完全可以同时存活在印度、泰国、马来西亚……

尽管毛姆曾经以自己的眼睛如此切近地观察过这块古老的东方大陆,但是他所发现的、仍只是他自己乐于发现的东西。"心灵的眼睛会使我完全盲目,以致对感官的眼睛所目睹的东西反倒视而不见。一个人竟能完全被联想的法则所摆布,这让我自己很吃惊。"(《原野》)这段话堪称毛姆的"夫子自道",我们由此得到的启示是,他对中国的观照,用的是两种眼睛:一是"感官的眼睛",二是"心灵的眼睛",前者代表的是真实而客观的逻辑,后者反映的则是联想与主观的法则。最终,则是心灵的眼睛如屏风一般遮蔽了感官的眼睛。而在"心灵的眼睛"背后,真正起支配作用的其实是作为一个小说家的毛姆,一个更热衷于搜集"创作一部小说的有用素材"(《序言》)的毛姆,正是这种热衷,使毛姆在他的中国屏风上,绘满了想象化的心灵风景。

毛姆给我们展示的,依旧是一个堪称神秘的中国,就像法国女作家尤瑟纳尔那本精彩的小说集《东方奇观》中所呈现的印度、日本和中国一样。毛姆描绘的,与西方人在自己厅堂中摆放的屏风上的中国风景,在本质上是没有太大区别的。他与中国之间始终隔着一展屏风。而在那展屏风上,早已画上了关于中国的风景。这些风景可谓至少从马可·波罗的时代开始就存在于屏风之上,而郎世宁、绿蒂、庄士敦等又在这展中国屏风上相继浓墨重彩。在我近来所翻检的异邦叙述中,无论是博尔赫斯的小说、曼德维尔的游记,还是谢阁兰的书简,大都存在把中国型塑为一个福柯所谓的"异托邦"的"想象性"。由此我们就理解了毛姆本人在书中不经意间所透露的某种真相:他所呈现的,不过是一部"中国版《爱丽丝漫游奇境记》"。

"寻找词根"的诗人
——读《王家新的诗》

"一个在深夜写作的人 / 他必须在大雪充满世界之前 / 找到他的词根；/ 他还必须在词中跋涉，以靠近 / 那扇惟一的永不封冻的窗户 / 然后是雪，雪，雪。"（王家新《尤今，雪》）

可以把王家新喻为"寻找词根"的诗人，这"词根"构成的是诗歌语言与生命存在的双重支撑。对"词根"的执着寻找因而就给王家新的诗歌带来一种少有的深度：隐喻的深度，思想的深度，生命的深度。

90年代的王家新在中国诗坛上的无法替代的位置正与他的执着的姿态和内在的深度相关。尤其他在诗歌领域中重新发现和引入了帕斯捷尔纳克所代表的俄罗斯精神：对苦难的坚忍承受，对精神生活的关注，对灵魂净化的向往，这一切塑造了俄罗斯文学特有的那种高贵而忧郁的品格。对这种品格的体认和传达构成了《王家新的诗》的一种内在的精神特征。

帕斯捷尔纳克是俄罗斯民族精神在20世纪上半叶的代表。他的创作深刻表现了一个知识分子虽然饱经痛楚、放逐、罪孽、牺牲，却依然保持着美好的信念与精神的良知的心灵历程。这种担承与良知构成了衡量帕斯捷尔纳克一生创作的更重要的尺度。从王家新的诗中你可以感受到诗人正是以这种尺度检验自己和要求自己。他从帕斯捷尔纳克的目光中读出的是"忧伤、探询和质问／钟声一样，压迫着我的灵魂／这是痛苦，是幸福，要说出它／需要以冰雪来充满我的一生"（《帕斯捷尔纳克》）。"冰雪"的意象也由此成为王家新诗中的重要"词根"。它启示读者，阅读这本诗歌自选集，仅从技巧上把握是远远不够的，王家新的诗歌堪称是当代中国诗坛的启示录，它象征了诗歌领域的一种内在精神的觉醒。

20世纪"书"的编年史
——读《20世纪的书：百年来的作家、观念及文学》

这是一本谈书的书。作为美国《纽约时报书评》的百年精选集，它称得上是关于20世纪"书"的一部编年史，"是历史连贯的见证"。浏览过后，你就会大体把握到刚刚逝去的这个世纪究竟问世了哪些重要的书——尽管不能说一网打尽，但它至少展示了绝大部分影响了20世纪的作品。与此同时，编者的感慨也同样会让你感怀："令人警惕及沮丧的是，这些书评也见证有些书及作者一度名满天下，现在却已默默无闻。""有些书引领风骚达一季、一年，甚至十几年，但更多书随时光流逝，悄无声息。"因此，读这样一本书评精选集，你常常意识到有更多更多的书也曾经一度存在，但最终却被时光的尘埃所湮没，而且其中很多书一定不是那种今天充斥于书店和报摊的文字垃圾。你会感叹人类其实并没有多少空间储存自己的全部思想与情感，历史本身的淘汰与遗忘机制终究是残酷的。由此，你会对本书为后来的读者保留了 20 世纪的历史记忆而心存感激。

从编选的角度说，本书的难度当不会很大。站在 20 世纪末的编选者有高屋建瓴的优势，他只需筛选那些已有定论的作家、作品既可。虽然让哪些作家和作品入选，也会反映编选者的当下眼光，但本书的一种更好的读法仍是从书评、随笔、访谈、初步印象、来函几个栏目中捕捉当年作品甫一面世所产生的"现场效果"，按编选者的话说，即"我们希望本书所能提供的是生动有趣，至少灵光乍现的文学即时感，呈现本世纪最重要或最具影响力的书籍问世时，所引发的最早而立即的反应"。从中你会发现当初人们已经有了相当准确的判断力和概括力，有些结论即使穿越了近百年的时空依然熠熠生辉，有些推测则具有惊人的想象力和预见力。譬如在詹姆斯·乔伊斯的《尤利西斯》刚刚问世的 1922 年，《纽约时报书评》即已发表文章预言该书"是对20世纪小说界最有贡献的作品。作者将因此而不朽,就像《巨人传》之于拉伯雷,《卡拉马佐夫兄弟》之于陀思妥耶夫斯基。""在一百个人中,看完《尤利西斯》的人不超过十个。在十个看完的人中,五个人会看得很吃力。"又譬如1933年发表的对希特勒《我的奋斗》的评论:"我们阅读希特勒的仇恨之歌时,悲哀中夹杂着对世界未来的恐怖。"相当多此类的判断和预见都在其后的历史进程中得到了验证。

读罢《20世纪的书》我最终的感受是这一世纪"书"的壮丽与辉煌。20世纪可能是"书"尚以纸张和"书卷"形式存在的最后一个完整的世纪,这肯定是空前绝后的。这本大书正是这种空前绝后的辉煌的忠实见证。

历史性与反思性
——读洪子诚《当代文学概说》

"当代文学"的特殊性的一个重要面相在于,"当代文学"的叙述过程与"当代文学"的发生、发展过程具有一种同步性。于是,对当代文学史的叙述和编撰不可避免地成为"当代文学现象"的一部分。换句话说,我们对当代文学的认知、描述、判断和批评都会直接影响和介入"当代文学"的历史建构,在这个意义上说,"当代文学"是由作家、批评家和文学史家共同塑造的一个"过程"。

这部《当代文学概说》所表现的反思性正根源于作者对当代文学史与"当代文学"的这种"共谋"关系的自觉。因此，它的写作，首先建立在反省以往文学史叙述理念的基础之上，正如作者在《序言》中所说："我所接受的那种文学史观念，那种评述方式，有关'当代文学'的那些概念从何而来？它们有什么样的'意识形态含义'？它们在'当代文学'的建构过程中起过怎样的作用？我们现在对它们质疑的依据是什么？"基于这种学术思路，作者所做的是回到具体的历史情境中去，清理"当代文学"是如何制度化的历史进程，从而使"当代文学"的范畴重新获得了历史性与反思性，成为一个真正具有学术活力的概念。

许久以来就期望读到这样一部关于中国当代文学历史的简明扼要的叙述。它不足 14 万字，但远胜近年来一部部追求鸿篇巨制的文学史写作。

为何我难舍《背影》

有一天音乐台播放自己中学时代就已听得烂熟的日本歌曲《北国之春》,听到第三段:"家兄酷似老父亲,一对沉默寡言人,可曾闲来愁沽酒,偶尔相对饮几盅。"突然心有所感,仿佛长久以来一直困扰我的一个问题一时间找到了答案。这个问题就是:为何我难舍《背影》?为何每次重读《背影》都使我莫名的感动?

2003年底,曾有媒体因《背影》在中学生民意测验中得分很低,倡议从中学课本中撤掉朱自清的《背影》。据说中学生不喜欢《背影》的主要理由,一是父亲穿越铁轨,违反交通规则;二是父亲的形象不潇洒。由此引发了一场关于《背影》该不该裁撤的争论,进而演变成了语文界一次不大不小的事件,触及了包括《背影》是不是经典,什么是经典,经典会不会过时,经典的选择要不要与时俱进,经典应该怎样教学等一系列堪称重大的问题。

　　出于对《背影》的热爱，我也曾渴望参与关于《背影》的讨论，当时的想法是，在21世纪的情境下称作者的父亲"违反交通规则，形象不潇洒"，显然是在以今天的评价眼光和价值尺度要求古人。《背影》所写的故事发生在1917年的浦口车站（也叫南京北站），1914年建造，当年是津浦铁路的终点，一天中恐怕也没有几辆火车通过，就像我小时候的家乡小站，根本没有站台，更不用说有天桥了，大概不能完全用今天的铁路安全规则意识来要求。而《背影》作为特定历史情境中的"真实性"就在父亲的笨拙与不潇洒，因此才在作者凝视父亲背影的一瞬间真正打动了朱自清。《背影》中的父亲正反映着老中国，或者说是传统中国父辈的精神特征，反映了岁月在父辈身体上留下的生活的艰辛和沧桑的印痕。这既是生活原生态的真实反映，也是文学历史真实的体现，而一部文学作品的思想性和时代感正是以生活真实为基础的。像《背影》这类文学作品，因其所产生的历史时代和社会环境的制约，在今天看来也许有些地方的确不合时宜，但不能说这就是所谓的时代的局限性，因为任何文学都是在一个特定的年代创作出来的，一定会显示出时代特征，带有时代的限制和烙印。

但是，我抑制住了参与讨论的冲动，因为我忽然觉得，我还是没有说清为什么朱自清的《背影》是现代文学中难得的经典，也无法说清为什么我每次读《背影》都有一份感动。

而在聆听《北国之春》的一瞬间，我突然有些明白，《背影》对我的感染力究竟何在。

与《荷塘月色》这类美文中优美到雕琢的语言相比，《背影》几乎通篇都是大白话，但纯朴中有深厚，看似淡化了情感容量却同时获得了更深沉丰厚的底蕴。这种深沉的底蕴首先来自作者的回忆性的叙事姿态。文章开门见山："我与父亲不相见已有二年余了，我最不能忘记的是他的背影。"一开始就拉开了作者与"背影事件"之间的时间距离，而在回忆中，这种时间距离会化作审美和温情的距离。尤其是结尾写作者接到父亲的信，"我身体平安，惟膀子疼痛利害，举箸提笔，诸多不便，大约大去之期不远矣"，由此念及自己对待父亲的"不好"，思念也便化为悔恨，而回忆的时间距离则使思念和悔恨都加倍放大。《背影》其实真正写的正是作者对父亲的悔恨之情，以及伴随着悔恨的怜悯情怀。这种怜悯情怀在《背影》一开头就以"祖母死了，父亲的差使也交卸了，正是祸不单行的日子"做情感背景的铺垫，待到目睹父亲爬越铁道的动作的笨拙迟缓，则把朱自清的怜悯和悔恨推到情感的高潮。父亲的动作越是不潇洒和笨拙，作为儿子的朱自清越有不忍和怜悯。而无论是亲情还是爱情，都需要有怜悯的感情。在作者悔恨与怜悯两种情感的交织纠结此消彼长的过程中，应该说怜悯是其中的更深层的情感内涵。

而在我聆听《北国之春》的那一刻，我终于意识到，《背影》之所以可能会成为现代文学中不朽的经典，正因为朱自清写的是一种人类最古老也最深沉的情感，即父子感情的维系。散文中这种情感是靠动作和作者的感受传达的，父子二人都没有什么过多的话语，但其中却包含着男人与男人的情感方式和相处方式。就像《北国之春》中唱出的那对父子，在"闲来愁沽酒，偶尔相对饮几盅"的沉默寡言的情态中，却传达着令人心动的东西。我联想起的是当代诗人蔡恒平的《父亲十四行》：

　　老父亲再也没有力气像他多年前
　　曾经经常干的那样：狠狠揍我
　　放声大笑。笑声如此放肆
　　碗中的米酒陡然受惊，溢向桌面

　　我说，父亲，你应该心如古井

> 没有恩怨，安度最后的几年
> 我的好父亲，他就像我所说的
> 沉默寡言，早睡早起
>
> 对我和颜悦色，请我陪他饮酒
> 谈论琐碎的天气和酒的优劣
> 我想父亲活到尽头了
>
> 多年后我也是这样吗
> 风烛残年，晚景凄凉
> 哦，是的，父亲一生潦倒，到老也没走远

这同样是一种令人心碎的东方式的父子亲情的形式。这种父子两代人最终的情感维系远远比代沟一类的词汇显得更深刻也更永恒。我当年在大约初三时也经历过对父亲的反叛期，不希望父亲过问我在学校的事情，也反感父亲检查我的日记，因此屡屡顶撞父亲。上大学不久，在现代文学史的课堂上，听老师朗诵《背影》的那一刻，一时间禁不住潸然，感到自己在心中已经无条件地与父亲和解了。当时联想到的是美国60年代所谓的"垮掉的一代"，以反抗社会、吸食大麻为代表形象，以"打死父亲"的口号

著称。但是，这一代人很快自己就成了父亲，成为美国社会的中坚，而美国也没有因为这一代人就真正垮掉。叛逆是暂时的，亲情是永远的。再后来则轮到我本人上一轮轮的现代文学史课了，印象最深的也是讲朱自清的《背影》。每次在课堂上读《背影》，都是自己先再次感动，然后再试图把自己的感同身受传达给那些刚刚离开父母，负笈京城的年青学子们。如果连自己都不受感动，当然无法奢望去感动讲台下的听众。

这些年来流行关于情商的说法，仿佛一个人的情商是天生的禀赋。也许情商的确是天生的，但一个人的情感能力则是需要培养的，而文学教育就是获得情感能力的重要途径之一。这种能力即使在作家那里也需要培养，朱自清在《背影》中其实写的就是自己情感能力的获得过程。文学的感染力正体现在深厚的情感内涵中。而《背影》最终启示我：文学教育应该教的就是文学中的情感内涵，进而培养学生的情感能力，而其前提就是在你自己感动的同时，也要找到文学经典让你感动的真正内在的动因。

沈从文笔下的吊脚楼风情画

每个小说家都有自己酷爱与习用的文学意象和小说空间形式，如老舍和沙汀的茶馆，鲁迅与金庸的酒楼。这些空间意象中蕴含了作家对生活原生态场景的把握，是对人生境遇加以提纯的产物，凝聚着作家的审美化关注重心。

沈从文创作中的一个核心空间意象是吊脚楼。在沈从文笔下色彩斑斓的湘西风情画中，最令外来者痴迷的也正是吊脚楼。这是湘西最具有代表性的一种民居建筑，一般建在临水的岸边或山崖处，一面贴着河岸与崖壁，另一面悬空，用数根圆木支撑，底下就是汤汤的流水。我出于对沈从文的热爱而两度去凤凰，令我流连忘返的正是沱江两岸的吊脚楼，尤其当柔和的夕照把吊脚楼一根根圆木撑脚的影子投射在波纹细细的水面之际，坐在沱江岸边的青石板上，仿佛回到了上世纪二三十年代沈从文笔下的湘西世界,一时间恍如梦中,想起的是沈从文研究者赵园先生在美文《三进湘西》中的一句话:"那是一个你我都熟悉且并未忘却的极古老而辽远的梦。"

沈从文离乡后念兹在兹的正是故乡的吊脚楼。而沈从文写在作品中的吊脚楼往往是一种特殊的文学空间——湘西妇女专门做水手生意的场所。沈从文喜欢把水手和妇人都描绘成是多情的,他长久迷恋的正是由这些多情的水手和多情的妇人构成的"吊脚楼风情画"。在散文《一个多情的水手与一个多情的妇人》中,沈从文这样写:

> 河岸吊脚楼上的妇人在晓气迷濛中锐声的喊人,正如同音乐中的笙管一样,超越众声而上。河面杂声的综合,交织了庄严与流动,一切真是一个圣境。

"圣境"中有超越道德伦理之上的人性和审美判断。细细品味,其中还隐隐蕴含一丝悲凉。如《鸭窠围的夜》:

> 黑夜占领了全个河面时,还可以看到木筏上的火光,吊脚楼窗口的灯光,以及上岸下船在河岸大石间飘忽动人的火炬红光。这时节岸上船上都有人说话,吊脚楼上且有妇人在黯淡灯光下唱小曲的声音,

> 每次唱完一支小曲时,就有人笑嚷。什么人家吊脚楼下有匹小羊叫,固执而且柔和的声音,使人听来觉得忧郁……此后固执而又柔和的声音,将在我耳边永远不会消失。我觉得忧郁起来了。我仿佛触着了这世界上一点东西,看明白了这世界上一点东西,心里软和得很。

流淌在沈从文的华彩文字中的正是一种忧郁的诗情,这是沈从文把个人的一己体验投入到大千世界之中的结果,构成这种体验的底蕴的,是作家的同情和悲悯。于是我们从吊脚楼普通人的日常生活中发现了庄严神圣的一面的同时,也体味到了悲凉和忧郁。沈从文笔下的吊脚楼毕竟体现的是一种畸形的两性关系。也因此,我们会发现沈从文的主观倾向和读者的阅读感受之间多少发生了矛盾:沈从文倾向于欣赏与赞美,而读者却从吊脚楼风情中感受到落后与残酷的一面。这或许就是创作与阅读两个环节上有时会存在的审美错位。

赵园先生曾著文指出:在对"两性"题材的书写中暴露了沈从文的基本弱点,沈从文写的性爱往往与现代性爱无涉,几乎一直是从男性的角度进行观照,体现了男性中心主义,而吊脚楼风情的原始形式则构成了对女性的侮辱,是一种落后的生产方式对人性的限制，从而表现出沈从文的民主思想的不彻底性。赵园凭借女性的敏感所做出的觉察，证明了一个作家的作品在价值和审美两个层面上并不一定是统一的，有时是悖反和分裂的。历史主义的价值观是朝向未来的，而审美的眼睛则通常向后看。古旧的，甚至落后的风物往往更具有美感。而赵园从女性主义和社会历史批评的角度挖掘沈从文更内在的欠缺，也令我意识到观照一种生活方式乃至一种文明，仅从审美眼光出发是有局限性的。

但问题的复杂性还在继续展开。一次现代文学史课上，我在描述了沈从文的吊脚楼风情画之后，也介绍了赵园先生对沈从文民主思想的不彻底的批评。当时课上正巧有位来自沈从文故乡的访问学者，他认为，赵园是站在局外人的角度看待湘西的生活方式，得出的结论难免是带有隔膜的。而湘西的妇女自己或许并不觉得吊脚楼风情是对她们的侮辱，这就是她们的生活方式，也许她们反而觉得这种生活是快乐的。我当即让学生们就两种观点展开课堂讨论，结果讨论激烈得异乎寻常，问题也从沈从文的吊脚楼引向了地域生存形态以及全球化时代的地方性文明的评价标准等。一部分同学追问：是否有统一的文化价值的判断标准？赵园是从现代文明和现代性的立场反观湘西，这种角度和立场是否有效是否适用，是否是强加在湘西文明上的？是否应该从湘西自己的文化价值和生存准则出发来考察湘西？当我们用现代文明来质疑湘西的乡土世界价值观的时候，我们的现代文明本身会不会也有问题，需要我们质疑和反思？另一部分同学强调沈从文作品中的地方特征的自足性，强调沈从文的地域叙事的合理性，强调沈从文是20世纪中国作家中最有本土性的一个，在全球化的浪潮中，当我们试图寻找一些中国自己的有本土特性的文明方式时，肯定一下子就找到了沈从文。钱理群先生就曾经认为真正写出了中国本土经验的作家是鲁迅、赵树理和沈从文，刘洪涛先生也指出沈从文的《边城》是继鲁迅的《阿Q正传》之后，再度重塑"中国形象"的作品。

然而仍有一部分同学执着地追问有无关于人类进步与落后的分野？人类文明是否就没有统一的标准和尺度？有没有更人性的和更好的文明形态？有没有更正确更合理的生存方式和境遇？西方人所谓的普世的价值标准到底是否存在？人类的文明形态可以是多元的，但一种合理与合目的性的文明难道无法诉诸于某些关于人的共通的生存准则？

沈从文的吊脚楼风情画的背后，其实隐含着关于普遍性与特殊性、全球化与地方性、现代与传统以及审美与价值等一系列可以深入展开的话题,这是我当初沉醉于沱江两岸夕阳余晖中吊脚楼风景的时候所始料未及的。

第五辑

阅读的德性

在英国伦敦的国家美术馆里漫游,看到塞尚画的一幅读报的父亲的肖像画,忽然意识到在短短一个夏日午后所浏览的从13世纪到20世纪初叶各个年代的绘画中,大约有几十幅都表现了阅读场景,似乎可以组成一个关于"阅读"的主题系列。而19世纪的绘画在其中占了相当比例,于是想到不止一个史家把19世纪看成是西方人阅读的黄金时代。一大家子人在饭后围着一支蜡烛或者一盏油灯听有文化的长者或正在上学的少年读一本小说来打发长夜,是漫长的19世纪常见的场景。

这种19世纪式的温馨的阅读情境在今天已经成为一种怀想。因此读到张辉的《如是我读》,产生了近乎一种怀旧般的亲切感。该书的腰封形容《如是我读》是"一组关于书与人的赋格曲","关乎读,关乎书,关乎人","如是我闻，如是我读，如是我想"。而该书在自序中直接触及的就是"阅读的德性"的话题："如何阅读是知识问题，但更是读书人的德性问题。"在这个意义上，我把张辉的这部随笔集看成是一本关于"阅读的德性"的书，也是在序言中，张辉倡言"读书风气的更易，乃至士风的良性回归，应该从认真读书始"。

而张旭东在《文化政治与中国道路》中，则从"全球化竞争对人的适应性要求"的角度，呼吁"经典阅读"，认为"经典阅读是强调回到人、回到理解与思考、回到人的自我陶冶意义上的教育，是从工业化到后工业化时代转换的需求"。书中收录的《经典阅读是全球化时代的选择》一文中指出：

> 从宏观的迫切的历史性的问题上看，回归基于经典阅读的人文教育，恰恰是适应广义上的从现代到后现代的时代需要、竞争需要、训练需要，是通过应对当下的挑战而反诸自身，重新发现和思考"人"的内在含义。……而能够触及这种内在素质培养的教育，只能是人文基础教育，通过和古往今来的人类伟大心灵的交谈，通过阅读这些伟大心灵的记录，我们才能在今天这个歧路丛生的世界获得一种基本的方向感和

价值定位，才能在新的历史机遇和挑战面前做出有效的应对。

张旭东强调通过经典与过去伟大心灵直接对话。而这种"对话性"也决定了经典构成了我们与"过去伟大心灵"进行"晤谈"的日常性和恒常性，决定了一部真正够分量的文史哲经典不是随便翻阅一过就能奏效的。或许正是在这个意义上，卡尔维诺在《为什么读经典》一书中关于什么是经典的十四条定义中，第一条就说："经典是那些你经常听人家说'我正在重读……'而不是'我正在读……'的书。"

我由此对"阅读"的话题产生了进一步的兴趣，相继读了洪子诚的《阅读经验》、特里·伊格尔顿的《文学阅读指南》、托马斯·福斯特的《如何阅读一本小说》、翁贝托·埃科的《埃科谈文学》、詹姆斯·伍德的《小说机杼》、埃兹拉·庞德的《阅读ABC》、约翰·凯里的《阅读的至乐——20世纪最令人快乐的书》、哈罗德·布鲁姆的《如何读，为什么读》、安妮·弗朗索瓦的《闲话读书》等，这些书虽然不尽讨论阅读，但都或多或少对阅读的意义、乐趣，以及"读什么""怎样读"等问题有着不同程度的思考。

如果说"经典"阅读，因之关涉的是"文明意义上的归属和家园"的大问题，而显得有些"高大上"，那么耶鲁学派批评家哈罗德·布鲁姆的《如何读，为什么读》中所讨论的"阅读"，也许会让普通读者感受到一种亲和力，在此书"前言"中，布鲁姆说："如何善于读书，没有单一的途径，不过，为什么应当读书，却有一个最主要的理由。"这个理由在布鲁姆看来是人的"孤独"：

> 善于读书是孤独可以提供给你的最大乐趣之一，因为，至少就我的经验而言，它是各种乐趣之中最具治疗作用的。
>
> 我转向阅读，是作为一种孤独的习惯，而不是作为一项教育事业。

很多人都是在孤独的人生境遇中开始养成阅读习惯的。而"阅读"在布鲁姆这里，则有助于消除生命本体性的孤独感，这对于日渐原子化的孤独的"后现代个人"而言，是具有疗治意义的善意提醒。而庞德的见解也同样属于"治愈系"的，他在《阅读ABC》中这样看待"文学"的作用：

> 文学作为一种自发的值得珍视的力量，它的功能恰恰是激励人类继续生存下去；它舒解心灵的压力，

并给它给养，我的意思确切地说就是激情的养分。

这种"激情的养分"如果说对人类具有普泛的有效性，那么，一个专业读者的"阅读"，则更多关涉到人类审视自我、主体、历史等更具哲学意义的命题。洪子诚先生的《阅读经验》，提供的就是一个文学研究者的心灵在半个多世纪的阅读岁月中留下的时光印迹。批评家李云雷认为洪子诚"对个人阅读经验的梳理、反思，具有多重意义。""不仅将'自我'及其'美学'趣味相对化，而且在幽暗的历史森林中寻找昔日的足迹，试图在时代的巨大断裂中建立起'自我'的内在统一性。……正是在这样的意义上，个人的'经验'便获得了非同寻常的意义。'经验'在这里就不仅是'自我'与历史发生具体联系的方式，也是'自我'据以反观'历史'与切入当下的基点。"《阅读经验》带给我的阅读感受，就是这样的一种"自我"省思的氛围，一种雕刻时光般的对岁月的思考所留下的缓慢刻痕。

真正的阅读，似乎也因为这种与岁月和历史的缓慢的对话，而越来越成为一项技术活。就像手工艺人的劳作，必须精雕细刻，慢工出细活。因此，张辉在《如是我读》中的《慢板爱好者》一文中重述了安东尼奥尼的电影《云上的日子》中的一个故事：一帮抬尸工将尸体抬到一个山腰上，却莫名其妙地停下来不走了。雇主过来催促，工人回答说："走得太快了，灵魂是要跟不上的。"张辉说，此后，每记起这个故事，就想起尼采在《曙光》一书的前言中，面对"急急忙忙、慌里慌张和让人喘不过气来的时代"，对"缓慢"和"不慌不忙"的强调，以及对"慢板"的爱好：

> 我们二者——我以及我的书，都是慢板的爱好者。……因为语文学是一门体面的艺术，要求于它的爱好者最重要的是：走到一边，闲下来，静下来和慢下来——它是词的鉴赏和雕琢，需要的是小心翼翼和一丝不苟的工作；如果不能缓慢地取得什么东西，它就不能取得任何东西。……这种艺术并不在任何事情上立竿见影，但它教我们正确地阅读，即是说，教我们缓慢地、深入地、瞻前顾后地、批判地、开放地、明察秋毫地和体贴入微地进行阅读。

如果说在尼采那里，"慢"构成的是"正确地阅读"的标准，那么，伊格尔顿在《文学阅读指南》中告诉普通读者，看似深奥的文学分析也"可以是快乐的"。这堪称是一种快乐的阅读哲学。约翰·凯里在《阅读的至乐》中

也称自己选择图书的标准"就是纯粹的阅读愉悦"。埃科在《埃科谈文学》中也对文本持类似的理解:

> 我说的文本并不是实用性质的文本(比方法律条文、科学公式、会议记录或列车时刻表),而是存在意义自我满足、为人类的愉悦而创作出来的文本。大家阅读这些文本的目的在于享受,在于启迪灵性,在于扩充知识,但也或许只求消磨时间。

也许,"快乐"最终构成了"阅读"的最低但也同时是最高的标准。

> 那年我们坐在淡水河边
> 看着台北市的垃圾漂过眼前
> 远处吹来一阵浓浓的烟
> 垃圾山正开着一个焰火庆典
> 于是我们欢呼——亲爱的台北市民
> 缤纷的台北市
> 垃圾永远烧不完
> 大家团结一条心

唏哩哗啦下了一阵雨的那一天

大家都有信心不怕危险

淹水淹得我们踮脚尖

塞车塞得我们灰头又土脸

于是我们欢呼——亲爱的台北市民

荡漾的台北市

刮风下雨不要紧

大家团结一条心

80年代中后期读本科的时候，我曾经一遍遍地听罗大佑1984年的专辑《家》里的这首《超级市民》。85级的同学还曾用这首歌的曲调填词，作为北大中文系山寨版的"系歌"传唱一时，记得第一句是"那年我们背着行李来求学，看着这个新世界快乐又新鲜"。罗大佑的这首歌由此也深深地介入了我们这一代人青春的校园记忆和反叛的政治文化。

这次在农历七夕之日赴台参加由台湾政治大学中文系与复旦大学中文系联合主办，大陆台商潘思源先生赞助的"跨越与开放——2010两岸青年研究生文学高峰论坛"，一个心愿即是在当年曾属于罗大佑的淡水河边坐坐。当我终于在淡水河边"老夫聊发少年狂"，用五音不全的嗓子给几个80后学子唱起"那年我们坐在淡水河边"的时候，一时竟难掩内心的激动。我们沿着河边的淡水老街漫步，街边一家家缤纷的店铺贩卖着台湾小吃和旅游纪念品。淡水河对岸是山峦的剪影，夜色中静穆安详，白天旅游车经过时是一片葱绿，已经不再有罗大佑歌中唱的"垃圾山正开着一个焰火庆典"的风景。在每个观光点都为大陆师生免费拍照制成光盘赠送。赢得了大陆师生们由衷喜爱的台北导游杨导曾特别自豪地说，台北现在甚至已经很难看到垃圾桶，更不可能看到垃圾焚烧的场景，垃圾的丢放都定时定点，井然有序，垃圾分类工程也非常成功。而七天的台北之行也没有塞车的经历。罗大佑歌中所唱这些一度出现在80年代台湾经济腾飞期的环境问题如今在台北已经成为过去。也许同样成为过去的还有罗大佑的歌。我曾经问过被大陆师生誉为最可爱的台湾人——政治大学负责这次交流活动的张堂錡老师，也问过同行的北大中文系的雅娟和松睿等同学，他们都没有听过罗大佑的这首歌。也许罗大佑的时代已经离台湾也离大陆远去了，他的政治讽喻和文化乡愁或许只存留在我们所隶属的这一代人的记忆里。

我们这一代学子当年其实是通过邓丽君、罗大佑以及风靡一时的台湾校园歌曲，最初接触海峡那端的台湾文化的。而罗大佑歌声中倾诉的迷漫的乡愁和文化漂泊感更是深深地镌刻在我们这一代人的心中。他的"亚细亚的孤儿""台北不是我的家""飘来飘去"都以一种文化的乡愁和在现代都市中找不到归宿感的浪子情怀,撩拨着一颗颗年轻动荡的心,成为80年代人的音乐圣经。而我也通过罗大佑的歌对台湾产生了一种近乎"文化的乡愁"的感觉。这次台北之行更印证了这种文化乡愁般的体验,就像当年卞之琳在日本的土地上体验到中国盛唐文化的遗存一样。卞之琳在作于1936年的散文《尺八夜》中说他在日本"常常感觉到像回到了故乡,我所不知道的故乡",所目睹之风物,也"大概是我们梦里的风物,线装书里的风物,古昔的风物"。酷似卞之琳的体验,我总感到大陆失落的古典韵致与传统意绪似乎也完好而且活生生地保存在台北的日常生活之中。我们此次台北之行还参观了"中央研究院"内的胡适故居、台北东吴大学毗邻的外双溪素书楼的钱穆故居以及坐落在阳明山腰的林语堂故居。这三位20世纪的中国文化巨人都是在晚年选择居留台北,或许正因为在台北找到了中华文化的归宿感吧?

刚从台湾归来,同行的燕子同学就把《超级市民》的音频发给了我,于是再度重温罗大佑的这首经典,感到大陆似乎正经历着台北当年曾经历过的一切。前一段时间看过一个题为《垃圾围城》的摄影展，青年摄影师王久良花了一年的时间拍摄北京周边的垃圾，深切地意识到北京城其实已经被垃圾所团团包围，五环六环外垃圾如山，对土壤、水源均造成了严重的污染。堵车更是北京遭遇的世纪难题。而我在歌声中更深切地意识到的却是我们普遍匮缺的是罗大佑在歌曲中传达的公共事物参与感和文化责任感，更匮缺的是罗大佑的戏谑反讽的姿态和现实批判的精神，是那种"大家团结一条心"的群体的连带感和生存的一体感。或许台湾正是借助这种"团结一条心"而逐渐克服了生态和环境问题，为我们贡献了一个文化模式以及环境生态的成功案例。而更令我们大陆师生感怀不已的是此行所接触到的台湾人的深厚人情味，是他们所表现出的一种从容不迫的恬静心态。也许环境问题是容易克服的，而民众心理状态与道德伦理的重建，则更加任重道远。

对大陆学子来说，这次台湾之行最可贵的收获或许正在于对这种社会以及文化责任感的体认。回到校园后，国华同学就写了一首诗，抒发台北之行的观感：

> 两岸金风木叶多，
> 七夕明月旧乡愁。
> 文明如故人情厚，

> 心事浩茫问九州。

我隐约领悟了他这一代80后的"心事"究竟为何,或许与鲁迅当年的"心事浩茫连广宇"有同样的深广吧。

却望祁连山顶雪

"弱水三千"与"长河落日"

我进北京大学中文系已经太晚了,没有机会在课堂上领略诗人和学者林庚先生的风采。但给我们上古代文学课程的老师却不止一人提起林庚解释王维的名句"大漠孤烟直,长河落日圆",称林庚从两句诗中看出了一幅简洁的几何图:大漠和长河是横线,孤烟是竖线,两条线构成了一个坐标轴,而落日则恰是与这纵横两条线相切的一个圆。林庚进一步阐发:在几何中,与圆相切的切线最具有美感,而王维诗中的视觉美也正来自于这种几何效果。

当时我们就对林庚先生既佩服又仰慕,如此解释古诗,真是绝了。以后在古代诗文以及现代游记中见到西北大漠的字样,脑海里浮现的也每每是王维的"大漠孤烟直,长河落日圆"的诗句,以及林庚先生勾勒的"几何图",但从没有细想"大漠孤烟""长河落日"这般风景具体出自何处,潜意识里也想当然地把"长河"想象成黄河。

这次参加中国作协组织的学者作家赴张掖市高台县采风活动,随团陪同的县文化工作者跟我们介绍说,诗中的"长河"就是我们眼前的弱水,我不禁恍然,顿有身临"王维诗意"其境之感。这位文化工作者说起他常常在黄昏时分来到高台的弱水边,等待夕阳西下的时刻,每每能观赏到"长河落日圆"的景象,进而对"大漠孤烟直"里的"孤烟"也有别致的新解:"孤烟"或许不是一般注释家们所谓的"炊烟""狼烟""荒烟",而是大漠上笔直的"龙卷风"。他在今年初春时节就亲眼见识了由龙卷风生成的"大漠孤烟直"的壮观景象,也让我们心生悬想。

祁连皓雪与"天地正气"

而这次高台行的巅峰体验,是深入祁连雪山,近距离瞻望雪山峰顶。

来高台之前,曾略略做了点功课,在古诗文里集中读到了对"祁连雪"的吟咏。比如"祁连不断雪峰绵,西行一路少炊烟"(徐陵)、"青海长云暗雪山,孤城遥望玉门关"(王昌龄)、"千山空皓雪,万里尽黄沙"(唐·佚名)、"我与山灵相对笑,满头晴雪共难消"(林则徐)……一代代诗人把对祁连雪的观感凝练入诗,也就把诗心镌刻进了历史。散文家王充闾在游记《祁连雪》中因此得出"观山如读史"的感兴:

> 观山如读史。驰车河西走廊,眺望那笼罩南山的一派空蒙,仿佛能够谛听到自然、社会、历史的无声的倾诉。一种源远流长的历史激动和沉甸甸的时间感、沧桑感被呼唤出来,觉得有许多世事已经倏然远逝,又有无涯过客正向我们匆匆走来。

在作者眼中,祁连山有文化,有历史,堪称凝聚了汉唐以来的中华魂。也只有来过大西北,亲临河西走廊、弱水之滨,才能真正领略所谓的汉唐气象。以往周游江南水乡时,在心头泛起的往往是柔情的涟漪;而到高台的几天中,心中则始终充盈着一种雄浑阔大的豪气,也似乎领悟了左宗棠在千里狼烟的河西走廊书写"天地正气"四字时那种壮怀与胸襟。

文化高台

流连几日之后,高台融媒体中心的记者问我对高台的总体印象，我几乎是不假思索地脱口而出："来高台以前对高台的想象，无非是祁连山下，弱水三千；而这次亲临高台，才发现高台与我想象中有不同的地方，高台还可以用诸如'红色高台、绿色高台、文化高台'来形容。"

如果说"红色高台"和"绿色高台"已经在众多新闻记者的报道、文人墨客的书写以及大V博主的微博和短视频中得到了丰富的阐释，那么"文化高台"则是我在这次"中国作协中华文学基金会高台县图书捐赠"活动上所颁布的"2023高台文化发展蓝皮书"中得到了鲜明的印证。其中"关于高台文化高质量发展的对策建议"堪称类似文案书写的范例：

> 打好"红色牌"，建设红色文化名城；
>
> 打好"弱水牌"，激活优秀传统文化基因；
>
> 打好"丝路牌"，建设国家考古遗址公园；
>
> 打好"惠民牌"，完善公共服务体系；
>
> 打好"精品牌"，助推本土文艺创作；
>
> 打好"资源牌"，促进文旅融合发展。

虽然"蓝皮书"编撰者是从"对策建议"的角度进行设计，但也同时构成的是对"文化高台"的一种可能性畅想，读者可从中一窥"高台"的文化优势以及未来的文化远景。

而在几天的游览过程中,我对高台的自然景观、汉唐遗址及其所深蕴着的文化传统印象尤其深刻。

骆驼城遗址的废墟之美

五四运动的学生领袖、现代教育家和学者罗家伦在1940年来到张掖,曾经写过一句诗:"不望祁连山顶雪,错将张掖认江南。"大意是,假如不去留意祁连山顶的积雪,会误以为自己来到了江南,这或许是对"绿色高台"最早的称颂。

但张掖、高台既有江南的水乡之美,同时又有江南难以得见的大漠气象和雪山风光,也有数不胜数的废弃的烽燧、垛口、长城旧迹以及古城遗址。驱车在高台境内周游,县工作人员不断把车窗外的烽燧、垛口、长城旧迹指点给我们瞩目,但最令人感到震撼的还是享誉华夏的骆驼城遗址。作为甘肃省张掖市高台县的全国重点文物保护单位,骆驼城是丝绸之路上的大型汉唐古文化遗址。它曾是汉唐时期通往西域的主要通道,是丝绸之路的必经枢纽。但到了明朝初期,就已变为"龙荒朔漠之区",留给后人一片废墟景象。

土耳其诺贝尔文学奖获得者帕慕克曾经在他的《伊斯

坦布尔：一座城市的记忆》里充分书写了对废墟的体悟。他所集中传达的所谓"伊斯坦布尔的忧伤"，在很大程度上来自于帕慕克对废墟的状写以及由此而来的废墟体验。这些废墟呈现的是在奥斯曼帝国逐渐远去，一个现代的伊斯坦布尔兴起过程中更迭的历史以及美学记忆。而"废墟"在帕慕克的书中也堪称是一种体验历史的美学形式，"废墟"之中天然沉积着历史、文化和审美的地层。高台的骆驼城废墟遗址也同样为我们当代人的思想和审美注入了无限苍凉的历史感。

在某种意义上说，已逝的历史恰恰是凝聚在废弃的遗迹以及荒凉的废墟里，这也是高台之旅所见的一个个风化了的烽燧、垛口，尤其是骆驼城遗址令我感到震撼的原因所在。

最后，我想反用罗家伦的诗来概括我对高台之行的总体观感："却望祁连山顶雪，反认高台胜江南。"

那些挑灯夜读的时光

读巴什拉的《火的精神分析》，喜欢书中描绘的那个伴着烛火的"熬夜人"的形象。曾几何时，我自己也成了这样一个"熬夜人"，在更深人静的午夜时分于一豆灯光之下，开始漫无目的地阅读中外文学经典，偶有所悟，就草成文字。我的《漫读经典》中的不少篇幅，就是当年夜读经典的结果。

1987年，是西方现代主义文学浪潮在中国文坛的影响达到顶峰的时期。我们一干80年代中期进北大中文系的学生，对现代主义经典的阅读，也进入了狂热的阶段。我那时固执地认为，想要了解20世纪人类的生存世界，认识20世纪人类的心灵境况，读20世纪的现代主义文学经典是最为可行的途径。80年代影响中国文坛的最后一个西方作家可能是昆德拉，昆德拉在他的影响了中国读者二十年的小说《生命中不能承受之轻》中写道:"我们都是被《旧约全书》的神话哺育,我们可以说,一首牧歌就是留在我们心中的一幅图景,像是对天堂的回忆。"套用他的话,我们这一代读书人也曾经被20世纪的外国现代主义文学哺育。我们对文学性的经验,对经典的领悟以及对20世纪人类生存图景的认知,都与这些作品息息相关。它们最终留在我们心中的,是我们对曾亲身经历过的一个世纪的回忆。

二十年后的今天,我依然感激于昆德拉给我的文学启示。当1987年前后中国的一些刚刚出道的"现代派"作家把现代主义文学仅仅理解为一种"形式"的先锋性的时候,昆德拉恰逢其时地登陆中国文坛;也正是昆德拉关于"小说的可能性"的论断使中国作家以及学人从形式主义的迷梦中猛醒。昆德拉对中国文坛弥足珍贵的启示在于:小说的可能性决定于人的存在的可能性,决定于人与世界的关系的可能性。在这个意义上,小说的可能性限度与小说在形式上的可能性不完全是一回事。小说的内在精神、小说的本体并不完全取决于形式的限度,这就使小说的生存背景延伸到社会学、政治学、文化学以及历史哲学领域,即形式之外的"生活世界"。小说的本质可能是无法仅从它的内部和自身逻辑来解释和定义的。宽泛地讲,文学也是这样，文学的可能性也恰恰是与生活世界息息相关。文学艺术反映的是世界图式，你就没有办法抛开世界单从形式上解释作品。真正具有经典价值的现代主义文学往往是把"有意味的形式"与"形式化的内容"统一在一起的文学。在现代主义的形式背后，是一种内含悖论的"形式的意识形态"。正是这种悖论性的意识形态，使现代主义文学一度成为20世纪充满活力的存在。

中国20世纪80年代的现代主义运动也当从这个角度去获得更有效的理解。当现代主义的思潮行将尘埃落定，我们发现，现代主义之所以在80年代中国文坛风靡一时，并不仅仅是纯粹形式上的和语言上的原因。正像北大的洪子诚先生所说的那样，我们那时关注的是现代主义文学表现出的对人的处境的揭示和对生存世界的批判的深度，譬如文坛对卡夫卡的《城堡》的关注，就与我们对"十七年"以及"文革"的记忆及反思密切联系在一起。而萨特热所造成的存在主义的文学影响，更是直接关涉着我们对存在、对人性以及人的境遇的新的意识的觉醒。这一切都决定了80年代中国现代主义的复杂性，绝不是形式主义的标签可以简单概括的。

然而，影响中国80年代的现代主义运动也在21世纪的今天遭遇着它的衰竭的历史命运。当卡尔维诺、昆德拉们已成为一代小资茶余饭后的谈资的时候，当中国的先锋文学日渐在新世纪蜕变为常规文学的一部分的时候，文学先锋运动在中国也行将寿终正寝。现代主义意识形态在中国的终结标志着一个市场化的大众文化时代的最终来临，或者反过来说，市场化的大众文化时代的最终来临，终结了现代主义意识形态的中国历程。

时光过去了十年。1997年前后，我常常会在午夜时分莫名地怀念那些已逝的漫读西方现代主义经典的岁月。当这种忆念最终难以自抑的时候，我便决定开始在北大讲坛上讲授"二十世纪外国小说经典选讲"的课程，2003年由三联书店出版的《从卡夫卡到昆德拉——二十世纪的小说与小说家》就是这门课程的整理稿。我把这部书稿的问世，看成是一种"温故"，是以我的个人的方式向20世纪80年代所表达的一种缅怀和致敬。

此后，又一个十年过去了。此刻，又是青灯如豆，而那种午夜时分漫读经典的岁月早已成为我个体生命中终将难以再现的历史，也许注定只能留存于回眸与忆恋之中。这些年来，尽管身处高校从事文学教育，阅读经典的时间反而越来越少。花大量时间进行的所谓学术研究，处理的文学对象往往也是那些远离经典性的作品，因为二三流的创作似乎更易于进行理论分析。而一直困惑着我的一个忧虑也不免由此产生：这些年来，大学里的文学教育随着学院化体制化过程的日益加剧而越来越有走向"知识论"和"制度化"的倾向。我们往往更喜欢相信一系列本土以及西方的宏大理论体系，喜欢建构一个个的知识论视野，但是中外文学经典中固有的智慧、感性、经验、个性、想象力、道德感、原创力、审美意识、生命理想、生存世界……却都可能在我们所建构的知识体系和学院化的制度中日渐丧失。于是我们的课堂上往往充斥着枯燥的说教，充斥着抽干了文学感性的空洞"话语"。这样的文学教育的后果是学生学到了一套套的话语和理论，而艺术感受力、对经典的判断力以及纯正的文学趣味却丧失掉了。

我的《漫读经典》的写作，正出于对学院中的文学教育的困扰。在表达对世纪经典的敬意的同时，借以纪念那些点灯夜读的时光。

记忆的美学

此刻,我再度翻阅的是赵园先生为她的母校北京大学90周年校庆写的纪念文字:

> 我也曾到过一些地方。一位现代作家说过,人们在其中生活过的城市可分两类,一类犹如乡土,一类如同旅馆。北大或多或少地类似于乡土,它不是那种你可以无所牵系地从中走出的世界。你未必爱它到无所保留,你却会在听到别人提起它时怦然心动,如在异乡聆听乡音。我也分明知道,我对于北大的这份感情多少也因我离开了北大。即使故乡,对于久居其间的人们也是无所谓魅力的。还是这样,远远地看着它,倾听着它,想着它,于我更好些。我已变得小心翼翼,惟恐损失了心灵中仅剩下的这一些柔情了。

至今仍记得当初第一次读这段文字时的冲动，想象自己也会在某一天远离北大，在世界的某个偏僻角落"远远地看着它，倾听着它，想着它"，心中流涌的是一种对昔日恋人般的柔情。然而，十几年又过去了，"曾经北大"的我，至今仍没有转出这个校园。"曾经北大"所包含的"过去时"在我这里也许将永远成为一种"正在进行时"。

　　"曾经北大"这种表述的魅力在于把北大变成一种曾经有过的记忆。你曾在那里生活过、学习过、挣扎过、爱恋过。而如今这一切都已离你远去，北大生涯已定格为记忆中的存在，你与它在时间与空间上的双重距离都使它显得更加幻美。然而它却并没有真正离你而去，依旧会在你苍凉的人生中某个不经意的瞬间唤起你久违的伤感与柔情。这就是"曾经北大"的人们所具有的得天独厚的体验与记忆。

　　而我或许由于一直没有离开北大的缘故，对于北大总有种久居其间而不知珍惜的感觉。北大的生活，对于我是一种家居。就像人们常常产生"围城"的体验一样，我一度曾试图逃离北大，以借此体验一下"曾经北大"的那种心境。哪个浪子在回头之前没有到外面的世界闯荡过一番呢？

　　然而，"身在北大"已是我的宿命。我需要的是在家居中找到一种新鲜感,重新激发对北大的热情;我需要的是一种距离,凭借这种距离使我重获一种对母校的审美感受。

既然身在北大,又到何处去找这种距离呢?也许,我所能找到的范畴只有一个,那就是"记忆"。

有了记忆的维度,北大的生活对我来说就成为一种双重性的生活,一部分的我自然生活在北大的现实中,而另一部分的我则生活在对北大的怀想中。我不知借助这种记忆与怀想是否能把北大推远,推成巴赫金所谓的"远景",由此获得那些"曾经北大"的人所具有的对母校的幻美体验。

然而,对普鲁斯特的《追忆逝水年华》的阅读使我意识到"记忆"的幻象性以及欺瞒性。普鲁斯特告诉我们,每个人其实都是自己的囚徒,是自己的过去以及记忆的囚徒。除此之外,没有任何其他什么东西能够囚禁我们。过去就是一个无形的囚笼,但它与有形的囚笼的区别在于,它使人自愿地沉湎其中,却又似乎无所伤害,因此人们很少对它警惕。而在所有的美学中,记忆的美学无疑是最具蛊惑性的。

罗兰·巴特曾说,简单过去时是一种给人以安慰和安定感的时态,因为它表明所叙述的事情已经发生了,并完好如初地保留在过去，没有什么可以使它们改变。"时间已无法抢夺它们了"。然而正像一位友人的信中所说的那样："后来我发现不是这样的。现在和将来依然对过去虎视眈眈。"过去的记忆其实从没有完好无损，时间总是在无情地剥蚀着它，现在和未来的维度也在重构着它。即使没有时间的剥蚀与重构，过去也依然是一个最大的幻象，而且我们沉浸其中还不知道已然受了欺瞒，我们其实是自觉地屈从于过去的，同时根本意识不到我们已经被过去所伤。记忆其实是我们都倾向于不自觉地加以认同的神话。

与记忆的美学常常纠缠在一起的是漂泊的美学。这两者都是我始终如一地投入热情的诗学范畴。对于漂泊生涯——无论是精神还是肉体意义上——而言，没有记忆的支撑是很难生活的。漂泊者的逻辑有二：一是他喜欢任何一种奇异的旅途，但对每次新的旅程都保持一种距离感，他不可能与任何一种新的旅程完全融入，否则他就不是漂泊者了。他所真正投入的，其实是漂泊的激情本身。二是对于漂泊者来说，已经获得的东西都是他必将超越的，在他的生活中，必然是一次告别紧接着另一次告别，因为只有告别了的生涯对他来说才有审美意味，才是可留恋的，也才是弥足珍惜的。他之所以去经历它，仿佛就是为了去告别它。漂泊者其实总是与他正在经历的生活擦肩而过，他其实是把漂泊本身视为一种目的性。而这种生涯,只能以回忆作为真正的美学支撑。

漂泊者其实是一直生活在"为了告别的聚会"之中。正像帕斯捷尔纳克的一句诗那样:"我的晚会是告别,/我的宴席是寄语。"他还有一首诗谈的也是往事以及过去的爱与当下的关联:

> 我也曾爱过,她还活着。
> 毕竟,当走向那个当初的拂晓时,
> 季节站立着,消失在瞬间的边缘。
> 是界限毕竟是单薄的。
> 久远的事依然好似近在眼前。
> 往事依然发狂,还装成不知内情,
> 从目击者的脸上消逝。
> 她根本就不是我们这里的居民。
> 这能想象吗?这就是说,
> 爱和瞬间所赐予的惊奇
> 在一生中是越离越远呢
> 还是在持续?

既持续又远离,这就是记忆的美学的核心机制。

我所见过的真正的漂泊者，或许是毛姆小说《刀锋》中的莱雷。那是一个出离尘世的圣徒。他并不执意表现漂泊者的姿态，却恰恰说明一种骨子里的漂泊感。小说的叙事者不了解他，他的恋人伊莎贝尔也不了解他。他也不是为我们所熟悉的那种人。正像帕斯捷尔纳克所说，他"根本就不是我们这里的居民"。他永远对当下的生活存有一种漫不经心的飘忽，谁也不知道他的心思究竟放在哪里。神秘带给他一种持久的魅力。但在今天，这种漂泊者恐怕只存在于文本和想象之中了。

此刻，我深深地感到"身在北大"的我已经远离了那种漂泊者的生命形式，连漂泊的想象也多少显得有些矫情，更不用说去确认一种漂泊的心态，或者去强化它。但无论"曾经北大"，还是"身在北大"，我们都拥有对北大的难以磨灭的记忆。在记忆和怀想里生存，也是生命存在的一种方式吧？

后记
文学的诗性之灯
——答《大学生》记者问

问：您曾说，"'身在北大'已是我的宿命"（《记忆的神话》后记）。您在课堂上也说人应当不断飞跃，在您的一生中有两次飞跃，一次是从家乡到县城初中，一次是从高中到北大。在完成这两次飞跃之后，您认为自己的下一次飞跃在哪里？是不是也会在您视为宿命的北大完成？

答：我一直欣赏法国作家纪德的一句名言："不论是你的家庭，或是你的乡土，只要你已经把你所处的环境里的新东西，压榨得净尽之后，你就必须要离开它。"海明威也说："一个人是需要不断地移植自身的。"这些话都表达了一个人获得飞跃的必要条件。我也总是在课堂上建议我的学生出国留学，或者到其他高校读研究生，这是他们超越北大的最好的途径之一。至于我自己,一直在渴望这种新的飞跃。这种飞跃的契机是新的意向和新的资源——思想资源与精神资源。而北大日益学院化和体制化的倾向并不利于这种新的思想与精神资源的创生。它需要到新的生存环境中去寻找,单凭书本的阅读和封闭的学院体制中的闭门造车是无法获得的。

问:谈谈您对北大精神的理解,对北大的感情。最近,《南方周末》发表了朱铁生致北大校友的公开信,对北大颇多指责,谈谈您的看法。另外,在您的学术生涯中,一定得到过很多老师和朋友的帮助,聊聊他们吧。

答:什么是北大精神和传统,这是一向被讨论的热点。科学民主、爱国主义都是北大的传统,我完全赞同。但是我个人认为,北大的精髓是自由,是一种自由的空气和氛围,是一种钱理群老师从鲁迅身上所概括的中国知识分子世纪传统:"个体精神自由"。这是知识分子也是北大人的立命之本,我们什么都可以失去,但是这种"个体精神自由"不能丢。为了维护这种"个体精神自由"的传统,我们甚至可以用生命为代价,就像匈牙利诗人裴多菲所说,生命诚可贵,爱情价更高,为了自由故,二者皆可抛。这是从知识分子的信仰的意义上来说北大的精神。至于日常校园文化和生活的层面，北大的精神也是一种自由精神。它不是放纵和散漫，而是在自由散漫的外表下隐含着一种真正的想象力和创造力，以及一种超凡的领悟力。我记得自己还在本科二年级的时候，北大的校友——作家张承志来北京大学中文系和我们学生座谈，他说一个真正优秀的大学是有一种"魂"的，北大就是有这种"魂"的学校。他每次回到北大，一进校园，就喜欢深呼吸嗅一嗅，每次都感到北大连空气都和其他地方不一样。我也就是在那一次座谈会上，深切地感受到自己对北大产生了深深的依恋的情感。

真正濡染了北大传统的学生多少都有点"弃绝"的精神，懂得"有所为，有所不为"。《论语》里孔子说："狂者进取，狷者有所不为也。"北大当然有很多人很狂，社会上有一种舆论就这样评价北大学生。这其实是北大的骄傲。我们需要的正是这些狂者，他们不是太多，而是太少。但是我想说的是，北大精神中还有另一层面，就是"狷者"。他们是有所不为的人，所以似乎不为人们注意和觉察，因为功利心与他们绝对无缘，他们不是什么都要，不在乎蝇头小利，而有高举远慕的气质，有追求"大道"的精神，这些人是我所认为的北大出身的最有境界的学子。

问：谈谈您个人的学术生涯、研究重点。

答：我更喜欢把自己定位为一名教师，就像我的硕士导师钱理群先生以及博士导师孙玉石先生那样。我喜欢从学生那里获得精神的养分，我十分赞同我的老师洪子诚先生所引用的钱理群先生的一句话："我们从学生那里得到的，其实比给予他们的多。"我对教师生涯和大学课堂一直心存敬畏，在讲台上也不像我的有些同事那样潇洒自如，那样放得开，可能就与我的信心不足有关，因为我认为在如今的所谓后喻时代，学生知道的新东西可能比老师要多得多，所以往往是学生指导老师，而不是老师在指导学生。学生找到了个新的课题，逼迫你自己得去关注和了解，否则你就会跟不上他们的兴趣与思路。这就像洪子诚老师所说的那样："为了不辜负那些渴求知识的青年人，为了能和他们对话，你就不敢过于懈怠，就要不断学习，包括从他们那里学习。"所以我认为身在大学，首先的身份和职业是教师，其次才可能是学者。当然，身在北大的特殊之处在于，你自己如果没有自己独特的学术研究作为支撑，是没有办法成为称职的教师的。

我的研究领域是中国现代文学史，重点如果说有，是在诗学领域。我最近关注于文学性的话题。我觉得文学之所以是文学，一定有它的本体规定性，是其他知识与文化领域无可替代的。文学追求的是像海德格尔所说的那样，人怎样"诗意地栖居"在大地上，人类的生存不同于其他生物的生存，是因为人的存在有一种诗性意义。人类观照生活有一种诗性方式，就像传统的浪漫主义所表述的那样，人有一种根深蒂固的"浪漫心"，这并不是一个过时的表达。我欣赏心理学家荣格的一句话："人类存在的唯一目的，就是要在纯粹自在的黑暗中，点起一盏灯来。"这盏灯就是"诗性"之灯。它使人类原本并无目的和意义的生存有了意义和目的，从而对虚无的人类构成了真正的慰藉，正像暗夜行路的孤独旅人从远方的一点灯火中感受到温暖一样。我觉得这就是文学本体之所在。当今的文学研究有逸出文学性的迹象，把文学做成思想史、社会史、文化史。我也赞赏这些做法，但是我自己想回到文学，看看这盏诗性之灯是怎样点亮的。

问：我曾对朋友说："吴晓东的文字充满诗意（这种诗意不是来自文辞的华丽，而是一种感觉，使阅读成为一次快乐的旅行，也许这在于作者苦心经营的雕琢），读他的书令人沉静，你总能感觉到一种平抑浮躁的力量。"我将这种阅读体验的产生归结为文风的踏实沉稳，在一个众声喧哗的时代，这尤其显得难能可贵。在您前期作品《阳光与苦难》当中，也有很多凌厉的文字，如今的沉稳，您认为是写作的成熟，还是青春的消逝？郑勇在《室内生活的心跳——阅读吴晓东》中说："吴晓东的文字有一种出尘的洁净，显出刻意和苦心，连同他的那些沉思冥想倾向，多少让人想到他所欣赏的《画梦录》时期的何其芳，以及何其芳的辽远的黄昏独语。"您在写作过程是否也刻意追求过某种风格，您认为自己文字最大的风格是什么。

答：每个人都有一段激情写作的年代，我在80年代末、90年代初那几年以余凌的笔名给《读书》写的一些文章就属于这种写作，加缪20岁时的敏感而躁动的散文写作是我那时的榜样。我个人很怀念那时的写作状态。尽管那些文章有可能幼稚，但却似乎是我如今无法重复的，正像生命的经历无法复现一样。如今我喜欢的是一种既明白晓畅，又有感悟力和思想力的文字。同时我仍希望用不同的文体写作，既需要严正的学术文体，也渴望有穿透力的诗意文体。这些当然都没有达到。虽不能至，心向往之。

问：在很多人眼中，80年代已经成为一个神话，谈谈您对80年代的记忆和感受。和80年代相比，90年代或新世纪的今天有什么不同。

答：我在《阳光与苦难》一书的后记里集中谈到了

80年代，我认为每一代人都有自己的典型的心态，而80年代的学子具有泛性的心绪则是流浪感和对归宿感的寻找。当年罗大佑的歌，他的"亚细亚的孤儿""台北不是我的家""飘来飘去"都以一种文化的乡愁和在现代都市中找不到归宿感的浪子情怀，撩拨着一颗颗年轻动荡的心，成为80年代北大人的音乐圣经。如果再加上崔健的"一无所有"，从流行歌曲中便可以比较完整地把握一代学子的心迹。燕园自己的歌手们的创作更是强化了这种漂泊的心路，正像我当年写过的一篇幼稚的习作《流浪的校园》中提到的那样："那些在校园的夜空中飘荡着的歌曲大都是一个主题：流浪，以及几经惨痛、爱恋和渴望最后所得到的孤独的慰藉。"因此可以说80年代是匮乏归宿感的时代，同时也是寻找归宿感的时代。正是这样的历史特征赋予了一代学子浪迹天涯的本性。翻一翻当时五花八门的校园文学杂志，诸如漂泊、游牧、流浪的字眼所在皆是。而绝大部分学子所谓的流浪，恐怕不过是拎着书包，拎着饭盆， 路叮当作响地从宿舍流浪到教室、图书馆再到食堂而已。因此流浪的真正确切的含义可能更是假想中的精神之旅，是一种心态，一种意向，一种试图超越具体的现实生存处境的渴望，一种兰波式的"生活在别处"的激情。尽管我们都把母校看成自己精神和生命的家园，但家园只有在远离它的游子那里才真正具有诱惑力。我的本科和硕士阶段，那些在我看来天分极高的同学正是带着这种告别家园的情怀走出北大的。

我不知道自己是否把80年代渴望漂泊的心绪审美化理想化了。客观地说，在一代人"流浪"的表象背后，既有对未知生活形态的向往，对完美生命形式的憧憬，同时也混杂着一种青春本能的骚动和现实中无可附着无从寄托的悬浮感。这一切为学子们的现实生存带来了几分躁动、不安、焦灼的情绪；它同样也表现出对社会理想和人生理想的巨大热情，那种对远方的神往之中总有一种世纪末的今天所匮乏的非功利色彩。一届届学子在课堂、沙龙、讲座中更执迷的是价值的探讨、文化的反思、终极的眷顾，是一些学理性的本原性的深玄的命题。尽管在时人乃至后人眼中不免志大才疏，但更可贵的却是高举远慕的心气。那时候的校园，似乎连空气中都弥散着天马行空般的自由的精灵。

80年代在今天看来已然显得很遥远了。一个短暂的十年如此迅速地成为一个阶段性的历史时代，已经开始存留在往事的追忆和怀旧的心绪中。这种感受多少有些令人怅惘。也许这种"过来人"的心态本身就值得我深深反省。它意味着我与塑造着新的精神史的更年轻的一代人之间心理上已产生了某种距离。如今我的生活已趋于安定，有可能就这样在燕园当一辈子教师了，人生好像已过早地进入了一个平稳的河流的中段，似乎已可以预见到了入海口。或许80年代留在我记忆深处的那种漂泊的激情也要由此而丧失了。所以我必须警惕自己身上的安逸、圆熟与中年特征，警惕逐渐开始有好为人师的感觉，警惕自己自觉或不自觉地纳入各种体制之中，回过头来约束更年轻的一代人。这就是我为什么仍旧需要时时怀想一种漂泊的心境，一种心灵动荡不定的感觉。那种感觉使人常常感到无依无靠，无援无助，也常有寂寞孤独的心绪，但心灵却是极度敏感，向大千世界开放，像一个未谙世故的少年人，容易受伤害，但也容易受感动，容易接纳整个世界，接纳一切新鲜而陌生的体验。我在当班主任的时候不止一次向学生们推荐作家张承志在《游牧的校园》中的一段话："一切有意味的东西都要在不安定的徘徊中寻找。"如今想来，把这一段话作为自勉也许更好。一旦你感觉安定了，也许你离平庸的日子也就不远了。

80年代究竟把什么留在一代学子的记忆深处心灵深处乃至人格深处，这是我和学生们常常讨论的一个话题。这恐怕是很难回答清楚的。但在80年代的遗产中至少应涵容那种漂泊的心迹，那种对理想生命方式和人格方式的渴望。至今我仍把这种涌动在心灵深处的漂泊的渴望看成自己生命中唯一仅存的弥足珍视的旗帜。它使我在日渐职业化的教师生涯中还能多少保留点对自由生命的憧憬，对一股少年人的锐气的向往，保留一点一代代学子身上那固有的蓬勃的朝气。这或许是永远逝去了的80年代留给我个人的一份最重要的遗产。

当然，我们的确也把80年代神话化了。这会掩盖一些历史的真实逻辑。比如在80年代中已经隐含了走向90年代的一些固有逻辑。但是90年代随着商品化大潮的如期而至，一种作为80年代的标签的理想主义和启蒙理性也日益消亡。90年代以来出现了严重的阶层分化，每个人都会被这个阶层严重分化的社会进行"资产重组"。90年代既造就了"成功人士"、富人阶层，也造就了"弱势群体"。而从社会的主导舆论中，你会嗅出一个所谓的"主流社会"正在生成，每个家长都孜孜不倦地教诲自己的孩子一定要进入这个"主流社会"，掌握它的游戏规则。这个社会的主流舆论中嫌贫爱富的风气已经形成。而大学正是进入"主流社会"的最直接的天梯。这对于今天的大学理念，对大学生的心理渴望和理想的预期都有重要的影响。

问：谈谈您对当今大学和大学生的看法。

答：很多学生都一再问过老师们这个话题。而涉及对当今的大学生的评价的时候，我一向都格外谨慎。因为每一代人都有自己的宿命，都有自己的选择。比如社会舆论较普遍地认为今天的大学生容易受到商业化时代的功利主义和体制化的大学制度的双重束缚和制约，一方面功利心加重，有个人中心主义倾向，没有责任意识，另一方面则是想象力和创造力的空间受到了约束。一部分人按部就班、循规蹈矩，另一部分则汲汲于功名和利益。这都是我经常听到的评价。但是我会质疑这种评价标准和尺度。因为时代对他们的要求比我们80年代要严酷得多。我们那时要做的只是重要的事情和想做的事情，而这一代人则要做更多甚至是所有的事情。我们那一代所面临的选择与诱惑都远远不如这一代人多。把我换成今天的大学生，我想自己可能是无法适应的，我或者疲于奔命，或者一败涂地。而今天的大学生则普遍天资聪明，他们差不多什么都懂，什么都想学，好像什么都能应付得很不错。当然他们也比我们这一代有更多的压力。如果这些压力不能有效地转化成动力，他们也会容易崩溃。这是严酷的时代和环境在他们身上必然透射的结果。

当我们这些教师在学生一辈中只看到缺点的时候，我们可能就变成鲁迅笔下的九斤老太。其实这掩盖了我们对他们越来越不了解和不想了解的悲哀事实。我一直在警惕的就是这种九斤老太的心态。而如果我们放弃对新一代的笼统的评价，想一想我所接触的一个个学生，我就会觉得他们都是很可爱的，值得作为老师的我的尊重。

问：请您以个人阅读体验的角度，向大学生推荐几部文学名著，并简述理由。

答：对我个人阅读史产生影响的书，我首先想到的是李泽厚的《美的历程》，它使我进入了中国文化史和华夏美学领域，领略一种崭新的富于特殊魅力的历史叙述方式。我个人还迷恋卡夫卡和加缪的散文，从卡夫卡那里领悟世纪先知的深邃和隐秘的思想、孤独的预见力和寓言化的传达方式，从少年加缪那里感受什么是激情方式，感受加缪对苦难的难以理解的依恋，就像他所说过的那样："我很难把我对光明、对生活的爱与我对我要描述的绝望经历的依恋分离开来。""没有生活之绝望就没有对生活的爱。"同时从加缪那里学习什么是反叛，怎样"留下时代和它青春的狂怒"（《置身于苦难与阳光之间》）。普鲁斯特的《追忆似水年华》是探索人类记忆机制和美学的大书，也是人类探索时间主题和确证自我存在的大书。它同时也是令人感到怅惘的书，就像昆德拉说的那样："一种博大的美随着普鲁斯特离我们渐渐远去,而且永不复回。"我还喜欢读马尔克斯的《百年孤独》和卡尔维诺的《我们的祖先》,从中领略20世纪作家文学想象力所可能达到的极致。海明威的《老人与海》教会我们怎样保持"压力下的风度"。而昆德拉的《生命中不能承受之轻》则使我了解到现代主义作家对人的生存境遇和存在本身的无穷追索,对小说本身的可能性限度的探寻。帕斯捷尔纳克的《日瓦戈医生》则使我体认到在历史理性和强权面前,所谓的爱"是孱弱的",它的价值只是在于它是一种精神力量的象征,代表着人彼此热爱、怜悯的精神需求,代表着人类对自我完善和升华的精神追求,也代表着对苦难的一种坚忍的承受。正是在这个意义上,帕斯捷尔纳克代表了俄罗斯知识分子所固有的一种内在的精神:对苦难的坚忍承受,对精神生活的关注,对灵魂净化的向往,对人的尊严的捍卫,对完美人性的追求。帕斯捷尔纳克是俄罗斯内在的民族精神在20世纪上半叶的代表。他的创作深刻表现了一个知识分子虽然饱经痛楚、放逐、罪孽、牺牲,却依然保持着美好的信念与精神的良知的心灵历程。当然我持久阅读的还会有鲁迅。要了解20世纪中国人的精神、骨气和生活世界,就无法绕开鲁迅的存在。

60后学人随笔 丛书

李怡　主编

李怡《我的1980》

赵勇《做生活》

王兆胜《生命的密约》

王尧《你知道我梦见谁了》

吴晓东《距离的美学》

杨联芬《不敢想念》